冯骥才

文章。四家

文化藝術出版社
Culture and Art Publishing House

四君子图

（代序）——冯骥才

文化艺术出版社约我与王蒙、范曾、贾平凹合出一套文集，各人一册，文章自选，还别出心裁地请我们各写一篇与其他三位交往的文章。我脑袋立时冒出这篇序文的题目：四君子图。为何？自我标榜为君子吗？非也。只是想到古人谓竹兰梅菊为四君子，而竹兰梅菊其形其色其味其神彼此不同，不过依此行文，寻些情趣而已。

在这里，竹是我，兰是范曾，梅是平凹，菊是王蒙。至于我与竹何干，放在篇尾再说。

先说兰，范曾。

初识范曾是在二十多年前。他由北京来南开大学捐楼办学，那时他已是书画名家。初次见面不免谈到他的画。他忽说：“我从来不送画给人。”他可能误以为我想向他索画吧，因笑道：“我屋里从来不挂别人的画，只挂自己的画。”谁想后来熟了，他却主动送画给我。他从旁人口中知我母亲喜欢他的字，便托人送来一幅，有字有画，而且是精心之作。一次我生日，关牧村来做客，手里拿着一卷画笑嘻嘻给我，说道：“我刚从范老师那儿来，他听说你今天生日，当即给你画了一匹马。”我属马，朋友有心，使我感动。

原来他不是不送人画，而是作画及赠画都信由一时的性情。就像兰叶，随意舒展，一任情怀。

再一次，在北京开会时，几位朋友晚间聚在一起喝茶聊天儿。忽然推门进来一位瘦瘦的男人，手捧本子来找范曾签名，并说：“范先生你必签不可。”范曾说：“我为什么非得给你签？”那人说：“在四五天安门事件时，我为了抄你纪念总理的诗，脑袋挨了纠察队一棒子。现在脑顶上还有一个疤呢！”范曾听了，不禁动容，非要看。那人低下头，扒开头发果然有一条很深的疤。范曾问他：“你叫什么？”这人说：“李国清。国家的国，唐宋元明清的清。”范曾当即拿笔在他的本子上题了两句：“江山幸有国清日，不忘当年顶上花。”

其潇洒自如，乃兰草之气质。

后说梅，平凹。

去年去陕西考察，得机会在西安与平凹一聚。那天恰逢他获茅盾文学奖，笑容很多。抽着烟，龇着牙。我对他打趣说：“你在北京说过，叫我到你家挑个陶罐，今天我就为这事来的。”平凹收藏不少汉陶的精品，这是远近闻名的。没想到他人比传说中的大方得多，马上带我去。是不是正赶上他黄道吉日得了大奖了？当然，去他家更是想看看这位文笔诡谲的商州奇士到底怎么活着。

他家在市区一幢公寓房的顶楼。天色入夜，摸摸索索地爬上去。待灯一亮，好似站在一家古董储藏室里。里里外外贴墙摆了一圈的玻璃书柜里，不是书就是古物。使眼一扫，极合我的口味。没一件材质昂贵、制作精美、官家或皇家的物品，自然也很少拍卖行里的热拍品；却一概是原始的、草莽的、乡土的、粗砺的老东西，然件件皆有生命，有罕见的文化信息和沉重的文化分量。真正的藏家都是一逞自家独到的眼光，只有古董商才按照拍卖行的图录淘东西。与我同来的访者，吵吵嚷嚷地问他何以收藏这么多石雕木刻铜铸泥塑各式各样的蛙，何以在书屋正中一把怪模怪样的椅子上“供”着自己的照片。我却坐在他的书桌前，细看他摆满一桌子的稀奇古怪的东西。我的书桌乃至书房画室也摆满了各样的东西。每件东西都是因为喜欢才摆在那里的，不经意凑在一起却呈现了自己的世界。细看被平凹摆在书桌上的一样样的东西：瓦当、断碑、老砚、古印、油灯、酒盏、佛头、断俑……以及说不清道不明的历史人文的碎块与残片，从中我忽然明白这些年从《病相报告》、《高兴》到《秦腔》，他为什么愈写愈是浓烈和老到。比起那些用地域文化做作料的小说——那些小说只是把地域文化当做灯泡挂在树上，平凹则是把自己生命的老根扎在文化的大地里。于是，就像老梅桩，愈是峻嶒纠结，愈能生出一朵朵活渍渍鲜嫩的花来。

再说菊，王蒙。

记得1985年王蒙要到沙滩的文化部上任部长的前两天，我和张贤亮等几位文友去他家玩儿。那天，他正用不大精熟的英文把美国电影《爱情故事》主题歌的歌词翻译成中文，还一句句地唱。词译得不顺，声音走调得更厉害。我们笑着说："从此中国多了一个部长，少了一个作家。"王蒙立即反驳："我决不会像你们这么弱智。"从此，我一直盯着王蒙在文学路上能走多远。多年来观察到他的情节和细节够写一本小书了。可是，他到了七十岁后居然发了疯，又论红楼论老子庄子，又到处演讲演说，还成本大套地写书。很像菊花，愈到天寒木凋之日，开得愈欢。为什么呢？前两年，他在青岛举办研讨会，我正好要到贵州去开全国文化遗产保护工作会议。去不成青岛了，便为他写了一幅字，半开玩笑半认真地写上四句：

满纸游戏语，彻底明白人，
偶露部长相，仍是作家魂。

唯此，他才能像菊花那样，在人生的夕照里把花儿一直开下去。

最后说竹，说我自己。

我非自比为竹，尽管我欣赏竹之虚心和有节，尤其喜爱郑板桥那句写竹的诗"咬定青山不放松"——我还把这句诗作为我们文化遗产保护的座右铭。这里只是说我与竹子靠点边儿的一个小插曲，和上面几位文友凑个热闹。

这件事还是与王蒙有关。那天参观海洋大学的王蒙研究所，主人非叫我和我爱人合画一幅小画，留做纪念。盛情难却，勉强从命。我爱人便画了毛茸茸的一只小鸟，我用水墨亦湿亦干地补了一片浓竹淡竹，随之心生四句，提笔题在画上：

小鸟落竹中，不啼亦有声，
侧耳四下寻，缘故是微风。

这样便是，竹兰逢梅菊，合为君子图。

一笑则已，充做序言吧。

目录

写作

艺术

文化

思考

人生

书斋一日

——新岁开篇

一如日日那样，晨起之后，沏一杯清茶坐进书房里。书房是我的心房，坐在里边的感觉真是神奇之极。听得见自己心跳的节率，感受得到热血的流动，还有心的温暖。书房的电话与传真还通向天南地北，于是朋友们把他们富于灵气的话送了进来。昨天与身在地冻天寒的哈尔滨的迟子建通话，谈到我一个月前在地中海边寻找梵高的踪迹之行，谈到她的鸿篇巨制《满洲国》。谈到大雪纷飞中躲在屋内写作的感觉。她说惟冬天书房里的阳光才真正算得上是一种享受。我说，夏天的阳光照在身上，冬天的阳光照在心里。书房里的谈话总是更近于文字。

书桌对面的一架书，全是我的各种版本。面对它，有时自我的感觉很好很踏实，由此想到可以扔下笔放松一下，喘息一下了；有时却觉得自己的作为不过如此，那么多文学想象远没有写出来，这时便恨不得给自己抽上一鞭子，再加一把劲儿。

人回过头时才会发现：做过的事总是十分有限。

今天坐在书房里，这感觉更是强烈。甚至有一种浩大的空荡。陌生，未知，莫名，一片白晃晃，虚无而不定；我从未有此感受；房中一切如旧，这从何而来。难道这就是“新世纪”之感吗？

静坐与凝思中，渐渐悟出，这新世纪并不是一种可见的物质，而是无形的、未曾经历过的时间。现在，以百年划分的时间已经无声地涌进我的书房。但它并没有把我的书房填满，相反却将原先的一切辛劳全都排挤出去。昨天的一切全不算数了！此刻我站在这个全新的巨大的时间里，两手空空如也，我还没有为21世纪做一件事呢！

时间只是一个载体。你给它制造什么，它就具有什么。时间不会带给你任何“美好的未来”。它是空的。它给你的只是时间本身。然而这已经足够了！其实生命最根本的意义，不就是那一段任凭你使用和支配的短短的时间吗？

来不及去推想生命的时间意义，却见眼前的事物竟发生着一种非常奇妙的变化——

屋中的一切，除去那些历时久远的古物，现今的这些家具器物，书籍报刊，乃至桌上的钢笔、台灯、水杯等，在世纪的转换中，一下子都属于了那个过往的百年。从明天的角度看，眼前这一切全都是20世纪的文化。而我现在不正是坐在一种具有20世纪风格的迷人“历史文化”中吗？这感觉竟然这么奇妙！

我们的生命跨进了新的世纪，然而我们的身体却置身于昨天的物质中。再去体验我们的生命的深处，那里边也带着重重叠叠的历史。于是我明白，历史不是过去时。历史依然鲜活地存在现实中，存在我们的生命中。历史应该是我们经验过和创造过的生活的一种升华。它升华为一种精神，一种信念，并结晶为一种财富，和我们的血肉生机勃勃地混在一起。我们在历史中成长，因历史而成熟，我们永远受益于历史——无论这历史是光荣还是耻辱甚至是罪恶的。这是因为历史的顽疾总是要反复发作的。

屋角的一盆绿萝长得旺足，本来它是朝着照入阳光的窗子伸展去的。我却用细绳把它牵引到挂在屋顶的一块清代木雕的檐板上。它碧绿可爱的叶子在这镂空的雕板间游戏般地穿来绕去。那雕板上古老的木刻小鸟竟然美妙地站在这弯曲而翠绿的茎蔓上了。这一来，历史变得生意盈盈。

电话铃不断响起，把我线性的思绪切断，接连到远远近近各种话题。这些话题无不叫我关切。王蒙照例是轻轻松松像戏说三国那样笑谈文坛，天大的事在他嘴里也会烟消云散；奇怪的是今天他的嗓门分外的大，中气足，挺冲，好像刚打了一场球，还赢了分，是不是因为他方才闯进了新世纪的大门？李小林在电话中说，96岁高龄的巴老今天真的跨世纪了，而且身体状况十分平稳，这可是件喜事，叫我高兴了好一阵子；欧洲一位媒体的朋友来

至今还记得这样的寻找资料时的感觉。

电视贺新年，当她听说国内的市面上已绽露出春节的气象，便勾起回忆，情真意切地说起她儿时的种种年俗，使我忽然懂得最深刻的民间文化原来在最严格的风俗里。由此我滔滔不绝谈起我那个“恪守风俗”的文化观。说着说着，忽然想到是对方花钱打来这个越洋电话的，于是匆忙说声“对不起”便撂下话筒……

这时传真机嗒嗒地响。一张雪白的带字的传真纸送出机器。原来是山西作家哲夫传来的。他昨天夜里传来的一纸也是同样的内容，看来他很急迫。他还是那样十万火急地为中国危难重重的自然生态呼吁。他说他写在长篇纪实《中国档案》里所谓淮河将在20世纪结束时变清的那句话已经完全落空。淮河如今差不多成了一条臭河。我们的大自然真的已是“鸡皮鹤发”，脆弱之极。他要我帮他一齐呐喊。他相信我会担此道义。他还说，他已经无力再喊下去了，他想不干了。

他这份传真叫我陡然变得沉重。一下子，我的书斋变暗变小，我好像被紧紧夹在了中间。我想到这些年我固执地为保护人文生态而竭尽全力地发出的那些呼喊，最终成效几何？接着我又想到梁思成先生。他曾经也激情昂然地呼喊过，北京城还不是照样拆了。梁思成是不是白喊了？当然不是——我忽然明白——他的呼喊，并不只是一种声音，而是一种精神。一种知识精神和文化精神。我们今天的呼喊不是在延续和坚持着这种精神吗？于是我抓起电话打给哲夫。我说：

“如果我们闭住嘴，那才真正是一种绝望。你应当看到，现在这呼声已经愈来愈大，未来的社会一定会在这呼喊中醒来。你要坚持下去！”

通过电话，我忽然想，这大概是我在跨世纪的书房做的第一件事。或者说，我首先使我们要做的事情跨过了世纪。因为我坚信，上世纪没有做成的事，下个世纪一定会做成的。

此时，我感觉，我的书斋在一点点发亮，一点点阔大起来。

《树后边是太阳》
68 × 104 cm
1991年

白发

人生入秋，便开始被友人指着脑袋说：

“呀，你怎么也有白发了？”

听罢笑而不答。偶尔笑答一句：“因为头发里的色素都跑到稿纸上去了。”

就这样，嘻嘻哈哈、糊里糊涂地翻过了生命的山脊，开始渐渐下坡来。或者再努力，往上登一登。

对镜看白发，有时也会认真起来：这白发中的第一根是何时出现的？为了什么？思绪往往会超越时空，一下子回到了少年时——那次同母亲聊天，母亲背窗而坐，窗子敞着，微风无声地轻轻扰动母亲的头发，忽见母亲的一根头发被吹立起来，在夕照里竟然银亮银亮，是一根白发！这根细细的白发在风里柔弱摇曳，却不肯倒下，好似对我召唤。我第一次看见母亲的白发，第一次强烈地感受到母亲也会老，这是多可怕的事啊！我禁不住过去扑在母亲怀里。母亲不知出了什么事，问我，用力想托我起来，我却紧紧抱住母亲，好似生怕她离去……事后，我一直没有告诉母亲这究竟为了什么。最浓烈的感情难以表达出来，最脆弱的感情只能珍藏在自己心里。如今，母亲已是满头白发，但初见她白发的感受却深刻难忘。那种人生感，那种凄然，那种无可奈何，正像我们无法把地上的落叶抛回树枝上去……

妻子把一小酒盅染发剂和一枝扁头油画笔拿到我面前，叫我帮她染发。我心里一动，怎么，我们这一代生命的森林也开始落叶了？我瞥一眼她的头发，笑道："不过两三根白头发，也要这样小题大作？"可是待我用手指撩开她的头发，我惊讶了，在这黑黑的头发里怎么会埋藏这么多的白发！我竟如此粗心大意，至今才发现才看到。也正是由于这样多的白发，才迫使她动用这遮掩青春衰退的颜色。可是她明明一头乌黑而清香的秀发呀，究竟怎样一根根悄悄变白的？是在我不停歇的忙忙碌碌中、侃侃而谈中，还是在不舍昼夜的埋头写作中？是那些年在大地震后寄人篱下的茹苦含辛的生活所致？是为了我那次重病内心焦虑而催白的？还是那件事……几乎伤透了她的心，一夜间骤然生出这么多白发？

黑发如同绿草，白发犹如枯草；黑发像绿草那样散发着生命诱人的气息，白发却像枯草那样晃动着刺目的、凄凉的、枯竭的颜色。我怎样做才能还给她一如当年那一头美丽的黑发？我急于把她所有变白的头发染黑。她却说：

"你是不是把染发剂滴在我头顶上了？"

我一怔。赶忙用眼皮噙住泪水，不叫它再滴落下来。

一次，我把剩下的染发剂交给她，请她也给我的头发染一染。这一染，居然年轻许多！谁说时光难返，谁说青春难再，就这样我也加入了用染发剂追回岁月的行列。

谁知染发是件愈来愈艰难的事情。不仅日日增多的白发需要加工，而且这时才知道，白发并不是由黑发变的，它们是从走向衰老的生命深处滋生出来的。当染过的头发看上去一片乌黑青黛，它们的根部又齐刷刷冒出一茬雪白。任你怎样去染，去遮盖，它还是茬茬涌现。人生的秋天和大自然的春天一样顽强。挡不住的白发啊！

开始时精心细染，不肯漏掉一根。但事情忙起来，没有闲暇染发，只好任由它花白。染又麻烦，不染难看，渐而成了负担。

在祖碑前
1992年

这日，邻家一位老者来访。这老者阅历深，博学，又健朗，鹤发童颜，很有神采。他进屋，正坐在阳光里。一个画面令我震惊——他不单头发通白，连胡须眉毛也一概全白；在强光的照耀下，蓬松柔和，光明透澈，亮如银丝，竟没有一根灰黑色，真是美极了！我禁不住说，将来我也修炼出您这一头漂亮潇洒的白发就好了，现在的我，染和不染，成了两难。老者听了，朗声大笑，然后对我说：

"小老弟，你挺明白的人，怎么在白发面前糊涂了？孩童有稚嫩的美，青年有健旺的美，你有中年成熟的美，我有老来冲淡自如的美。这就像大自然的四季——春天葱茏，夏天繁盛，秋天斑斓，冬天纯净。各有各的美感，各有各的优势，谁也不必羡慕谁，更不能模仿谁，模仿必累，勉强更累。人的事，生而尽其动，死而尽其静。听其自然，对！所谓听其自然，就是到什么季节享受什么季节。哎，我这话不知对你有没有用，小老弟？"

我听罢，顿觉地阔天宽，心情快活。摆一摆脑袋，头上花发来回一晃，宛如摇动一片秋光中的芦花。

书桌

我有张小小的书桌。它又窄又矮，破旧极了。在外人眼里简直不成样子。上边的漆成片地剥落下来，残余的漆色变得晦暗发黑，连我自己都认不准它最初是什么颜色。桌面又满是划痕、硬伤，还有热水杯烫成的一个个套起来的深深浅浅的白圈儿。它一边只有三个小抽屉，抽屉的把手早不是原套了。一个是从破箱子上移来的铜把手，另两个是后钉上去的硬木条。别看它这副模样，三十年来，却一直放在我的窗前，我房间透进光来的地方。我搬过几次家，换过几件家具，但从来没有想到处理掉它……

“这么难看还要它干吗 ?! 要是我早劈掉生火了 !”

“它又不实用。你这么大人将就这样一个小桌子，早晚得驼背 !”

“你怎么就是不肯扔掉这破玩意儿。难道它是件宝 ? 你说呀……”

我笑而不答。那淡淡的笑意里包含着任何知己都难以理解、难以体会到的一种，一种……一种什么呢 ?

没有共同的经历就不会有同感。有时，同感能发挥出非常奇妙的作用，它能成为两颗心相融的最短、最直接的通道。如果没有同感，说它做什么 ? 还不如独自一人到树林里，踩着落叶，自己对自己默默地说它一阵子，排遣出来，倒是一种慰安。

我无法想起，究竟是什么时候，我开始使用这小桌的。我只模模糊糊记得，最初，我是站在它前面写写画画，而不是坐着。待我要坐下时，屁股下边必须垫上书包、枕头或一大叠画报，才能够得着桌面……

记忆里，幼时的事，都是穿不成串儿的珠子。这珠子却在记忆的深井的底儿滴溜溜、闪闪发光地打转，很难抓住它们——

我把“人”字总误写成“入”字，就在这桌上吧！

我一排排地晾干弹弓子用的小泥球儿，就在这桌上吧！

我在小木板上钉钉子，就在这桌上吧！

对，就在这儿。桌面上原来有一块能够照见自己脸儿的光光的玻璃板，给我钉钉子时打碎了——这件事我可记得清清楚楚，为此我还挨爸爸一通好打呢！也许打得太疼，我才记得十分牢。但过后我却一点也不后悔。因为，从此我做过的、经历过的、经受过的许许多多的事，都在这没有玻璃板保护的桌面上留下了痕迹。

桌面上净是些小瘪坑。有的坑儿挺深，像个洞眼，蚂蚁爬到那儿，得停一下，迟疑片刻，最后绕过去……细细瞧吧，还满是划痕呢，横竖歪斜，有的深，如一道沟；有的轻浅，还有的比蛛丝还细。这细细的印痕，是不是当初刮铅笔尖留下的？那一条条长长的道道儿，是不是随意用指甲划上去的？那儿黑糊糊的一块儿，是不是过年做灯笼，烤弯竹条时碰倒了蜡烛烧的？分辨不清了，原因不明了，全搅在一起了；这中间还混着许多字迹，钢笔的、铅笔的、墨笔的，还有用什么硬东西刻上去的。也有画上去的形象，有的完整，有的破碎——一只靴子啦，枪啦，一张侧面脸啦，这是不是我的自画像？年深日久，早都给磨得模糊一片。痕迹斑驳的桌面，有如一块风化得相当厉害、漫漶不清的碑石。

但我从中细心查辨，也能认出某些痕迹的来由，想起这里边包含着的、只有我才知道的故事，并联想到与此有关或无关的、早已融进往昔岁月中的童年生活。

为此，我很少用湿布去拭抹它。

“文革”期间一贫如洗，
肘部的衣服补着补丁，
却感觉自己是个富翁
（1971）。

只有一次例外。那是我上小学四年级时。我前排坐着一个女同学，十分瘦弱。她年龄与我一般大，个子却比我矮一头。两条短短的黄辫儿，简直是两根麻绳头。一天，上语文课，我没听讲，却悄悄把眼前的两条黄辫子拴在这女同学的椅子背儿上。正巧老师叫她回答问题，她一起身，拴住的辫子扯得她头痛得大叫。我的语文老师姓李，瘦削的脸满是黑胡茬，连脸颊上都是。一副黑边的近视镜遮住他的眼神，使我头次见到他时以为他挺凶，其实他温和极了。他对我们调皮的忍耐限度比别的老师都大。但不知为什么，那天他好厉害，把我一把拉到课堂前，叫我伸出双手，狠狠打了十多板子。他真生气呢！气呼呼地直喘，什么话也说不出来了，只指着门瞪圆眼对我吼道："走！快走！"我离开了课堂，一路跑回家。我手疼倒没什么，但当众挨打受罚，我的自尊心受不了。于是，我眼泪汪汪地在桌上写了"李老师是狗！"几个字。我写得那么痛快和解气，好像这几个字给我报了什么"仇"似的。这几个字就相当威风地在我桌上保留了好长时间。

在表的滴答声中，在上下课的铃声中，在雨和雪轮番交替地敲打窗子声中，我长大起来，事也懂得多了。桌上那几个字却不那么神气了。反而怕被人瞧见，似乎成了一种不光彩甚至是耻辱的污迹，我带着一种说不清是对李老师还是对长大后再也遇不到那个瘦弱的女同学的愧疚心情，用手巾尖儿蘸些水使劲把这几个字抹下去。

真奇怪！字儿抹掉了，好像心里干净了一些。

我上了中学，毕业了，参加了工作。我的许多事，写信、写文章、画画、吃东西，做些什么零七八碎的事都在这桌上，它一直伴随着我。

但在我长大起来的身躯前，它渐渐显得矮小，不合用了；而且用久了，愈来愈破旧，在后来买进来的新家具中间，显得寒伧和过时。它似乎老了，早完成了使命，在人世间物换星移的常规里等待着接受取代。

有一天我画画。画幅大，桌面小。不得不把一半画纸垂到桌下，先画铺在桌面上的一半；待画得差不多时，再拉上纸来画另一半。这样就很难照顾到画面的整体感，我画得那么别扭，真急了，止不住愤愤地骂道：

"真该死，这破桌子！"

它听着，不吭一声。等我画好了画儿，张挂起来；画面却意外地好。我十分快活，早把桌子忘在一旁。它呢？依然默默旁立。它就是这样与我为伴，好像我不抛掉它，它就从无二意地跟随着我。是不是由于它仅仅是无生命的物品，我从未把它作为一只小猫、小鸟、小兔那样的伴侣？但是，小兔死了，小猫跑了，小鸟飞了，它却不声不响地有心地记下我生活经历过的许多酸甜苦辣。并顺从地任我做任何有损于它的事。当一次，我听说自己遭遇不幸，是因为被一位多年来与我非常要好的朋友出卖时，我忍受不住，发疯似的猛地一拍桌面：

"啪！"

桌面上出现一条长长的裂缝；我那颗初入社会的纯真的心上，也暗暗出现一条裂痕。它竟同我一样。

从此，我便不觉地爱护起它来了。

我有过一个女朋友。她是一只快乐的小鸟——那早晨站在挂着露水的枝头抖动翅膀、在阳光里飞来飞去、在烟囱上探头探脑的小鸟。她总笑。她整天似乎除去快乐什么也不知道。她在任何一群人中出现，都能极快地把快乐通过笑、通过活泼的目光、通过喜气洋洋的俊俏的小脸儿、通过率真的动作，传染给每一个人。我说她的快乐是照眼的、悦耳的、香喷喷的；是魔术。我称她为"快乐女神"。

她一双腿长长的，爱穿一条淡蓝色的短裙。她一进屋来，常常是一蹦就坐到小书桌上——这或许是她还带着些孩子气儿；或许她腿长，桌子矮，坐上去正合适。

我呢？过去吻她高矮也正好。我吻她，她不让。一忽儿把脸甩向左边，一忽儿又甩到右边，还调皮地笑着。她那光滑的短发像穗子一样在我笨拙的嘴唇上蹭来蹭去。

以后，由于挺复杂的原因，她终于说："我们的爱没有物质土壤，幻想的种子连幻想也结不出来了。"这句话，她说了许多遍，一次比一次肯定，最后她无可奈何又断然地离去了。

稀奇的是，从此那快乐女神便与我这哑巴桌子连在一起。每当我的目光碰到桌沿，就会幻觉出她当初坐在桌上的样子。浅蓝色的短裙扇状地铺开，一双直直又顺溜儿的长腿垂下来，两只小巧的脚交叉地别着。这时她那动听的笑声好似又在桌上的空间里发出来。

我需要记着的，这桌儿都给我记着了。而那女神与我临别时掉在桌上的泪滴，却一点痕迹也没留下。大概那不是泪，而是水滴。

桌上惟有一处大硬伤。是那天，一群穿绿服装、臂套红色袖章的男女孩子们闯进我家来。每人拿一把斧头，说要“砸烂旧世界”，我被迫站在门口表示欢迎，并木然地瞅着他们在顷刻间，把我房间里的一切胡乱砸一通。其中有个姑娘，模样挺端正，但她的眼神叫我害怕。她不吵不闹，砸起东西来异乎寻常地细致。她在屋里转来转去，把尚且完整的东西翻出来，一件件、有条不紊地敲得粉碎。然后，她翻出我一本相册，把里面的照片一张张抽出来，全都撕成两半。她做这些事时，脸上没有任何表情。

她忽然把一张照片面对我，问：

“这是谁？”

这是我那“快乐女神”的。我说：

“一个朋友。”

她微微现出一种冷笑，一双秀气的眼睛直盯着我，两只白白的手把这照片撕成细小的碎片。我至今不明白，在那时为什么一些女孩子干这种事时，反比男孩子们干得更彻底、更狠心、更无情。相册中所有女人的照片——我姐姐、妻子、母亲的，她撕得尤其凶，“刷、刷、刷”地响。仿佛此刻她心里有什么受不了的情感折磨着她，迫使她这样做。

最后，她临去时，一眼瞥见我的书桌。大约这书桌过于破旧，开始时并没引起他们的兴趣。此刻在一堆碎物中间，反而惹眼了。她撇向一边的薄薄的唇缝里含着一种讥讽：

“你还有这么个破玩意儿！”

随手一斧子，正砍在桌角上。掉下一块挺大的木茬。

就这样，我过去生活的一切，无论是快乐和幸福的，还是忧愁和不幸的，都留在桌上了。哪怕我忘了，它也会无声地提醒我。

它就摆在我窗前。从窗子透进的光笼罩着它。我窗外是一棵大槐树的树冠。这树冠摇曳婆娑的影子总是和阳光一起投照在我这小小的桌面上。

每当这树冠的枝影间满是小小的黑点时，那是春天；黑点点则是大槐树初发的芽豆豆。这期间，偶尔还有一种俗名叫做“绿叶儿”的候鸟，在枝间伶俐蹦跳的影子出现在桌面上。夏天来了，树影日浓，渐渐变成一块荫凉，密密实实地遮盖住我的小桌。等到那块厚厚的荫凉破碎了，透现出一些晃动着的阳光的斑点时，秋风还会把一两片变黄的叶子吹进窗；像几只金色的小船，落在我这如同无风的水面一般平光光的桌面上。随后该关窗子了，玻璃蒙上了薄薄的水蒸汽。那片叶无存、光秃秃、只剩下枝桠的树影，便像一张朦胧模糊的大网，把我的小桌罩住……

我常常被这些情景弄得发呆。谁说它丑？它无用？它应当被丢弃？它有着任何华贵的物品都无法代替的风韵和诗意。在它的更深处，甚至还潜藏着思想。

尤其是在阴雨的日子里，乌云像拉上的厚帘子把窗户遮暗了，小桌变成黑影，很像一块浓雾里的礁石，黑黝黝的，沉默无语。忽然一道闪电把它整个照亮，它那桌面上反射着可怕的蓝色电光。但在这一瞬间的强光里，它上边的一切痕迹都清晰地显现出来，留在这中间的往事一下子全都复活了……

我闭上眼，情愿被再现在幻觉中的往事深深地感动着。

我终于失去了它。

在地震中，塌落下来的屋顶把它压垮。我的孩子正好躲在桌下，被它保护住了生命。它才是真正地为我献出了一切呢！等我从废墟中把它找出来，只是一堆碎木板、木条和木块了。我请来一个能干的木匠，想把它复原。木匠师傅瞅着它，抽着烟，最后摇了摇头，并且莫名其妙地瞧了我一眼，显然他不明白我何以有此意图——又不是复原一件破损的稀世古物。

它就这样在我的生活中没了。

我需要书桌，只得另买一张。新买的桌子宽大、实用，漆得锃亮，高矮也挺合适。我每每坐在这崭新却陌生的大书桌前，就觉得过去的一切像那不能再生的书桌一样，烟消云散，虚无飘渺，再也无从抓住似的……

我因此感到隐隐的忧伤。不由得想起几句话，却想不起是谁说的了：

“呵，生活，你真迷人……哪怕是久已过去的，也叫人割舍不得；哪怕是不幸的，也渐渐能化为深沉的诗。”

时光

一岁将尽，便进入一种此间特有的情氛中。平日里奔波忙碌，只觉得时间的紧迫，很难感受到“时光”的存在。时间属于现实，时光属于人生。然而到了年终时分，时光的感觉乍然出现。它短促、有限、性急，你在后边追它，却始终抓不到它飘举的衣袂。它飞也似的向着年的终点扎去。等到你真的将它超越，年已经过去，那一大片时光便留在过往不复的岁月里了。

今晚突然停电，摸黑点起蜡烛。烛光如同光明的花苞，宁静地浮在漆黑的空间里；室内无风，这光之花苞便分外优雅与美丽；些许的光散布开来，朦胧依稀地勾勒出周边的事物。没有电就没有音乐相伴，但我有比音乐更好的伴侣——思考。

可是对于生活最具悟性的，不是思想者，而是普通大众。比如大众俗语中，把临近年终这几天称做“年根儿”，多么真切和形象！它叫我们顿时发觉，一棵本来是绿意盈盈的岁月之树，已被我们消耗殆尽，只剩下一点点根底。时光竟然这样的紧迫、拮据与深浓……

一下子，一年里经历过的种种事物的影像全都重叠地堆在眼前。不管这些事情怎样庞杂与艰辛，无奈与突兀。我更想从中找到自己的足痕。从春天落英缤纷的京都退藏到冬日小雨空濛的雅典德尔菲遗址；从重庆荒芜的红卫兵墓到津南那条神奇的蛤蜊堤；从一个会场到另一个会场，一个活动到另一个活动中；究竟哪一些足迹至今清晰犹在，哪一些足迹杂沓模糊甚至早被时光干干净净一抹而去？

我瞪着眼前的重重黑影，使劲看去。就在烛光散布的尽头，忽然看到一双眼睛正直对着我。目光冷峻锐利，逼视而来。这原是我放在那里的一尊木雕的北宋天王像。然而此刻他的目光却变得分外有力。他何以穿过夜的浓雾，穿过漫长的八百年，锐不可当、拷问似的直视着任何敢于朝他瞧上一眼的人？显然，是由于八百年前那位不知名的民间雕工传神的本领、非凡的才气；他还把一种阳刚正气和直逼邪恶的精神注入其中。如今那位无名雕工早已了无踪影，然而他那令人震撼的生命精神却保存下来。

在这里，时光不是分毫不曾消逝吗？

植物死了，把它的生命留在种子里；诗人离去，把他的生命留在诗句里。

时光对于人，其实就是生命的过程。当生命走到终点，不一定消失得没有痕迹，有时它还会转化为另一种形态存在或再生。母与子的生命转换，不就在沿续着整个人类吗？再造生命，才是最伟大的生命奇迹。而此中，艺术家们应是最幸福的一种。惟有他们能用自己的生命去再造一个新的生命。小说家再造的是代代相传的人物；作曲家再造的是他们那个可以听到的迷人而永在的灵魂。

此刻，我的眸子闪闪发亮，视野开阔，房间里的一切艺术珍品都一点点地呈现。它们不是被烛光照亮，而是被我陡然觉醒的心智召唤出来的。

其实我最清晰和最深刻的足迹，应是书桌下边，水泥的地面上那两个被自己的双足磨成的浅坑。我的时光只有被安顿在这里，它才不会消失，而被我转化成一个个独异又鲜活的生命，以及一行行永不褪色的文字。然而我一年里曾把多少时光抛入尘嚣，或是支付给种种一闪即逝的虚幻的社会场景。甚至有时属于自己的时光反成了别人的恩赐。检阅一下自己创造的人物吧，掂量他们的寿命有多长。艺术家的生命是用他艺术的生命计量的。

每个艺术家都有可能达到永恒，放弃掉的只能是自己。是不是？

迎面那宋代天王瞪着我，等我回答。

我无言以对，尴尬到了自感狼狈。

忽然，电来了，灯光大亮，事物通明，恍如更换天地。刚才那片幽阔深远的思想世界顿时不在，惟有烛火空自燃烧，显得多余。再看那宋代的天王像，在灯光里仿佛换了一个神气，不再那样咄咄逼人了。

我也不用回答他，因为我已经回答自己了。

《雨竹图》
67×67cm
2005年

往事如“烟”

从家族史的意义上说，抽烟没有遗传。虽然我父亲抽烟，我也抽过烟，但在烟上我们没有基因关系。我曾经大抽其烟，我儿子却绝不沾烟，儿子坚定地认为不抽烟是一种文明。看来个人的烟史是一段绝对属于自己的人生故事。而且在开始成为烟民时，就像好小说那样，各自还都有一个“非凡”的开头。

记得上小学时，我做肺部的X光透视检查。医生一看我肺部的影像，竟然朝我瞪大双眼，那神气好像发现了奇迹。他对我说：“你的肺简直跟玻璃的一样，太干净太透亮了。记住，孩子，长大可绝对不要吸烟！”

可是，后来步入艰难的社会。我从事仿制古画的单位被“文革”的大锤击碎。我必须为一家塑料印刷的小作坊跑业务，天天像沿街乞讨一样，钻进一家家工厂去寻找活计。而接洽业务，打开局面，与对方沟通，先要敬上一支烟。烟是市井中一把打开对方大门的钥匙。可最初我敬上烟时，却只是看着对方抽，自己不抽。这样，敬烟成了生硬的“送礼”，反而倒有些尴尬。于是，我便硬着头皮开始了抽烟的生涯。为了敬烟而吸烟。应该说，我抽烟完全是被迫的。

儿时，那位医生叮嘱我的话，那句金玉良言，我至今未忘。但生活的警我出生不足百日之照。姥姥付芷棠(1890—1962)抱着我。姥姥身后是母亲(戈长复)和父亲(冯吉甫),侧立一旁的是大姐(1942)。

句常常被生活本身击碎。因为现实总是至高无上的。甚至还会叫真理甘拜下风。当然，如果说起我对生活严酷性的体验，这还只是九牛一毛呢！

古人以为诗人离不开酒，酒后的放纵会给诗人招来意外的灵感；今人以为作家的写作离不开烟，看看他们写作时脑袋顶上那纷纭缭绕的烟缕，多么像他们头脑中翻滚的思绪啊。但这全是误解！好的诗句都是在清明的头脑中跳跃出来的；而“无烟作家”也一样可以写出大作品。

他们并不是为了写作才抽烟。他们只是写作时也要抽烟而已。

真正的烟民全都是无时不抽的。

他们闲时抽，忙时抽；舒服时抽，疲乏时抽；苦闷时抽，兴奋时抽；一个人时抽，一群人更抽；喝茶时抽，喝酒时抽；饭前抽几口，饭后抽一支；睡前抽几口，醒来抽一支。右手空着时用右手抽，右手忙着时用左手抽。如果坐着抽，走着抽，躺着也抽，那一准是头一流的烟民。记得我在自己烟史的高峰期，半夜起来还要点上烟，抽半支，再睡。我们误以为烟有消闲、解闷、镇定、提神和助兴的功能，其实不然。对于烟民来说，不过是这无时不伴随着他们的小小的烟卷，参与了他们大大小小一切的人生苦乐罢了。

我至今记得父亲挨整时，总躲在屋角不停地抽烟。那个浓烟包裹着的一动不动的蜷曲的身影，是我见到过的世间最愁苦的形象。烟，到底是消解了还是加重他了的忧愁和抑郁？

那么，人们的烟瘾又是从何而来？

烟瘾来自烟的魅力。我看烟的魅力，就是在你把一支雪白和崭新的烟卷从烟盒抽出来，性感地夹在唇间，点上，然后深深地将雾化了的带着刺激性香味的烟丝吸入身体而略感精神一爽的那一刻。即抽第一口烟的那一刻。随后，便是这吸烟动作的不断重复。而烟的魅力在这不断重复的吸烟中消失。

其实，世界上大部分事物的魅力，都在这最初接触的那一刻。

我们总想去再感受一下那一刻，于是就有了瘾。所以说，烟瘾就是不断燃起的“抽上一口”——也就是第一口烟的欲求。这第一口之后再吸下去，就成了一种毫无意义的习惯性的行为。我的好友张贤亮深谙此理，所以他每次点上烟，抽上两三口，就把烟按灭在烟缸里。有人说，他才是最懂得抽烟的。他抽烟一如赏烟，是“最高品位的烟民”。但也有人说，这第一口所受尼古丁的伤害最大，最具冲击性，所以笑称他是“自残意识最清醒的烟鬼”。但是，不管怎么样，烟最终留给我们的是发黄的牙和夹烟卷的手指，熏黑的肺，咳嗽和痰喘，还有难以谢绝的烟瘾本身。

父亲抽了一辈子烟。抽得够凶。他年轻时最爱抽英国老牌的“红光”，后来专抽“恒大”。“文革”时发给他的生活费只够吃饭，但他还是要挤出钱来，抽一种军绿色封皮的最廉价的“战斗牌”纸烟。如果偶尔得到一支“墨菊”、“牡丹”，便像今天中了彩那样，立刻眉开眼笑。这烟一直抽得他晚年患“肺气肿”，肺叶成了筒形，呼吸很费力，才把烟扔掉。

十多年前，我抽得也凶，尤其是写作中。我住在北京人民文学出版社写长篇时，四五个作家挤在一间屋里，连写作带睡觉。我们全抽烟，天天把小屋抽成一片云海。灰白色厚厚的云层静静地浮在屋子中间。烟民之间全是有福同享。一人有烟大家抽，抽完这人的抽那人的。全抽完了，就趴在地上找烟头。凑几个烟头，剥出烟丝，撕一条稿纸卷上，又一支烟。可有时晚上躺下来，忽然害怕桌上烟火未熄，犯起了神经质，爬起来查看查看，还不放心。索性把新写的稿纸拿到枕边，怕把自己的心血烧掉。

烟民做到这个份儿，后来戒烟的过程必然十分艰难。单用意志远远不够，还得使出各种办法对付自己。比方，一方面我在面前故意摆一盒烟，用激将法来捶打自己的意志；一方面在烟瘾上来时，又不得不把一支不装烟丝的空烟斗叼在嘴上。好像在戒奶的孩子的嘴里塞上一个奶嘴，致使来访的朋友们哈哈大笑。

只有在戒烟的时候，才会感受到烟的厉害。

最厉害的事物是一种看不见的习惯。当你与一种有害的习惯诀别之后，又找不到新的事物并成为一种习惯时，最容易出现的情况便是返回过去。从生活习惯到思想习惯全是如此。这一点也是我在小说《三寸金莲》中“放足”那部分着意写的。

如今我已经戒烟十年有余。屋内烟消云散，一片清明，空气里只有观音竹细密的小叶散出的优雅而高逸的气息。至于架上的书，历史的界线更显分明：凡是发黄的书脊，全是我吸烟时代就立在书架上的；此后来者，则一律鲜明夺目，毫无污染。今天，写作时不再吸烟，思维一样灵动如水，活泼而光亮。往往看到电视片中出现一位奋笔写作的作家，一边皱眉深思，一边喷云吐雾，我会哑然失笑。并庆幸自己已然和这种糟糕的样子永久地告别了。

一个边儿磨毛的皮烟盒，一个老式的有机玻璃烟嘴，陈放在我的玻璃柜里。这是我生命的文物。但在它们成为文物之后，所证实的不仅仅是我做过烟民的履历，它还会忽然鲜活地把昨天生活的某一个画面唤醒，就像我上边描述的那种种的细节和种种的滋味。

去年，我去北欧。在爱尔兰首都都柏林的一个小烟摊前，忽然一个圆形红色的形象跳到眼中。我马上认出这是父亲半个世纪前常抽的那种英国名牌烟“红光”。一种十分特别和久违的亲切感拥到我的身上。我马上买了一盒。回津后，在父亲祭日那天，用一束淡雅的花衬托着，将它放在父亲的墓前。这一瞬竟叫我感到了父亲在世一般的音容，很生动，很贴近。这真是奇妙的事！虽然我明明知道这烟曾经有害于父亲的身体，在父亲活着的时候，我希望彻底撇掉它。但在父亲离去后，我为什么又把它十分珍惜地自万里之外捧了回来？

我明白了，这烟其实早已经是父亲生命的一部分。

从属于生命的事物，一定会永远地记忆着生命的内容，特别是在生命消失之后。我这句话是广义的。

物本无情，物皆有情，这两句话中间的道理便是本文深在的主题。

除夕情怀

除夕是一年最后一天，最后一个夜晚，是一岁中剩余的一点短暂的时光。时光是留不住的，不管我们怎么珍惜它，它还是一天天在我们的身边烟消云散。古人不是说过“黄金易得，韶光难留”吗？所以在这一年最后的夜晚，要用“守岁”——也就是不睡觉，眼巴巴守着它，来对上天恩赐的岁月时光以及眼前这段珍贵的生命时间表示深切的留恋。

除夕是中国人最具生命情感的日子。所以此时此刻一定要和自己有着血缘关系的亲人团聚一起。首先是生养自己的父母。陪伴老人过年，有如依偎着自己生命的根与源头，再有便是和同一血缘的一家人枝叶相拥，温习往昔，尽享亲情。记得有人说：“过年不就是一顿鸡鸭鱼肉的年夜饭吗？现在天天鸡鸭鱼肉，年还用过吗？”其实过年并不是为了那一顿美餐，而是团圆。只不过先前中国人太穷，便把平时稀罕的美食当做一种幸福，加入到这个人间难得的团聚中。现在鸡鸭鱼肉司空见惯了，团圆却依然是人们的愿望年的主题。腊月里到火车站或机场去看看声势浩大的春运吧。世界上哪个国家会有一亿人同时返乡，都要在除夕那天赶到家去？他们到底为了吃年夜饭还是为了团圆？

此刻，我想起关于年夜饭的一段往事——

一年除夕，家里筹备年夜饭，妻子忽说：“哎哟，还没有酒呢。”我说：“我忙得都是什么呀，怎么把最要紧的东西忘了！”

酒是餐桌上的仙液。这一年一度的人间的盛宴哪能没有酒的助兴、没有醉意？我忙披上棉衣，围上围巾，蹬上自行车去买酒。家里人平时都不喝酒，一瓶葡萄酒——哪怕是果酒也行。

车行街上，天完全黑了，街两旁高高低低的窗子都亮着灯。一些人家开始年夜饭了，性急的孩子已经噼噼啪啪点响鞭炮。但是商店全上了门板，无处买到酒，我却不死心，无论如何也不能让这顿年夜饭没有酒。车子一路骑下去，一直骑到百货大楼后边那条小街上，忽见道边一扇小窗亮着灯，里边花花绿绿，分明是个家庭式的小杂货铺。我忙跳下车，过去扒窗一瞧，里边的小货架上天赐一般摆着几瓶红红的果酒，大概是玫瑰酒吧。踏破铁鞋终于找到它了！我赶紧敲窗玻璃，里边出现一张胖胖的老汉的脸，他不开窗，只朝我摇手；我继续敲窗，他隔窗朝我叫道：“不卖了，过年了。”我一急，对他大叫：“我就差一瓶酒了。”谁料他听罢，怔了一下，刷地拉开小小的窗子，里边热乎乎混着炒菜味道的热气扑面而来，跟着一瓶美丽的红酒梦幻般地摆在我的面前。

我付了钱，对他千恩万谢之后，把酒揣在怀里贴身的地方，我怕把酒摔了，然后飞快地一口气骑车到家。刚才把酒揣进怀里时酒瓶很凉，现在将酒从怀间抽出时，光溜溜的酒瓶竟被身体捂得很温暖。

当晚这瓶廉价的果酒把一家人扰得热乎乎，我却还在感受着刚才那位老汉把酒“啪”地放在我面前的感觉。他怎么知道我那时为年夜饭缺一瓶酒时急切的心情？很简单——因为那是人们共有的年的情怀。

于是我又想起，一年的年根在火车站上。车厢里人满为患，连走道上也人贴着人地站着。从车门根本挤不上去，有人就从车窗往里爬。我看一个年轻人，半个身子已经爬进车窗，车里的熟人往里拉他，站台上工作人员往外拽他。双方都在使劲，这年轻人拼命地往车里挣扎。就在这时候，忽然站台上的人不拉了，反倒笑嘻嘻把他推上去。我想，要是在平时，站台的工作人员决不会把他推上去，但此时此刻为什么这样做？为了帮他回家过年。

年，真的是太美好的节日、太好的文化了。在这种文化氛围里，人人无需沟通，彼此心灵相应。正为此，除夕之夜千家万户燃起的烟花，才在寒冷的夜空中交相辉映，呈现出普天同庆的人间奇观。也正为此，那风中飘飞的吊钱，大门上斗大的福字，晶莹的饺子，感恩于天地与先人的香烛，风雪沙沙吹打的灯笼和人人从心中外化出来的笑容，才是这除夕之夜最深切的记忆。

除夕是中国人用共同的生活理想创造出来——并以各自的努力实现的现实。

大地震给我留下什么？

在我私人的藏品中，有一个发黄而旧黯的信封，里面装着十几张大地震后化为废墟的照片，那曾是我的“家”；还有一页大地震当天的日历，薄薄的白纸上印着漆黑的字：1976年7月28日。后边我再说这页日历和那些照片是怎么来的。现在只想说，每次打开这信封，我的心都会变得异样。

变得怎么异样？是过于沉重吗？是曾经的一种绝望又袭上心头吗？记得一位朋友知道我地震中家覆灭的经历，便问我：“你有没有想到过死？哪怕一闪念？”我看了他一眼。显然这位朋友没有经过大地震——这种突然的大难降临是何感受。

如果说绝望，那只是地震猛烈地摇晃40秒钟的时间里。这次大地震的时间实在太长了。后来我楼下的邻居说，整个地动山摇的过程中我一直在喊，叫得很惨，像是在嚎，但我不知道自己在叫。

当时由于天气闷热，我睡在阁楼的地板上。在我被突如其来的狂跳的地面猛烈弹起的一瞬，完全出于本能扑向睡在小铁床上的儿子。我刚刚把儿子拉起来，小铁床的上半部就被一堆塌落的砖块压下去。如果我的动作慢一点，后果不堪设想。我紧抱着儿子，试图翻过身把他压在身下，但已经没有可能。小铁床像大风大浪中的小船那般癫狂。屋顶老朽的木架发出嘎吱嘎吱可怕的巨响，顶上的砖瓦大雨一般落入屋中。我亲眼看见北边的山墙连同窗户像一面大帆飞落到深深的后胡同里。闪电般的地光照亮我房后那片老楼，它们全在狂抖，冒着烟土，声音震耳欲聋。然而，大地发疯似的摇晃不停，好像根本停不下来了，就像当时的“文革”。我感到我的楼房马上塌掉。睡在过道上的妻子此刻不知在哪里，我听不到她的呼叫。我感到儿子的双手死死地抓着我的肩背。那一刻，我感到了末日。

但就在这时，大地戛然而止，好像列车的急刹车。这一瞬的感觉极其奇妙，恐怖的一切突然消失，整个世界特别漆黑而且没有声音。我赶紧踹开盖在腿上的砖块跳下床，呼喊妻子。我听到了她的应答。原来她就在房门的门框下，趴在那里，门框保护了她。我忽然感到浑身热血沸腾，就像从地狱里逃出来，第一次强烈地充满再生的快感和求生的渴望。我大声叫着：“快逃出去。”我怕地震再次袭来！

过道的楼顶已经塌下来。楼梯被柁架、檩木和乱砖塞住。我们拼力扒开一个出口，像老鼠那样钻出去，并迅速逃出这座只要再一震就可能垮掉的老楼。待跑出胡同，看到黑乎乎的街上全是惊魂未定而到处乱跑的人。许多人半裸着。他们也都是从死神手缝里侥幸的生还者。我抱着儿子，与妻子跑到街口一片开阔地，看看四周没有高楼和电线杆，比较安全，便从一家副食店门口拉来一个菜筐，反扣过来，叫妻儿坐在上边，便说：“你们千万别走开，我去看看咱们两家的人。”

我跑回家去找自行车。邻居见我没有外裤，便给我一条带背带的工作裤。我腿长，裤子太短，两条腿露在外边。这时候什么也顾不得了，活着就是一切。我跨上车，去看父母与岳父岳母。车子拐到后街上，才知道这次地震的凶厉。窄窄的街面已经被地震扭曲变形，波浪般一起一伏，一些树木和电线杆横在街上，仿佛刚遭遇炮火的轰击。通电全部中断，街两边漆黑的楼里发出呼叫声。多亏昨晚我睡觉前没有摘下手表，抬起手腕看看表，大约是凌晨四时半。

幸好父母与岳父岳母都住在一楼，房子没坏，人都平安，他们都已经逃

以这样的神气，表示我没有被厄运摧毁。

到比较宽阔的街上。待安顿好长辈，回到家时，已是清晨。见到妻子才彼此发现，我们的脸和胳膊全是黑的。原来地震时从屋顶落下来的陈年的灰尘，全落在脸上和身上。我将妻儿先送到一位朋友家。这家的主妇是妻子小学时的老师，与我们关系甚好。这便又急匆匆跨上车，去看我的朋友们。

从清晨直到下午四时，一连去了十六家。都是平日要好的朋友。在"文革"那种清贫和苍白的日子，朋友是最重要的心灵财富了。此时相互看望，目的很简单，就是看人出没出事，只要人平安，谢天谢地，打个照面转身便走。我的朋友们都还算幸运，只有一位画画的朋友后腰被砸伤，其他人全都逃过这一劫。一路上，看到不少尸首身上盖一块被单停放在道边，我已经搞不清自己到底是怎样还活在这世上的。中午骑车在道上，我被一些穿白大褂的人拦住，他们是来自医院的志愿者，正忙着在街头设立救护站。经他们告我，才知道自己的双腿都被砸伤。有的地方还在淌血。护士给我消毒后涂上紫药水，双腿花花的，看上去很像个挂了彩的伤员。这样，在路上再遇到的朋友和熟人，得知我的家已经完了，都毫不犹豫地从口袋掏出钱来。若是不要是不可能的！他们硬把钱塞到我借穿的那件工作服胸前的小口袋里。那时的人钱很少，有的一两块，多的三五块。我的朋友多，胸前的钱塞得愈来愈鼓。大地震后这天奇热，跑了一天，满身的汗，下午回来时塞在口袋里的钱便紧紧粘成一个硬邦邦拳头大的球儿。掏出来掰开，和妻子数一数，竟是71元，整个“文革”十年我从来没有这么巨大的收入。我被深深地打动！当时谁给了我几块钱，我都记得清清楚楚；现在事过三十年，已经记不清是哪些人，还有哪些名字，却记得人间真正的财富是什么，而且这财富藏在哪里？究竟什么时候它才会出现？

画家尼玛泽仁曾经对我说，在西藏那块土地上，人生存起来太艰难了。它贫瘠、缺氧、闭塞。但藏民靠着什么坚韧地活下来的呢，靠着一种精神，靠着信仰与心灵。

个人对信念的恪守和彼此间心灵的抚慰。

大地震是“文革”终结前最后的一场灾难。它在人祸中加入天灾，把人们无情地推向深渊的极致。然而，支撑着我们生活下来的，不正是一种对春天回归的向往、求生的本能以及人间相互的扶持与慰藉吗？在我本人几十年种种困苦与艰难中，不是总有一只又一只热乎乎、有力的手不期而至地伸到眼前？

我相信，真正的冰冷在世上，真正的温暖在人间。

大地震的第三天，我鼓起勇气，冒着频频不绝的余震，爬上我家那座危楼。我惊奇地发现，隔壁巨大而沉重的烟囱竟在我的屋子中央，它到底是怎样飞进来的？然而我首先要做的，不是找寻衣物。我已经历了两次一无所有。一次是“文革”的扫地出门，一次是这次大地震。我对财物有种轻蔑感。此刻，我只是举着一台借来的海鸥牌相机，把所有真实的景象全部记录下来。此时，忽见一堵残墙上还垂挂着一本日历。日历那页正是地震的日子。我把它扯下来，一直珍存到今天。

我要留住这一天。人生有些日子要设法留住的。因为在这种日子里，总是在失去很多东西的同时，得到的却更多——关键是我们是否能够看到。如果看到了它，就会被它改变对人生的看法并因之受益一生。

马年的滋味

龙年颂龙，猴年夸猴，牛年赞牛，马年呢？友人说，你脱脱俗套说点真实的吧，你属马，也最知马年的滋味。

我回头一看，倏忽已过了五个马年。咀嚼一下，每个本命年的滋味竟然全不一样。

我的第一个马年是1942年，我出生。本来母亲先怀一个孩子，不料小产了，不久就怀上我，倘若那孩子——据说也是个男孩子——“地位稳固”，便不会有我。我的出生乃是一种幸中之幸。第一个马年里我一落地，就是匹幸运之马。

第二个马年是1954年，我12岁。这一年天下太平。世界上没有大战争，吾国没有政治运动。我一家人没病没灾没祸没有意外的不幸。今天回忆起那个马年来，每一天都是笑容。我则无忧无虑地踢球、钓鱼、捉蟋蟀、爬房、画画、钻到对门大院内去偷摘苹果。并且第一次感觉到邻桌的女孩有种动人的香味。这个马年我是快乐之马。

第三个马年是1966年，我24岁。这年大地变成大海。黑风白浪，翻天覆地。我的家被红卫兵占领四十天，占领者每人执一木棒或铁棍，将我的一切，包括我的理想与梦想全都淋漓尽致地捣了个粉碎。那一年我看到了生

二十二岁时的照片。与我合影的是后来嫁给我的顾同昭（1964）。

活的反面，人的负面，并发现只有漆黑的夜里才是最安全的。我还有三分钟的精神错乱。这个马年我是受难之马。

第四个马年是1978年，我36岁。这一年我住在北京的人民文学出版社里写小说。第一次拿到了散发着油墨香味的自己的书《义和拳》。但我真正走进文学还是因为投入了当时思想解放的洪流。到处参加座谈会，每个会都是激情洋溢，人人发言都有耀眼的火花。那是个热血沸腾的时代。作家们都为自己的思想而写作。我“胆大妄为”地写了伤痕文学《铺花的歧路》。这小说原名叫《创伤》，由于书稿在人民文学出版社引起激烈争论，误了发表，而卢新华的《伤痕》出来了，便改名为《铺花的歧路》。这情况直到十一月才有转机。一是由于茅盾先生表示对我的支持，二是被李小林要走，拿到刚刚复刊的《收获》上发表。我便一下子站到当时文学的“风口浪尖”上。这一马年对于我，是从挣扎之马到脱缰之马。

第五个马年是1990年，我48岁。我的创作出现困顿，无人解惑，便暂停了写作。打算理一理自己的脑袋，再走下边的路。在迷惘与焦灼中重拾画笔，却意外地开始了阔别久矣的绘画生涯。世人不知我的“前身”为画家，吃惊于我；我却不知这些年竟积累如此深厚的人生感受，万般情境，挥笔即来，我也吃惊于自己。在艺术创作中最美好的感觉莫过于叫自己吃惊。于是发现，稿纸之外还有一片无涯的天地，心情随之豁然。这一年的我，可谓突围之马。

回首五个马年才知，这马年的滋味，酸甜苦辣，驳杂种种。何况本命年只是人生的驿站。各站之间长长的十二年的征程中，还有说不尽的曲折婉转。我不知别人的本命马年是何滋味，反正人生况味，都是五味俱全。五味之中，苦味为首。那么，在这个将至的马年里，我这匹马又该如何？

前几天，请友人治印两方，皆属闲文。一方是“一甲子”，一方是“老骥”。这“老骥”二字，不过是乘一时之兴，借用曹操的诗，以寓志在千里罢了。可是反过来，我又笑自己不肯甘守寂寞，总用种种近忧远虑来折磨自己。看来这一年我注定是奔波之马了。

自然

逼来的春天

那时，大地依然一派毫无松动的严冬景象，土地邦硬，树枝全抽搐着，害病似的打着冷颤；雀儿们晒太阳时，羽毛奓开好像绒球，紧挤一起，彼此借着体温。你呢，面颊和耳朵边儿像要冻裂那样的疼痛……然而，你那冻得通红的鼻尖，迎着凛冽的风，却忽然闻到了春天的气味！

春天最先是闻到的。

这是一种什么气味？它令你一阵惊喜，一阵激动，一下子找到了明天也找到了昨天——那充满诱惑的明天和同样季节、同样感觉却流逝难返的昨天。可是，当你用力再去吸吮这空气时，这气味竟又没了！你放眼这死气沉沉冻结的世界，准会怀疑它不过是瞬间的错觉罢了。春天还被远远隔绝在地平线之外吧。

但最先来到人间的春意，总是被盘踞大地的严冬所拒绝、所稀释、所泯灭。正因为这样，每逢这春之将至的日子，人们会格外的兴奋、敏感和好奇。

如果你有这样的机会多好——天天来到这小湖边，你就能亲眼看到冬天究竟怎样退去，春天怎样到来，大自然究竟怎样完成这一年一度起死回生的最奇妙和最伟大的过渡。

但开始时，每瞧它一眼，都会换来绝望。这小湖干脆就是整整一块巨大无比的冰，牢牢实实，坚不可摧；它一直冻到湖底了吧？鱼儿全死了吧？灰白色的冰面在阳光反射里光芒刺目；小鸟从不敢在这寒气逼人的冰面上站一站。

逢到好天气，一连多天的日晒，冰面某些地方会融化成水，别以为春天就从这里开始。忽然一夜寒飙过去，转日又冻结成冰，恢复了那严酷肃杀的景象。若是风雪交加，冰面再盖上一层厚厚雪被，春天真像天边的情人，愈期待愈迷茫。

然而，一天，湖面一处，一大片冰面竟像沉船那样陷落下去，破碎的冰片斜插水里，好像出了什么事！这除非是用重物砸开的，可什么人、又为什么要这样做呢？但除此之外，并没发现任何异常的细节。那么你从这冰面无缘无故的坍塌中是否隐隐感到了什么……刚刚从裂开的冰洞里露出的湖水，漆黑又明亮，使你想起一双因为爱你而无限深邃又默默的眼睛。

这坍塌的冰洞是个奇迹，尽管寒潮来临，水面重新结冰，但在白日阳光的照耀下又很快地融化和洞开。冬的伤口难以愈合。冬的黑子出现了。

冬天与春天的界限是瓦解。

冰的坍塌不是冬的风景，而是隐形的春所创造的第一幅壮丽的图画。

跟着，另一处湖面，冰层又坍塌下去。一个、两个、三个……随后湖面中间闪现一条长长的裂痕，不等你确认它的原因和走向，居然又发现几条粗壮的裂痕从斜刺里交叉过来。开始这些裂痕发白，渐渐变黑，这表明裂痕里已经浸进湖水。某一天，你来到湖边，会止不住出声地惊叫起来，巨冰已经裂开！黑黑的湖水像打开两扇沉重的大门，把一分为二的巨冰推向两旁，终于袒露出自己阔大、光滑而迷人的胸膛……

这期间，你应该在岸边多待些时候。你就会发现，这漆黑而依旧冰冷的湖水泛起的涟漪，柔软又轻灵，与冬日的寒浪全然两样了。那些仍然覆盖湖面的冰层，不再光芒夺目，它们黯淡、晦涩、粗糙和发脏，表面一块块凹下去。有时，忽然“咔嚓”清脆的一响，跟着某一处，断裂的冰块应声漂移而去……尤其动人的，是那些在冰层下憋闷了长长一冬的大鱼，它们时而激情难捺，猛地蹦出水面，在阳光下银光闪烁打个“挺儿”，“哗啦”落入水中。你会深深感到，春天不是由远方来到眼前，不是由天外来到人间；它原是深藏在万物的生命之中的，它是从生命深处爆发出来的，它是生的欲望、生的能源与生的激情。惟此，春天才是不可遏制的。它把酷烈的严冬作为自己的序曲，不管这序曲多么漫长。

追逐着凛冽的朔风的尾巴，总是明媚的春光；所有冻凝的冰的核儿，都是一滴春天的露珠；那封闭大地的白雪下边是什么？你挥动大帚，扫去白雪，一准是连天的醉人的绿意……

你眼前终于出现这般景象：宽展的湖面上到处浮动着大大小小的冰块。这些冬的残骸被解脱出来的湖水戏弄着，今儿推到湖这边儿，明日又推到湖那边儿。早来的候鸟常常一群群落在浮冰上，像乘载游船，欣赏着日渐稀薄的冬意。这些浮冰不会马上消失，有时还会给一场春寒冻结在一起，霸道地凌驾湖上，重温昔日威严的梦。然而，春天的湖水既自信又有耐性，有信心才有耐性。它在这浮冰四周，扬起小小的浪头，好似许许多多温和而透明的小舌头，去舔弄着这些渐软渐松渐小的冰块……最后，整个湖中只剩下一块肥皂大小的冰片片了，湖水反而不急于吞没它，而是把它托举在浪波之上，摇摇晃晃，一起一伏，展示着严冬最终的悲哀、无助和无可奈何……终于，它消失了。冬，顿时也消失于天地间。这时你会发现，湖水并不黝黑，而是湛蓝湛蓝。它和天空一样的颜色。

天空是永远宁静的湖水，湖水是永难平静的天空。

春天一旦跨到地平线这边来，大地便换了一番风景，明朗又朦胧。它日日夜夜散发着一种气息，就像青年人身体散发出的气息。清新的、充沛的、诱惑而撩人的，这是生命本身的气息。大地的肌肤——泥土，松软而柔和；树枝再不抽搐，软软地在空中自由舒展，那纤细的枝梢无风时也颤悠悠地摇动，招呼着一个万物萌芽的季节的到来。小鸟们不必再奓开羽毛，个个变得光溜精灵，在高天上扇动阳光飞翔……湖水因为春潮涨满，仿佛与天更近；静静的云，说不清在天上还是在水里……湖边，湿漉漉的泥滩上，那些东倒

《春来了》
44 × 52cm
2007年

西歪的去年的枯苇棵里，一些鲜绿夺目、又尖又硬的苇芽，破土而出，愈看愈多，有的地方竟已簇密成片了。你真惊奇！在这之前，它们竟逃过你细心的留意，一旦发现即已充满咄咄的生气了！难道这是一夜春风、一阵春雨或一日春晒，便齐刷刷钻出地面？来得又何其神速！这分明预示着，大自然囚禁了整整一冬的生命，要重新开始新的一轮竞争了。而它们，这些碧绿的针尖一般的苇芽，不仅叫你看到了崭新的生命，还叫你深刻地感受到生命的锐气、坚韧、迫切，还有生命和春的必然。

苦夏

这一日，终于撂下扇子。来自天上干燥清爽的风，忽吹得我衣襟飞举，并从袖口和裤管钻进来，把周身滑溜溜地抚动。我惊讶地看着阳光下依旧夺目的风景，不明白数日前那个酷热非常的夏天突然到哪里去了。

是我逃遁似的一步跳出了夏天，还是它就像1976年的“文革”那样——在一夜之间崩溃？

身居北方的人最大的福分，便是能感受到大自然的四季分明。我特别能理解一位新加坡朋友，每年冬天要到中国北方住上十天半个月，否则会一年里周身不适。好像不经过一次冷处理，他的身体就会发酵。他生在新加坡，祖籍中国河北；虽然人在“终年都是夏”的新加坡长大，血液里肯定还执著地潜在着大自然四季的节奏。

四季是来自于宇宙的最大的节拍。在每一个节拍里，大地的景观便全然变换与更新。四季还赋予地球以诗，故而悟性极强的中国人，在四言绝句中确立的法则是：起，承，转，合。这四个字恰恰就是四季的本质。起始如春，承续似夏，转变若秋，合拢为冬。合在一起，不正是地球生命完整的一轮？为此，天地间一切生命全都依从着这一拍节，无论岁岁枯荣与生死的花草百虫，还是长命百岁的漫漫人生。然而在这生命的四季里，最壮美和最热烈的不是这长长的夏吗？

女人们孩提时的记忆散布在四季；男人们的童年往事大多是在夏天里。这由于，我们儿时的伴侣总是各种各样的昆虫。蜻蜓、天牛、蚂蚱、螳螂、蝴蝶、蝉、蚂蚁、蚯蚓，此外还有青蛙和鱼儿。它们都是夏日生活的主角；每种昆虫都给我们带来无穷的快乐。甚至我对家人和朋友们记忆最深刻的细节，也都与昆虫有关。比如妹妹一见到壁虎就发出一种特别恐怖的尖叫，比如邻家那个斜眼的男孩子专门残害蜻蜓，比如同班一个最好看的女生头上花形的发卡，总招来蝴蝶落在上边；再比如，父亲睡在铺了凉席的地板上，夜里翻身居然压死了一只蝎子。这不可思议的事使我感到父亲的无比强大。后来父亲挨斗，挨整，写检查；我劝慰和宽解他，怕他自杀，替他写检查——那是我最初写作的内容之一。这时候父亲那种强大感便不复存在。生活中的一切事物，包括夏天的意味全都发生了变化。

在快乐的童年里，根本不会感到蒸笼般夏天的难耐与难熬。惟有在此后艰难的人生里，才体会到苦夏的滋味。快乐把时光缩短，苦难把岁月拉长，一如这长长的仿佛没有尽头的苦夏。但我至今不喜欢谈自己往日的苦楚与磨砺。相反，我却从中领悟到“苦”字的分量。苦，原是生活中的蜜。人生的一切收获都压在这沉甸甸的苦字的下边。然而一半的苦字下边又是一无所有。你用尽平生的力气，最终所获与初始时的愿望竟然去之千里。你该怎么想？

于是我懂得了这苦夏——它不是无尽头的暑热的折磨，而是我们顶着毒日头默默又坚忍的苦斗的本身。人生的力量全是对手给的，那就是要把对手的压力吸入自己的骨头里。强者之力最主要的是承受力。只有在匪夷所思的承受中才会感到自己属于强者，也许为此，我的写作一大半是在夏季。很多作家包括普希金不都是在爽朗而惬意的秋天里开花结果？我却每每进入炎热的夏季，反而写作力加倍地旺盛。我想，这一定是那些沉重的人生的苦夏，煅造出我这个反常的性格习惯。我太熟悉那种写作久了，汗湿的胳膊粘在书桌玻璃上的美妙无比的感觉。

在维瓦尔第的《四季》中，我常常只听“夏”的一章。它使我激动，胜过春之蓬发、秋之灿烂、冬之静穆。友人说“夏”的一章，极尽华丽之美。我说我从中感受到的，却是夏的苦涩与艰辛，甚至还有一点儿悲壮。友人说，我在这音乐情境里已经放进去太多自己的故事。我点点头，并告诉他我的音乐体验。音乐的最高境界是超越听觉；不只是它给你，更是你给它。

年年夏日，我都会这样体验一次夏的意义，从而激情迸发，心境昂然。一手撑着滚烫的酷暑，一手写下许多文字来。

今年我还发现，这伏夏不是被秋风吹去的，更不是给我们的扇子轰走的——

夏天是被它自己融化掉的。

因为，夏天的最后一刻，总是它酷热的极致。我明白了，它是耗尽自己的一切，才显示出夏的无边的威力。生命的快乐是能量淋漓尽致地发挥。但谁能像它这样，用一种自焚的形式，创造出这火一样辉煌的顶点？

于是，我充满了夏之崇拜！我要一连跨过眼前的辽阔的秋，悠长的冬和遥远的春，再一次邂逅你，我精神的无上境界——苦夏！

秋天的音乐

你每次上路出远门千万别忘记带上音乐，只要有音乐，你一路上对景物的感受就全然变了。它不再是远远待在那里、无动于衷的样子，在音乐撩拨你心灵的同时，也把窗外的景物调弄得易感而动情。你被种种旋律和音响唤起的丰富的内心情绪，这些景物也全部神会地感应到了，它还随着你的情绪奇妙地进行自我再造。你振作它雄浑，你宁静它温存，你伤感它忧郁，也许同时还给你加上一点人生甜蜜的慰藉，这是真正知友心神相融的交谈……河湾、山脚、烟光、云影、一草一木，所有细节都浓浓浸透你随同音乐而流动的情感，甚至它一切都在为你变形，一幅幅不断变换地呈现出你心灵深处的画面。它使你一下子看到了久藏心底那些不具体、不成形、朦胧模糊或被时间湮没了的感受，于是你更深深坠入被感动的漩涡里，享受这画面、音乐和自己灵魂三者融为一体的特殊感受……

秋天十月，我松松垮垮套上一件粗线毛衣，背个大挎包，去往东北最北部的大兴安岭。赶往火车站的路上，忽然发觉只带了录音机，却把音乐磁带忘记在家，恰巧路过一个朋友的住处，他是音乐迷，便跑进去向他借。他给我一盘说是新翻录的，都是“背景音乐”。我问他这是什么曲子，他怔了怔，看我一眼说：

“秋天的音乐。”

他多半随意一说，搪塞我。这曲名，也许是他看到我被秋风吹得松散飘扬的头发，灵机一动得来的。

火车一出山海关，我便戴上耳机听起这秋天的音乐。开端的旋律似乎熟悉，没等我怀疑它是不是真正地描述秋天，下巴发懒地一蹭粗软的毛衣领口；两只手搓一搓，让干燥的凉手背给湿润的热手心舒服地摩挲摩挲，整个身心就进入秋天才有的一种异样温暖甜醉的感受里了。

我把脸颊贴在窗玻璃上，挺凉，带着享受的渴望往车窗外望去，秋天的大自然展开一片辉煌灿烂的景象。阳光像钢琴明亮的音色洒在这收割过的田野上，整个大地像生过婴儿的母亲，幸福地舒展在开阔的晴空下，躺着，丰满而柔韧的躯体！从麦茬里裸露出浓厚的红褐色是大地母亲健壮的肤色；所有树林都在炎夏的竞争中把自己的精力膨胀到头，此刻自在自如地伸展它优美的枝条；所有金色的叶子都是它的果实，一任秋风翻动，煌煌夸耀着秋天的富有。真正的富有感，是属于创造者的；真正的创造者，才有这种潇洒而悠然的风度……一只鸟儿随着一支轻扬的小提琴旋律腾空飞起，它把我引向无穷纯净的天空。任何情绪一入天空便化做一片博大的安寂。这愈看愈大的天空有如伟大哲人恢弘的头颅，白云是他的思想。有时风云交会，会闪出一道智慧的灵光，响起一句警示世人的哲理。此时，哲人也累了，沉浸在秋天的松弛里。它高远，平和，神秘无限。大大小小、松松散散的云彩是他思想的片断，而片断才是最美的，无论思想还是情感……这千形万状精美的片断伴同空灵的音响，在我眼前流过，还在阳光里洁白耀眼。那乘着小提琴旋律的鸟儿一直钻向云天，愈高愈小，最后变成一个极小的黑点儿，忽然“噗”地扎入一个巨大、蓬松、发亮的云团……

我陡然想起一句话：

“我一扑向你，就感到无限温柔啊。”

我还想起我的一句话：

“我睡在你的梦里。”

那是一个清明的早晨，在实实在在酣睡一夜醒来时，正好看见枕旁你朦胧的、散发着香气的脸说的。你笑了，就像荷塘里、雨里、雾里悄然张开的一朵淡淡的花。

接下去的温情和弦，带来一片疏淡的田园风景。秋天消解了大地的绿，用它中性的调子，把一切色泽调匀。和谐又高贵，平稳又舒畅，只有收获过了的秋天才能这样静谧安详。几座闪闪发光的麦秸垛，一缕银蓝色半透明的炊烟，这儿一棵那儿一棵怡然自得站在平原上的树，这儿一只那儿一只慢吞吞吃草的杂色的牛。在弦乐的烘托中，我心底渐渐浮起一张又静又美的脸。我曾经用吻，像画家用笔那样勾勒过这张脸：轮廓、眉毛、眼睛、嘴唇……这样的勾画异常奇妙，无形却深刻地记住。你嘴角的小涡、颤动的睫毛、鼓脑门和尖俏下巴上那极小而光洁的平面……近景从眼前疾掠而过，远景跟着我缓缓向前，大地像唱片慢慢旋转，耳朵里不绝地响着这曲人间牧歌。

一株垂死的老树一点点走进这巨大唱片的中间来。它的根像唱针，在大自然深处划出一支忧伤的曲调。心中的光线和风景的光线一同转暗，即使一湾河水强烈的反光，也清冷，也刺目，也凄凉。一切阴影都化为行将垂暮秋天的愁绪；萧疏的万物失去往日共荣的激情，各自挽着生命的孤单；篱笆后一朵迟开的小葵花，像你告别时在人群中伸出的最后一次招手，跟着被轰隆隆前奔的列车甩到后边……春的萌动、战栗、骚乱，夏的喧闹、蓬勃、繁华，全都销匿而去，无可挽回。不管它曾经怎样辉煌，怎样骄傲，怎样光芒四射，怎样自豪地挥霍自己的精力与才华，毕竟过往不复。人生是一次性的；生命以时间为载体，这就决定人类以死亡为结局的必然悲剧。谁能把昨天和前天追回来，哪怕再经受一次痛苦的诀别也是幸福，还有那做过许多傻事的童年，年轻的母亲和初恋的梦，都与这老了的秋天去之遥远了。一种浓重的忧伤混同音乐漫无边际地散开，渲染着满目风光。我忽然想喊，想叫这列车停住，倒回去！

突然，一条大道纵向冲出去，黄昏中它闪闪发光，如同一支号角嘹亮吹

《湖畔》
44 × 52cm
2007年

响，声音唤来一大片拔地而起的森林，像一支金灿灿的铜管乐队，奏着庄严的乐曲走进视野。来不及分清这是音乐还是画面变换的缘故，心境陡然一变，刚刚的忧愁一扫而光。当浓林深处一棵棵依然葱绿的幼树晃过，我忽然醒悟，秋天的凋谢全是假象！

它不过在寒飙来临之前把生命掩藏起来，把绿意埋在地下，在冬日的雪被下积蓄与浓缩，等待下一个春天里，再一次加倍地挥洒与铺张！远远山坡上，坟茔，在夕照里像一堆火，神奇又神秘，它哪里是埋葬的一具尸体或一个孤魂？既然每个生命都在创造了另一个生命后离去，什么叫做死亡？死亡，不仅仅是一种生命的转换，旋律的变化，画面的更迭吗？那么世间还有什么比死亡更庄严、更神圣、更迷人！为了再生而奉献自己的伟大的死亡啊……

秋天的音乐已如圣殿的声音；这壮美崇高的轰响，把我全部身心都裹住、都净化了。我惊奇地感觉自己像玻璃一样透明。

这时，忽见对面坐着两位老人，正在亲密交谈。残阳把他俩的脸晒得好红，条条皱纹都像画上去的那么清楚。人生的秋天！他们把自己的青春年华、所有精力为这世界付出，连同头发里的色素也将耗尽，那满头银丝不是人间最值得珍惜的吗？我瞧着他俩相互凑近、轻轻谈话的样子，不觉生出满心的爱来，真想对他俩说些美好的话。我摘下耳机，未及开口，却听他们正议论关于单位里上级和下级的事，哪个连着哪个，哪个与哪个明争暗斗，哪个可靠和哪个更不可靠，哪个是后患而必须……我惊呆了，以致再不能听下去，赶快重新戴上耳机，打开音乐，再听，再放眼窗外的景物。奇怪！这一次，秋天的音乐，那些感觉，全没了。

“艺术原本是欺骗人生的。”

在我返回家，把这盘录音带送还给我那朋友时，把这话告他。

他不知道我为何得到这样的结论，我也不知道他为何对我说：

“艺术其实是安慰人生的。”

冬日絮语

每每到了冬日，才能实实在在触摸到了岁月。年是冬日中间的分界。有了这分界，便在年前感到岁月一天天变短，直到残剩无多！过了年忽然又有大把的日子，成了时光的富翁，一下子真的大有可为了。

岁月是用时光来计算的。那么时光又在哪里？在钟表上，日历上，还是行走在窗前的阳光里？

窗子是房屋最迷人的镜框。节候变换着镜框里的风景。冬意最浓的那些天，屋里的热气和窗外的阳光一起努力，将冻结在玻璃上的冰雪融化；它总是先从中间化开，向四边蔓延。透过这美妙的冰洞，我发现原来严冬的世界才是最明亮的。那一如人的青春的盛夏，总有荫影遮翳，葱茏却幽暗。小树林又何曾有这般光明？我忽然对老人这个概念生了敬意。只有阅尽人生，脱净了生命年华的叶子，才会有眼前这小树林一般明彻。只有这彻底的通彻，才能有此无边的安宁。安宁不是安寐，而是一种博大而丰实的自享。世中惟有创造者所拥有的自享才是人生真正的幸福。

朋友送来一盆“香棒”，放在我的窗台上说：“看吧，多漂亮的大叶子！”

这叶子像一只只绿色光亮的大手，伸出来，叫人欣赏。逆光中，它的叶筋舒展着舒畅又潇洒的线条。一种奇特的感觉出现了！严寒占据窗外，丰腴的春天却在我的房中怡然自得。

自从有了这盆“香棒”，我才发现我的书房竟有如此灿烂的阳光。它照进并充满每一片叶子和每一根叶梗，把它们变得像碧玉一样纯净、通亮、圣洁。我还看见绿色的汁液在通明的叶子里流动。这汁液就是血液。人的血液是鲜红的，植物的血液是碧绿的，心灵的血液是透明的，因为世界的纯洁来自于心灵的透明。但是为什么我们每个人都说自己纯洁，而整个世界却仍旧一片混沌呢？

我还发现，这光亮的叶子并不是为了表示自己的存在，而是为了证实阳光的明媚、阳光的魅力、阳光的神奇。任何事物都同时证实着另一个事物的存在。伟大的出现说明庸人的无所不在；分离愈远的情人，愈显示了他们的心丝毫没有分离；小人的恶言恶语不恰好表达你的高不可攀和无法企及吗？而骗子无法从你身上骗走的，正是你那无比珍贵的单纯。老人的生命愈来愈短，还是他生命的道路愈来愈长？生命的计量，在于它的长度，还是宽度与深度？

冬日里，太阳环绕地球的轨道变得又斜又低。夏天里，阳光的双足最多只是站在我的窗台上，现在却长驱直入，直射在我北面的墙壁上。一尊唐代的木佛一直伫立在阴影里沉思，此刻迎着一束光芒无声地微笑了。

阳光还要充满我的世界，它化为闪闪烁烁的光雾，朝着四周阴暗的地方浸染。阴影又执著又调皮，阳光照到哪里，它就立刻躲到光的背后。而愈是幽暗的地方，愈能看见被阳光照得晶晶发光的游动的尘埃。这令我十分迷惑：黑暗与光明的界限究竟在哪里？黑夜与晨曦的界限呢？来自于早醒的鸟第一声的啼叫吗……这叫声由于被晨露滋润而异样的清亮。

但是，有一种光可以透入幽闭的暗处，那便是从音箱里散发出来的闪光的琴音。鲁宾斯坦的手不是在弹琴，而是在摸索你的心灵；他还用手思索，用手感应，用手触动色彩，用手试探生命世界最敏感的悟性……琴音是不同的亮色，它们像明明灭灭、强强弱弱的光束，散布在空间！那些旋律片段好似一些金色的鸟，扇着翅膀，飞进布满阴影的地方。有时，它会在一阵轰响里，关闭了整个地球上的灯或者创造出一个辉煌夺目的太阳。我便在一

《风雪之夜》
44 × 52cm
2007年

张寄给远方的失意朋友的新年贺卡上，写了一句话：

你想得到的一切安慰都在音乐里。

冬日里最令人莫解的还是天空。

盛夏里，有时乌云四合，那即将被峥嵘的云吞没的最后一块蓝天，好似天空的一个洞，无穷地深远。而现在整个天空全成了这样，在你头顶上无边无际地展开！空阔、高远、清澈、庄严！除去少有的飘雪的日子，大多数时间连一点点云丝也没有，鸟儿也不敢飞上去，这不仅由于它冷冽寥廓，而是因为它大得……大得叫你一仰起头就感到自己的渺小。只有在夜间，寒空中才有星星闪烁。这星星是宇宙间点灯的驿站。万古以来，是谁不停歇地从一个驿站奔向下一个驿站？为谁送信？为了宇宙间那一桩永恒的爱吗？

我从大地注视着这冬天的脚步，看看它究竟怎样一步步、沿着哪个方向一直走到春天？

珍珠鸟

真好！朋友送我一对珍珠鸟。放在一个简易的竹条编成的笼子里，笼内还有一卷干草，那是小鸟舒适又温暖的巢。

有人说，这是一种怕人的鸟。

我把它挂在窗前。那儿还有一盆异常茂盛的法国吊兰。我便用吊兰长长的、串生着小绿叶的垂蔓蒙盖在鸟笼上，它们就像躲进深幽的丛林一样安全；从中传出的笛儿般又细又亮的叫声，也就格外轻松自在了。

阳光从窗外射入，透过这里，吊兰那些无数指甲状的小叶，一半成了黑影，一半被照透，如同碧玉；斑斑驳驳，生意葱茏。小鸟的影子就在这中间隐约闪动，看不完整，有时连笼子也看不出，却见它们可爱的鲜红小嘴儿从绿叶中伸出来。

我很少扒开叶蔓瞧它们，它们便渐渐敢伸出小脑袋瞅瞅我。我们就这样一点点熟悉了。

三个月后，那一团愈发繁茂的绿蔓里边，发出一种尖细又娇嫩的鸣叫。我猜到，是它们有了雏儿。我呢？决不掀开叶片往里看，连添食加水时也不睁大好奇的眼去惊动它们。过不多久，忽然有一个小脑袋从叶间探出来。更小哟，雏儿！正是这个小家伙！

它小，就能轻易地由疏格的笼子钻出身。瞧，多么像它的母亲；红嘴红脚，灰蓝色的毛，只是后背还没有生出珍珠似的圆圆的白点；它好肥，整个身子好像一个蓬松的球儿。

起先，这小家伙只在笼子四周活动，随后就在屋里飞来飞去，一会儿落在柜顶上，一会儿神气十足地站在书架上，啄着书背上那些大文豪的名字；一会儿把灯绳撞得来回摇动，跟着跳到画框上去了。只要大鸟在笼里生气儿地叫一声，它立即飞回笼里去。

我不管它。这样久了，打开窗子，它最多只在窗框上站一会儿，决不飞出去。

渐渐它胆子大了，就落在我书桌上。

它先是离我较远，见我不去伤害它，便一点点挨近，然后蹦到我的杯子上，俯下头来喝茶，再偏过脸瞧瞧我的反应。我只是微微一笑，依旧写东西，它就放开胆子跑到稿纸上，绕着我的笔尖蹦来蹦去；跳动的小红爪子在纸上发出嚓嚓的响声。

我不动声色地写，默默享受着这小家伙亲近的情意。这样，它完全放心了。索性用那涂了蜡似的、角质的小红嘴，“嗒嗒”啄着我颤动的笔尖。我用手抚一抚它细腻的绒毛，它也不怕，反而友好地啄两下我的手指。

有一次，它居然跳进我的空茶杯里，隔着透明光亮的玻璃瞅我。它不怕我突然把杯口捂住。是的，我不会。

白天，它这样淘气地陪伴我；天色入暮，它就在父母的再三呼唤声中，飞向笼子，扭动滚圆的身子，挤开那些绿叶钻进去。

有一天，我伏案写作时，它居然落到我的肩上。我手中的笔不觉停了，生怕惊跑它。待一会儿，扭头看，这小家伙竟趴在我的肩头睡着了，银灰色的眼睑盖住眸子，小红脚刚好给胸脯上长长的绒毛盖住。我轻轻抬一抬肩，它没醒，睡得好熟！还咂咂嘴，难道在做梦！

我笔尖一动，流泻下一时的感受：

信赖，往往创造出美好的境界。

挑山工

一

你见过泰山的挑山工吗？这是种很奇特的人！

不知别处对这种运货上山的民夫怎样称呼。这儿习惯叫做挑山工。单从“挑山”二字，就可以体会出这种工作非凡的艰辛。肩挑着百十斤的重物，从山下直挑到烟云缭绕、鸟儿都难飞得上去的山顶，谁敢一试？更何况，这被誉为“五岳之首”的泰山，自有其巍巍而不可征服的威势。从山根直至极顶处，一条道儿，全是高高的石头台阶，简直就是一架直上直下的万丈天梯。在通向南天门的十八盘道上，那些游山来的健壮的男儿，也不免气喘吁吁；一般人更是精疲力竭，抓着道旁的铁栏，把身子一点点往上移。每爬上十来磴台阶，就要停下来歇一歇。只有这时，你碰到一个挑山工——他给重重的挑儿压塌了腰，汗水湿透衣衫，两条腿上的肌条筋缕都清晰地凸现在外，默不作声，一步一步，吃力又坚韧地走过你身旁，登了上去。你那才算是约略知道“挑山”二字的滋味……

挑山工，大概自古就有。山头那些千年古刹所用的一切建筑材料，都是从山下运上来的。你瞧着这些构造宏伟的古建筑上巨大的梁柱础石、沉重的铜砖铁瓦，再低头俯望一条灰白的山路，如同一根细绳，蜿蜒曲折，没入茫茫的谷底。你就会联想到，当年为了建造这些庙宇寺观，为了这壮观的美，挑山工们付出了怎样艰巨和惊人的劳动！

我少时来游泰山，山顶上还有三四十户人家，家中的男人大多是挑山工，给山上的国营招待所运送食品货物以为生计。清早，他们拿了扁担绳索，带着晨风晓露下山去，后晌随着一片暮云夕阳，把货物挑上山来。星光烁烁时，家家都开夜店，留宿在山头住一夜而打算转天早起观瞻日出的游人，收费却比国营招待所低廉。他们的屋子是石头垒的。山上风大，小屋都横竖卧在山道两旁的凹处，屋顶与道面一般平。屋里边简陋得几乎什么也没有，用来招待客人的，只有一条脏被和热开水。为了招待主顾，各家门首还挂着一个小幌牌，写着店名。有的叫"棒槌店"，就在木牌两边挂一对小木棒棰；有的叫"勺儿店"，便挂一对乌黑的小生铁勺儿；下边拴些红布穗子，随风摇摆，叮当轻响。不过，你在这店里睡不好觉。劳累了一天的挑山工和客人们睡在一张炕上。他们要整整打上一夜松涛般呼呼作响的鼾声……

在这些小石屋中间，摆着一件非常稀罕的东西。远看一人多高，颜色发黑，又圆又粗，两个人才能合抱过来。上边缀满繁密而细碎的光点，熠熠闪烁，好像一块巨型的金星石。近处一看，原来是一口特大的水缸，缸身满是裂缝，那些光点竟是数不清的连合破缝的锔子，估计总有一两千个。颇令人诧异。我问过山民，才知道，山顶没有泉眼，缺水吃，山民们用这口缸储存雨水。为什么打了这么多锔子呢？据说，三百多年前，山上住着一百多户人家。每天人们要到半山间去取水，很辛苦。一年，从这些人家中，长足了八个膀大腰圆、力气十足的小伙子。大家合计一下，在山下的泰安城里买了这口大缸。由这八个小伙子出力，整整用了七七四十九天，才把大缸抬到山顶。以后，山上人家愈来愈少，再也不能凑齐那样八个健儿，抬一口新缸来。每次缸裂了，便到山下请上来一位锔缸的工匠，锔上裂缝。天长日久，就成了这样子。

听了这故事，你就不会再抱怨山顶饭菜价钱的昂贵。山上烧饭用的煤，也是一块块挑上来的呀！

二

在泰山上，随处都可以碰到挑山工。他们肩上架一根光溜溜的扁担，两端翘起处，垂下几根绳子，拴挂着沉甸甸的物品。登山时，他们的一条胳膊搭在扁担上，另一条胳膊垂着，伴随登踏的步子有节奏地一甩一甩，以保持身体平衡。他们的路线是折尺形的——先从台阶的一端起步，斜行向上，登上七八级台阶，就到了台阶的另一端；便转过身子，反方向斜行，到一端再转回来，一曲一折向上登。每次转身，扁担都要换一次肩，这样才能使垂挂在扁担前头的东西不碰在台阶的边沿上，也为了省力。担了重物，照一般登山那样直上直下，膝头是受不住的。但路线曲折，就使路程加长。挑山工登一次山，大约多于游人们路程的一倍！

你来游山。一路上观赏着山道两旁的奇峰异石、巉岩绝壁、参天古木、飞烟流泉，心情喜悦，步子兴冲冲。可是当你走过这些肩挑重物的挑山工的身旁时，你会禁不住用一种同情的目光，注视他们一眼。你会因为自己身无负载而倍觉轻松，反过来，又为他们感到吃力和劳苦，心中生出一种负疚似的情感……而他们呢？默默的，不动声色，也不同游人搭话——除非向你问问时间。一步步慢吞吞地走自己的路。任你怎样嬉叫闹喊，也不会惊动他们。他们却总用一种缓慢又平均的速度向上登，很少停歇。脚底板在石阶上发出坚实有力的嚓嚓声。在他们走过之处，常常会留下零零落落的汗水的滴痕……

奇怪的是，挑山工的速度并不比你慢。你从他们身边轻快地超越过去，自觉把他们甩在后边很远。可是，你在什么地方饱览四外雄美的山色；或在道边诵读与抄录凿刻在石壁上的爬满青苔的古人的题句；或在喧闹的溪流前洗脸濯足，他们就会在你身旁慢吞吞、不声不响地走过去。悄悄地超过了

站在唐开元十四年名碑“纪泰山铭”前，顿觉豪气满胸怀。泰山是给我精神影响最多的一座山。

你。等你发现他走在你的前头时，会吃一惊，茫然不解，以为他们是像仙人那样腾云驾雾赶上来的。

有一次，我同几个画友去泰山写生，就遇到过这种情况。我们在山下的斗姥宫前买登山用的青竹杖时，遇到一个挑山工。矮个子，脸儿黑生生，眉毛很浓，大约四十来岁；敞开的白土布褂子中间露出鲜红的背心。他扁担一头拴着几张黄木凳子，另一头捆着五六个青皮西瓜。我们很快就越过他去。可是到了回马岭那条陡直的山道前，我们累了，舒开身子，躺在一块平平的被山风吹得干干净净的大石头上歇歇脚，这当儿，竟发现那挑山工就坐在对面的草茵上抽着烟。随后，我们差不多同时起程，很快就把他甩在身后，直到看不见。但当我爬上半山的五松亭时，却见他正在那株姿态奇特的古松下整理他的挑儿。褂子脱掉，现出黑黝黝、健美的肌肉和红背心。我颇感惊异。走过去假装问道，让支烟，跟着便没话找话，和他攀谈起来。这山民倒不拘束，挺爱说话。他告诉我，他家住在山脚下，天天挑货上山。一年四季，一天一个来回。他干了近二十年。然后他说："您看俺个子小吗？干挑山工的，长年给扁担压得长不高，都是矮粗。像您这样的高个儿干不了这种活儿。走起来，晃晃悠悠哪！"

他逗趣似的一抬浓眉，咧开嘴笑了，露出皓白的牙齿。山民们喝泉水，牙齿都很白。

这么一来，谈话更随便些，我便把心中那个不解之谜说出来：

"我看你们走得很慢，怎么反而常常跑到我们前边来了呢？你们有什么近道儿吗？"

他听了，黑生生的脸上显出一丝得意之色。他吸一口烟，吐出来，好像作了一点思考，才说：

"俺们哪里有近道，还不和你们是一条道？你们是走得快，可你们在路上东看西看，玩玩闹闹，总停下来呗！俺们跟你们不一样。不能像你们在路上那么随便，高兴怎么就怎么。一步踩不实不行，停停住住更不行。那样，两天也到不了山顶。就得一个劲儿总往前走。别看俺们慢，走长了就跑到你们前边去了。瞧，是不是这个理儿？”

我心悦诚服地点着头。我感到这山民的几句话里，似乎包蕴着一种意味深长的哲理，一种切实而朴素的思想。我来不及细细嚼味，作些引申，他就担起挑儿起程了。在前边的山道上，在我流连山色之时，他还是悄悄超过了我，提前到达山顶。我在极顶的小卖部门前碰见他，他正在那里交货。我们的目光相遇时，他略表相识地点头一笑，好像对我说：

“瞧，俺可又跑到你的前头来了！”

我自泰山返回家后，就画了一幅画——在陡直而似乎没有尽头的山道上，一个穿红背心的挑山工给肩头的重物压弯了腰，却一步步、不声不响、坚韧地向上登攀。多年来，这幅画一直挂在我的书桌前，不肯换掉，因为我需要它……

黄山绝壁松

黄山以石奇云奇松奇名天下。然而登上黄山，最给我以震动的是黄山松。

黄山之松布满黄山。由深深的山谷至大大小小的山顶，无处无松。可是我说的松只是山上的松。

山上有名气的松树颇多。如迎客松、望客松、黑虎松、连理松等等，都是游客们争相拍照的对象。但我说的不是这些名松，而是那些生在极顶和绝壁上不知名的野松。

黄山全是石峰。裸露的巨石侧立千仞，光秃秃没有土壤，尤其那些极高的地方，天寒风疾，草木不生，苍鹰也不去那里，一棵棵松树却破石而出，伸展着优美而碧绿的长臂，显示其独具的气质。世人赞叹它们独绝的姿容，很少去想在终年的烈日下或寒飙中，它们是怎样存活和生长的？

一位本地人告诉我，这些生长在石缝里的松树，根部能够分泌一种酸性的物质，腐蚀石头的表面，使其化为养分被自己吸收。为了从石头里寻觅生机，也为了牢牢抓住绝壁，以抵抗不期而至的狂风的撕扯与摧折，它们的根

黄山的松树。

日日夜夜与石头搏斗着，最终不可思议地穿入坚如钢铁的石体。细心便能看到，这些松根在生长和壮大时常常把石头从中挣裂！还有什么树木有如此顽强的生命力？

我在迎客松后边的山崖上仰望一处绝壁，看到一条长长的石缝里生着一株幼小的松树。它高不及一米，却旺盛而又有活力。显然曾有一颗松籽飞落到这里，在这冰冷的石缝间，什么养料也没有，它却奇迹般生根发芽，生长起来。如此幼小的树也能这般顽强？这力量是来自物种本身，还是在一代代松树坎坷的命运中磨砺出来的？我想，一定是后者。我发现，山上之松与山下之松决不一样。那些密密实实拥挤在温暖的山谷中的松树，干直枝肥，针叶鲜碧，慵懒而富态；而这些山顶上的绝壁松却是枝干瘦硬，树叶黑绿，矫健又强悍。这绝壁之松是被恶劣与凶险的环境强化出来的。它虬劲和富于弹性的树干，是长期与风雨搏斗的结果；它远远地伸出的枝叶是为了更多地吸取阳光……这一代代艰辛的生存记忆，已经化为一种个性的基因，潜入绝壁松的骨头里。为此，它们才有着如此非凡的性格与精神。

它们站立在所有人迹罕至的地方。那些荒峰野岭的极顶，那些下临万丈的悬崖峭壁，那些凶险莫测的绝境，常常可以看到三两棵甚至只有一棵孤松，十分夺目地立在那里。它们彼此姿态各异，也神情各异，或英武，或肃穆，或孤傲，或寂寞。远远望着它们，会心生敬意；但它们——只有站在这些高不可攀的地方，才能真正看到天地的浩荡与博大。

于是，在大雪纷飞中，在夕阳残照里，在风狂雨骤间，在云烟明灭时，这些绝壁松都像一个个活着的人：像站立在船头镇定又从容地与激浪搏斗的艄公，战场上永不倒下的英雄，沉静的思想者，超逸又具风骨的文人……在一片光亮晴空的映衬下，它们的身影就如同用浓墨画上去的一样。

但是，别以为它们全像画中的松树那么漂亮。有的枝干被飓风吹折，暴露着断枝残干，但另一些枝叶仍很苍郁；有的被酷热与冰寒打败，只剩下赤裸的枯骸，却依旧尊严地挺立在绝壁之上。于是，一个强者应当有的品质——刚强、坚韧、适应、忍耐、奋取与自信，它全都具备。

现在可以说了，在黄山这些名绝天下的奇石奇云奇松中，石是山的体魄，云是山的情感，而松——绝壁之松是黄山的灵魂。

绵山奇观记

凡是名山，必有奇观。何谓奇观，天下罕见之神奇者也。那么，深藏在三晋腹地的绵山呢？

绵山以寒食清明节的发源地闻名于世。也许是寒食清明的名气太大，遮掩了它种种的神奇。今年清明时节，去到绵山拜谒大情大义的介子推墓，进山一看，吃了一惊，绵山竟藏龙卧虎有此绝世的奇观！

归来与友人侃一侃绵山的见闻。友人便给我出了一道题：“你能给绵山的神奇起个名目吗？”我说：“至少三大奇观。”友人说：“说说看，哪三样奇观。不过，每一样必能称奇于天下，方可谓之奇观。”我听罢笑而道来——

第一样是宗教奇观：包骨真身。

早听说古代高僧修成正果，圆寂之后，身体不坏，僧人们便请来彩塑工匠，以泥土包其身，依其容塑其形，人称包骨真身像。佛教中，高僧尸体火化后米粒状的凝结物，称做舍利，被视做勤修得来功德的成果与标志。而这种圆寂后身体不坏的高僧更具同样的意义，因有全身舍利一说。全身舍利十分罕见，佛教有把全身舍利制成造像来供奉的习俗。此地人称之为包骨真身像。一般的佛像都是用泥土草木塑造的，而把全身舍利置于其中的包骨真身像则蕴藏着高僧们的追求与精神，自然对敬奉者有一种震撼力和影响力。

包骨真身像《高僧师显像》通高0.9m，唐彩塑，正果寺高僧殿。

要有怎样坚定的意志和信念，才能成就这样的正果？

所有包骨真身都是古代留下来的。如今不再有了，故极其珍罕。然而，谁会想到绵山上竟还有十六尊之多！大都完好地保存在山中。

在古代绵山，修炼一生的高僧，自知大限将至，便由一根铁索攀至山顶，或通过一个临时搭架的木梯爬到悬崖绝壁上天然的洞穴里，停食净身，结跏趺坐，瞑目凝神，安然真寂。据说只有真正修成的高僧才能肉身不腐。其中还有四位道士，也是同样的苦修而成者。由于躯体风干后抽缩，体量显得比常人略小，其神气却栩栩如生。三晋彩塑艺人的技术真是高超绝伦，居然把每一位"包塑真容"者的个性都传达出来。有的仁慈和善，有的忧患悲悯，有的明彻空灵，有的沉静淡定。他们大多是唐宋金元几代的高僧与道人，至今最少也有七八百年甚至上千年！岁月太长，泥皮破裂，里边露出衣袍；那位宋代高僧师显的手指甲和脚筋也能清晰地看到呢！历史赤裸裸和千真万确地呈现在眼前。一种坚韧追求的精神得到见证，令人敬佩。当今世上有几个地方还能见到这样宗教的奇观？

再一样是山水的奇观。

先说山。绵山以石为骨骼，土为血肉，树为衣衫。山多巨岩，往往直立百丈，巍然博大，颇为壮观。最奇特的是这些巨岩的半腰或下部，常常向内深凹进去，有如大汉吸腹，深邃如洞。里边既宁静又安全，无风无雨，冬暖夏凉。绵山里这种内凹的岩洞随处可见，最大的要算是云峰寺山的抱腹岩，中间竟然凹进去五六十米，高五六十米，宽竟达二百米！我此次到绵山已是春暖花开，岩腹内冬天里冻结的冰竟然依旧坚硬不化。古人早就看上这大自然神奇的恩赐，便在这巨大而幽深的岩腹里建庙筑寺。自三国以降，历代修建的庙宇层层叠叠，高低错落，优美异常。年年逢到庙会，来朝拜的香客多达万人。一时香烟缭绕，溢满岩腹。这样的奇观何处之有？

绵山的山奇水亦奇。

原以为绵山多石，水必定少。山里的人却告诉我一句不可思议的话："绵山山有多高，水有多高。"待我山上山下留心察看，竟然真的如此。不单溪水在谷底奔流，就连近两千米的龙脊岭和李姑岩的极顶也可以见到泉水从石缝里涓涓冒出。奇怪的是，这些水好似从石头里溢出来的。有的像雨水一样滴滴答答落下来，有的汇成细流沿着石壁蜿蜒而下，有的从岩石里渗到表面，湿漉漉地洇成一片，难道绵山的石头里都是水——就像古人所说，好的石头都是“负土胎泉”？

绵山最神奇的水莫过于圣乳泉。

圣乳泉在一块巨大的石壁上。但不是挂在石壁之上，而是从岩石的裂缝或洞眼里一点点淌出来的。时间太久，渐成石乳，饱满地隆起在岩壁上。这泉水便沿着圆圆的石乳头亮晶晶地滴下。

关于圣乳泉的传说，与寒食节有关。据说那位春秋时晋国大臣介子推搀扶母亲避火来到这里，一时口渴难忍，正巧绵山的五龙圣母路经此地，解开衣襟以乳水相救。但是火太大了，把圣母的双乳烧成石乳，五龙圣母就把石乳留在这里，以帮助山中口渴的人。人们感激圣母，称之为圣乳泉或母奶泉。据说这圣乳慈爱有灵，每一百年会再生出一对石乳来。从春秋至今两千五百年，岩壁上大大小小的石乳已生出二十五对。大的如枕头，小的似南瓜。而且全都是对对成双，酷似妇女的双乳。如果饮一口这圣乳滴下的泉水，还真的甘甜清洌，沁人心脾！

传说的圣乳是一种理想，现实的石乳却更奇异。所有石乳都长满厚厚的生气盈盈的绿苔，好似毛绒绒翠绿色的乳罩。有时上边还生出一种紫色小花，娇艳可爱。

这美丽而神奇的圣乳不是绵山独有的奇观吗？

更加惊心动魄的绵山奇观是——挂祥铃。这原本在唐代是一种祈雨谢佛的法事活动，渐渐已演化为绵山一带的民间习俗。

绵山的挂祥铃在抱腹岩的空王寺。人们在寺中拜求空王佛许愿或还愿之后，便请专事挂铃的艺人上山，将一只水罐大小的铜铃挂在岩腹上方陡峭的岩壁上。

挂铃之举十分惊险。艺人先要爬到山顶，将一条绳索系在松树上，然后扯住绳索一点点降落下来，直至岩腹上方，遂以绳荡身，直到贴附岩壁，再把铜铃牢牢挂在洞口上方的岩壁上。整个过程令人心惊胆战。艺人只身悬吊，下临无地，全凭一根绳索，需要非凡的胆量与技能，是不是非此不能表达对佛的虔敬？故而，每每将铜铃挂好，随即燃放红鞭一挂，以庆事成，亦报吉祥。

挂祥铃这个古俗为绵山人所喜爱，千年不绝。如今抱腹岩洞口挂着的铜铃密密麻麻一片，山风吹来，铃声叮当，清脆悠远，与下边寺庙中的钟鼓和梵乐合奏成乐，悦耳亦悦心。此情此景此民俗，何处还有？

友人听我讲到这里，已然目怔口呆。他的眼神似在问我还有什么奇观。

我说，山里的人们陪我登上龙脊岭时，遥指远处叫我看。只见起伏的山影宛如蓝色波涛，重重叠叠；其中几个峰巅，似有小屋。他们说，那山顶上近一处叫草庵，远一处叫茅庵，都是古庙，由于山高路远，没人去过。那儿有何奇人奇物奇事奇观，尚不可知。我所见到的绵山奇观，不过是厚厚的一本书前边的几十页而已。

世界

维也纳春天的三个画面

你一听到青春少女这几个字，是不是立刻想到纯洁、美丽、天真和朝气？如果是这样你就错了！你对青春的印象只是一种未做深入体验的大略的概念而已。青春，它是包含着不同阶段的异常丰富的生命过程。一个女孩子的十四岁、十六岁、十八岁——无论她外在的给人的感觉，还是内在的自我感觉，都决不相同。就像春天，它的三月、四月和五月是完全不同的三个画面。你能从自己对春天的记忆里找出三个画面吗？

我有这三个画面。它不是来自我的故乡故土，而是在遥远的维也纳三次旅行中的画面定格，它们可绝非一般！在这个用音乐来召唤和描述春天的城市里，春天来得特别充分、特别细致、特别蓬勃，甚至特别震撼。我先说五月，再说三月，最后说四月，它们各有一次叫我的心灵感到过震动，并留下一个永远具有震撼力的画面。

五月的维也纳，到处花团锦簇，春意正浓。我到城市远郊的山顶上游玩，当晚被山上热情的朋友留下，住在一间简朴的乡村木屋里，窗子也是厚厚的木板。睡觉前我故意不关严窗子，好闻到外边森林的气味，这样一整夜就像睡在大森林里。转天醒来时，屋内竟大亮，谁打开的窗子？正诧异着，忽见窗前一束艳红艳红的玫瑰。谁放在那里的？走过去一看，呀，我怔住了，原来夜间窗外新生的一枝缀满花朵的红玫瑰，趁我熟睡时，一点点将窗子顶开，伸进屋来！它沾满露水，喷溢浓香，光彩照人；它怕吵醒我，竟然悄无声息地又如此辉煌地进来了！你说，世界上还有哪一个春天的画面更能如此震动人心？

那么，三月的维也纳呢？

这季节的维也纳一片空濛。阳光还没有除净残雪，绿色显得分外吝啬。我在多瑙河边散步，从河口那边吹来的凉丝丝的风，偶尔会感到一点春的气息。此时的季节，就凭着这些许的春的泄露，给人以无限期望。我无意中扭头一瞥，看见了一个无论多么富于想象力的人也难以想象得出的画面——

几个姑娘站在岸边，她们正在一齐向着河口那边伸长脖颈，眯缝着眼，噘着芬芳的小嘴，亲吻着从河面上吹来的捎来春天的风！她们做得那么投入、倾心、陶醉、神圣，风把她们的头发、围巾和长长衣裙吹向斜后方，波浪似的飘动着。远看就像一件伟大的雕塑。这简直就是那些为人们带来春天的仙女们啊！谁能想到用心灵的吻去迎接春天？你说，还有哪个春天的画面，比这更迷人、更诗意、更浪漫、更震撼？

我心中的画廊里，已经挂着维也纳三月和五月两幅春天的图画。这次恰好在四月里再访维也纳，我暗下决心，无论如何也要找到属于四月这季节的同样强烈动人的春天杰作。

开头几天，四月的维也纳真令我失望。此时的春天似乎只是绿色连着绿色。大片大片的草地上，没有五月那无所不在的明媚的小花。没有花的绿地是寂寞的。我对驾着车一同外出的留学生小吕说：

“四月的维也纳可真乏味！绿色到处泛滥，见不到花儿，下次再来非躲开四月不可！”

小吕听了，就把车子停住，叫我下车，把我领到路边一片非常开阔的草地上，然后让我蹲下来扒开草好好看看。我用手拨开草一看，大吃一惊：原来青草下边藏了满满一层花儿，白的、黄的、紫的，纯洁、娇小、鲜亮，这么多、这么密、这么辽阔！它们比青草只矮几厘米，躲在草下边，好像只要一

维也纳城市公园围墙上
的女神雕像。

努劲，就会齐刷刷地全冒出来……

“得要多少天才能冒出来？”我问。

“也许过几天，也许就在明天。”小吕笑道，“四月的维也纳可说不准，一天换一个样儿。”

可是，当夜冷风冷雨，接连几天时下时停，太阳一直没露面儿。我很快就要离开这里去意大利了，便对小吕说：

“这次看不到草地上那些花儿了，真有点遗憾呢，我想它们刚冒出来时肯定很壮观。”

小吕驾着车没说话，大概也有些怏怏然吧。外边毛毛雨点把车窗遮得像拉了一道纱帘。可车子开出去十几分钟，小吕忽对我说：“你看窗外——”隔过雨窗，看不清外边，但窗外的颜色明显地变了：白色、黄色、紫色，在窗上流动。小吕停了车，手伸过来，一推我这边的车门，未等我弄明白是怎么回事，便说：

“去看吧——你的花！”

迎着细密地、凉凉地吹在我脸上的雨点，我看到的竟是一片花的原野。这正是前几天那片千千万万朵花儿藏身的草地，此刻一下子全冒出来，顿时改天换地，整个世界铺满全新的色彩。虽然远处大片大片的花已经与蒙蒙细雨融在一起，低头却能清晰看到每一朵小花，在冷雨中都像英雄那样傲然挺立，明亮夺目，神气十足。我惊奇地想：它们为什么不是在温暖的阳光下冒出来，偏偏在冷风冷雨中拔地而起？小小的花居然有此气魄！四月的维也纳忽然叫我明白了生命的意味是什么？是——勇气！

这两个普通又非凡的字眼，又一次叫我怦然感到心头一震。这一震，便使眼前的景象定格，成为四月春天独有的壮丽的图画，并终于被我找到了。

拥有了这三幅画面，我自信拥有了春天，也懂得了春天。

精神的殿堂

人死了，便住进一个永久的地方——墓地。生前的亲朋好友，如果对他思之过切，便来到墓地，隔着一层冰冷的墓室的石板“看望”他。扫墓的全是亲人。

然而，世上还有一种墓地属于例外。去到那里的人，非亲非故，全是来自异国他乡的陌生人。有的相距千山万水，有的相隔数代。就像我们，千里迢迢去到法国。当地的朋友问我们想看谁。我们说了卢梭、雨果、巴尔扎克、莫奈、德彪西等一大串名字。

朋友笑着说：“好好，应该，应该！”

他知道去哪里可以找到这些人，于是他先把我们领到先贤祠。

先贤祠就在我们居住的拉丁区。有时走在路上，远远就能看到它颇似伦敦保罗教堂的石绿色的圆顶。我一直以为是一座教堂。其实，我猜想得并不错，它最初确是教堂。可是在法国大革命期间，曾用来安葬故去的伟人，因此它就有了荣誉性的纪念意义。到了1885年，它被正式确定为安葬已故伟人的处所。从而，这地方就由上帝的天国转变为人间的圣殿。人们再来到这里，便不是聆听神的旨意，而是重温先贤的思想精神来了。

重新改建的建筑的入口处，刻意使用古希腊神庙的样式。宽展的高台阶，一排耸立的石柱，还有被石柱高高举起来的三角形楣饰，庄重肃穆，表达着一种至高无上的历史精神。大维·德安在楣饰上制作的古典主义的浮雕，象征着祖国、历史和自由。上边还有一句话："献给伟人们，祖国感谢他们！"

这句话显示出这座建筑的内涵，神圣又崇高，超过了巴黎任何建筑。

我要见的维克多·雨果就在这里。他和所有这里的伟人一样，都安放在地下。因为地下才意味着埋葬。但这里的地下是可以参观与瞻仰的。一条条走道，一间间石室。所有棺木全都摆在非常考究和精致的大理石台子上。雨果与另一位法国的文豪左拉同在一室，一左一右，分列两边。每人的雪白大理石的石棺上面，都放着一片很大的美丽的铜棕榈。

我注意到，展示着他们生平的"说明牌"上，文字不多，表述的内容却自有其独特的角度。比如对于雨果，特别强调由于反对拿破仑政变，坚持自己的政见，遭到迫害，因而到英国与比利时逃亡十九年。1870年回国后，他还拒绝拿破仑第三的特赦。再比如左拉，特意提到他为受到法国军方陷害的犹太血统的军官德雷福斯鸣冤，因而被判徒刑那个重大的挫折。显然，在这里，所注重的不是这些伟人的累累硕果，而是他们非凡的思想历程与个性精神。

比起雨果和左拉，更早地成为这里"居民"的作家是卢梭和伏尔泰。他们是18世纪的古典主义的巨人，生前都有很高声望，死后葬礼也都惊动一时。1778年伏尔泰送葬的队伍曾在巴黎大街上走了八个小时。卢梭比伏尔泰多活了三十四天。在他死后的第十六年（1794年），法兰西共和国举行了一个隆重又盛大的仪式，把他迁到先贤祠来。

将卢梭和伏尔泰安葬此处，是一种象征，一种民族精神的象征。这两位作家的文学作品都是思想大于形象。他们的巨大价值，是对法兰西精神和思想方面作出的伟大贡献。在这里，卢梭的生平说明上写道，法兰西的"自由、平等、博爱"就是由他奠定的。

卢梭的棺木很美，雕刻非常精细。正面雕了一扇门，门儿微启，伸出一

巴黎的先贤祠

支手，送出一支花来。世上如此浪漫的棺木大概惟有卢梭了！再一想，他不是一直在把这样灿烂和芬芳的精神奉献给人类？从生到死，直到今天，再到永远。

于是，我明白了，为什么在先贤祠里，我始终没有找到巴尔扎克、斯丹达尔、莫泊桑和缪塞，也找不到莫奈和德彪西。这里所安放的伟人们所奉献给世界的，不只是一种美，不只是具有永久的欣赏价值的杰出的艺术，而是一种思想和精神。他们是鲁迅式的人物，却不是朱自清。他们都是撑起民族精神大厦的一根根擎天的巨柱，不只是艺术殿堂的栋梁。因此我还明白，法国总统密特朗就任总统时，为什么特意要到这里来拜谒这些民族的先贤。

1955年4月20日居里夫人和皮埃尔的遗骨被移到此处安葬。显然，这样做的原由，不仅由于他们为人类科学作出的卓越的贡献，更是一种用毕生对磨难的承受来体现的崇高的科学精神。

读着这里每一位伟人的生平，便会知道他们中间没有一个世俗的幸运儿。他们全都是人间的受难者，在烧灼着自身肉体的烈火中去找寻真金般的真理。他们本人就是这种真理的化身。当我站到他们的遗体就在面前时，我被深深打动着。真正打动人的是一种照亮世界的精神。故而，许多石棺上都堆满鲜花，红黄白紫，芬芳扑鼻。这些花是来自世界各地的人天天献上的。它们总是新鲜的。有的是一小支红玫瑰，有的是一大束盛开的百合花。

这里，还有一些“伟人”，并非名人。比如一面墙上雕刻着许多人的姓名。它是两次世界大战中为国捐躯的作家的名单。第一次世界大战共五百六十名，第二次世界大战共一百九十七名。我想，两次大战中的烈士成千上万，为什么这里只是作家？大概法国人一直把作家看做是“个体的思想者”。他们更能够象征一种对个人思想的实践吧！虽然他们的作品不被人所知，他们的精神则被后人镌刻在这民族的圣殿中了。

一位叫做安东尼奥·圣修伯利的充满勇气的浪漫派诗人也安葬在这里。除去写诗，他还是第一个驾驶飞机飞越大西洋、开辟往非洲航邮的功臣。1943年他到英国参加戴高乐将军的“自由法国”抵抗运动，在地中海的一次空战中不幸牺牲，尸骨落入大海，无处寻觅。但人们把他机上的螺旋桨找到了，放在这里，作为纪念。他生前不是伟人，死后却得到伟人般的待遇。因为，先贤祠所敬奉的是一种无上崇高的纯粹的精神。

对于巴黎，我是个外国人，但我认为，巴黎真正的象征不是艾菲尔铁塔，不是卢浮宫，而是先贤祠。它是巴黎乃至整个法国的灵魂。只有来到先贤祠，我们才会真正触摸到法兰西的民族性，她的气质，她的根本，以及她内在的美。

我还想，先贤祠的“祠”字一定是中国人翻译出来的。祠乃中国人祭拜祖先的地方。人入祠堂，为的是表达对祖先的一种敬意、崇拜、纪念、感谢，还有延续下去并发扬光大的精神。这一切意义，都与法国人这个“先贤祠”的本意极其契合。这译者真是十分的高明。想到这里，转而自问：我们中国人自己的先贤、先烈、先祖的祠堂如今在哪里呢？

翁弗勒尔

我之所以离开巴黎，专程去到大西洋边小小的古城翁弗勒尔，完全是因为这地方曾使印象派的画家十分着迷。究竟什么使他们如此痴迷呢？

由于在前一站卢昂的圣玛丽大教堂前流连得太久，到达翁弗勒尔已近午夜。我们住进海边的一家小店，躺在古老的马槽似的木床上，虽然窗外一片漆黑，却能看到远处灯塔射出的光束来回转动。海潮冲刷堤岸的声音就在耳边。这叫我充满奇思妙想，并被诱惑得难以入眠。我不断地安慰自己：睡觉就是为了等待天明。

清晨一睁眼，一道桥形的斜虹斜挂在窗上。七种颜色，鲜艳分明。这是翁弗勒尔对我们的一种别致的欢迎吗？

推开门又是一怔，哟，谁把西斯莱一幅漂亮的海港之作堵在门口了？于是我们往画里一跨步，就进入翁弗勒尔出名的老港。

现在是十一月，旅游的盛季已然过去。五颜六色的游船全聚在港湾里，开始了它们漫长的“休假”。落了帆的桅杆如林一般静静地竖立着，只有雪白的海鸥在这“林间”自在地飞来飞去。有人对我说，你们错过了旅游的黄金季节，许多好玩的地方都关闭了。然而，正是由于那些花花绿绿、吵吵闹闹的“夏日的虫子”都离去了，翁弗勒尔才重现了它自始以来恬静、悠闲、古朴又浪漫的本色。

古城就在海边，一年四季经受着来自海上的风雨。这就使得此地人造屋的本领极强。在没有混凝土的时代，他们用粗大的方木构造屋架。木头有直有斜，但在力学上很讲究，木架中间填上石块和白灰，屋顶铺着挡风遮雨的黑色石板，不但十分坚固，而且很美，很独特，很强烈。翁弗勒尔人很喜欢他们先辈这种创造，所以没有一个人推倒古屋，去盖那种工业化的水泥楼。翁弗勒尔一看就知：它起码二百岁！

那么，印象派画家布丹、莫奈、西斯莱以及库尔贝、波德莱尔、罗梭等，就是为这古城独特的风貌而来的吗？对了，他们中间不少人，还画过城中那座古老的木教堂呢！

我在挪威斯克地区曾经看过这种中世纪的完全用木头造的教堂，它们已经完全被视做文物。但在这里，它依然被使用着。奇异的造型，粗犷的气质，古朴的精神，非常迷人。翁弗勒尔的木头不怕风吹日晒，木教堂历经数百年，只是有些发黑。它非但没有朽损，居然连一条裂缝也没有。

我注意到教堂地下室的外墙上有一种小窗，窗子中间装一根两边带着巨齿的铁条，作为“护栏”。这样子挺凶的铁条就是当年锯木头的大锯条吧！那么里边黑糊糊的，曾经关押过什么人？这使我们对中世纪的天主教所发生的事充满了恐惧的猜想。

教堂里的光线明明暗暗，全是光和影的碎块，来祈祷的人忽隐忽现。对于古老的管风琴来说，木头的教堂就是一个巨大的音箱。赞美圣母的音乐浑厚地充满在教堂里。再有，便是几百年也散不尽的木头的气息。

教堂里的音乐是管风琴，教堂外的音乐是钟声。每当尖顶里的铜钟敲响，声音两重一轻，嘹亮悦耳，如同阳光一般向四外传播。翁弗勒尔的房子最高不过三层，教堂为四层楼房；钟声无碍，笼罩全城。最奇异的是，城内的小街小巷纵横交错。这空空的街巷便成了钟声流通的管道。无论在哪一条深巷里，都会感到清晰的钟声迎面传来。

最美的感觉当然就在这深巷里。

我喜欢它两边各种各样的古屋和老墙，喜欢它们年深日久之后前仰后合的样子，喜欢它随地势而起伏的坡度，喜欢被踩得坑坑洼洼的硌脚的石头路面，喜欢忽然从老墙里边奔涌出来的一大丛绿蔓或生气盈盈的花朵。我尤其喜欢站在这任意横斜的深巷里失去方向的感觉。在这种深巷里，单凭明暗是无法确认时间的：正午时会一片蓝色的幽暗，天暮时反而会一片光明——一道夕阳金灿灿地把巷子照得通亮。

在旅游者纷纷离去之后，翁弗勒尔又回复了它往日的节奏与画面。街上很少看见人，没有声响，常常会有一只猫无声地穿街而过。店铺不多，多为面包店、杂品店、服装店、酒店、陶瓷店、船具和渔具店，还有几家古董店，古董的价钱都便宜得惊人。对于钟情于历史的翁弗勒尔来说，它有取之不尽的稀罕的古物。

在那个小小的城堡似的旧海关前，一个穿皮衣的水手正在挺着肚子抽着大烟斗，一只猎犬骄傲地站在他身边；渔港边的小路上，一个年轻女子推着婴儿车悠闲地散步，婴儿的足前放着一大束刚买来的粉色和白色的百合；堤坝上，支个摊子卖鱼虾的老汉对两位胖胖的妇女说："昨天风大，今天的虾贵了一点。"

这些平凡又诗意的画面才是画家们的兴奋点吧！

我忽然发现天空的色彩丰富无比。峥嵘的云团堆积在东边天空，好似重山叠嶂。有的深黑如墨，有的白得耀眼，仿佛阳光下的积雪。它们后边的天空，由于霞光的浸入，纯蓝的天色微微泛紫，一种很美很纯的紫罗兰色。这紫色的深处又凝聚着一种橄榄的绿色。绿色上有几条极亮的橘色的云，正在行走。这些颜色全都映入下边的海水中。海无倒景，映入海中的景物全是色彩。海水晃动，所有色彩又混在一起。这种美得不可思议的颜色怎么能画出来呢？

我的伙伴问我什么时候去参观"布丹美术馆"。他说那里收藏着许多印象派在翁弗勒尔所作的画。我说，现在就去。他笑了，说："你真沉得住气，最后才去看画。"

我说："要想了解画家，最好先看看吸引他们的那些事物。"

三千道瀑布

记得十年前，和王蒙、安忆、子建、刘恒等文友在奥斯陆与挪威作家围桌交谈文学，会后承蒙主人盛情去游览该国的西部名城卑尔根。卑尔根与奥斯陆两城在挪威的版图上一西一东，交通的方式可以航飞也可以车行。但车行必须横穿挪威还要翻越盘桓和高耸在北欧大地上的斯堪的纳维亚山脉，谁知这种选择却叫我们领略到这个国家山水的雄奇、纯净和原始。

很少国家像挪威被粗壮而簇密的森林所覆盖。古老的森林随处可见。伐木往往是为了不叫森林生长得过密窒息而死，这不是最理想和良性的生态吗？就是这种一望无际、排山倒海般的森林把甲壳虫乐队的歌手、接着又把村上春树征服了，这位日本作家才用《挪威的森林》作为自己颇具魅力的书名。那天，我们乘坐的大巴车里一路很少关窗，为了享受在山间穿行时森林里冒出来的极充沛的又凉又湿又清澈的氧气。我们称大巴是“活动氧吧”。我还感觉我的肺叶大敞四开，所有肺细胞都像玻璃珠儿一样鼓胀而透明。

然而更叫我震撼的是山间的瀑布。我从来没有见过其他地方有如此丰沛的泉水。车子走着走着，便可听到前边什么地方泉声咆哮，跟着窗外一条雪白的飞泉好像要冲到车子上来。车子在山中跑了两天，轮胎给泉水冲洗得仍然像新换上去的。一天夜里住店歇脚，听到不远地方泉水轰鸣，好像飞机起飞那种声音。怎样的瀑布能发出如此巨响，我们被诱惑起来，出了旅店，摸黑去瞧那个呼吼不已的山间“巨兽”，没想到它竟在几里外的地方。待走到跟前，尽管夜很黑，却隐约地看到它巨大的狂滚的有些狰狞的形态。尽管它喷出来的细密的水雾很快湿了我们的衣服，大家激动得又叫又喊，但在瀑布声中谁也听不到别人喊什么，只能看到彼此兴奋而发光的眼睛。子建的目光尖而亮，刘恒的目光圆而明，像灯。

到了卑尔根，我对挪威朋友说，你们的瀑布太棒了。挪威朋友说，那你应该从这里再进一趟峡湾，挪威最应该去的地方是峡湾。我知道挪威西部海岸，陆海交叉，蔚为奇观，大海伸进陆地最长的峡湾是挪威桑格纳峡湾，长达二百余公里，深至一千三百米！冷战时期苏军的一条潜艇曾误入峡湾，使挪威误以为要爆发战争，吓了一跳。

这一次我又来到奥斯陆，决心要去一趟峡湾。我知道挪威人的一个逻辑：如果没去过峡湾就等于没来过挪威。我选择的路仍是从奥斯陆出发驱车前往西部沿海，想再感受一下挪威的山水。然而不同的是，那一次是在夏末，这一次是深秋。季节改观天地。车子不再像上次那样在流水般浓绿的山林中穿行，而是徜徉于金子般炫目的秋色中。漫山黄叶中，偶尔还会有夹着几棵赤朱斑烂，好似开满花朵；或是一株通红通红，好似高擎着火炬一般。溢满车厢里的也全是给太阳晒暖的秋叶的气息了。想想看，从这样金色的山林进入蓝色的峡湾是怎样的优美？

可是，受着大西洋暖流影响的峡湾的气候是莫测的。待到了著名的佛拉姆码头天正下雨，入住旅店后又听了一夜的雨，清晨拉开窗帘依旧是漫天阴云，雨反而更紧一些。我从来不抱怨天气。可是总不能再等一天，冒雨也要进峡湾看看。这样，乘着游轮驶入一片高山深谷中，当想到船驶在海水而非江水上时，感觉确实有些奇异。

浓烟一般的雨雾遮住山色、水光和远处的景物。但是我相信，当老天拿走你一样东西的同时，一定还会给你另一样东西，就看你是否发现？于是我看见了——瀑布！

雨中的挪威峡湾。

一条雪白的瀑布远远地挂在高山黝黑的石壁上，直泻而下，中间受阻，腾起烟雾，折返三次，遂落入湾中。由于远，听不见水声，却看得出它奔泻下来时的冲动与急切。

不等我细细观看，船已驶过，然而又一道瀑布出现了。峡湾里有这样多的瀑布吗？是的，随着船的行进与深入，一道接着一道瀑布层出不穷地出现在眼前，而且千姿万态。有的飞流直下，一线如注；有的宛如万串珍珠，喷洒似雨；有的银龙般狂奔激涌，由天而降；有的烟一般地纠缠在峭壁上，边落边飞。途径一处，两边危崖陡壁挂满大大小小瀑布，竟有五六十道，我没有见过如此众多、各不相同的瀑布同时展现，简直是瀑布的博览会！而每一道瀑布的出现都给人们带一种惊喜，大家举着相机争着给瀑布拍照。这瀑布是峡湾的第一奇观吗？船员却说，并不是天天都能看到如此众多的瀑布，正是由于一天一夜的雨，使大量的瀑布出现了！

你说阴雨是给我败兴还是助兴？

我庆幸自己的幸运，但还是难以明白一场雨怎能生出如此壮美的瀑布奇观？

由于我们事先选择另一条路返回奥斯陆，这条路必须翻越一座两千米高的山顶，这便有幸找到了瀑布奇观的答案。

当我们的车子爬到极顶，景象变得奇异甚至有些恐怖。一堆堆殷红的石头，刺目的白雪，枯死而发黑的苔藓，不仅无人，鸟也没有，任何活的生命都看不到，古怪、原始、死寂，好像来到月球上。车子开了很长一阵子，居然没见到别的车开过，驾车的伙伴小俞说：“如果这时车子熄了火，咱们可就完了。”这话增加了心里的恐惧感。

我忽然发现这山顶道路的两边插着很多很长的木杆，排得很密，杆子约四米，在离地三米高的地方画着黑色或红色的标记。据说这是到了冬天山上积雪看不见道路时，为行车的人设置的路标，这么说山顶上积雪竟可以达到三米厚吗？春天积雪融化后跑到哪儿去了？当车子开进山顶腹地，出现了许多巨大的湖，一个连着一个，湖的彼岸常常很远，甚至有水天相接之感。融雪的水纯净而湛蓝，在阳光下静静地闪着光亮。难道它们就是山下那上千条瀑布之源吗？当然是，它们就是峡湾里那些瀑布不竭的源泉。我被挪威大地自然资源的雄厚惊呆了。他们不会在这些地方拦水为坝建发电站，而不管峡湾里的什么奇观不奇观吧。我想到，昨天在长长的峡湾里，我没有见到过一座临美景而开发建造的别墅。如果这峡湾在我们的经济发达的东南沿海会是怎样的遭遇呢。还不成了“商业一条湾”？我反省着我们自己。

回到奥斯陆后我把此行之所见告诉一位久居这座城市的朋友。我说：“我估算了一下，二百里的峡湾里瀑布至少有一千道。”朋友笑道：“峡湾里的瀑布无法数字化的。你有没有留心山壁处处都是泉水流过的痕迹？如果你那天雨水再大些，那些地方也是瀑布。瀑布还要多上两倍呢，至少三千道。”他不等我说话，接着说，“别忘了，你去的只是桑格纳峡湾。挪威西北部海边可是布满峡湾呀。”

于是，现在一想到挪威，第一个冒出来的形象就是由天而降的雪白的瀑布。

古希腊的石头

每到一个新地方，首先要去当地的博物馆。只要在那里边待上半天或一天，很快就会与这个地方“神交”上了。故此，在到达雅典的第二天一早，我便一头扎进举世闻名的希腊国家考古博物馆。

我在那些欧洲史上最伟大的雕像中间走来走去，只觉得我的眼睛——被那个比传说还神奇的英雄时代所特有的光芒照得发亮。同时，我还发现所有雕像的眼睛都睁得很大，眉清目朗，比我的眼睛更亮！我们好像互相瞪着眼，彼此相望。尤其是来自克里特岛那些壁画上人物的眼睛，简直像打开的灯！直叫我看得神采焕发！在艺术史上，阳刚时代艺术中人物的眼睛，总是炯炯有神；阴暗时期艺术中人物的眼睛，多半暧昧不明。当然，“文革”美术除外，因为那个极度亢奋时代的人们全都注射了一种病态的政治激素。

我承认，希腊人的文化很对我的胃口。我喜欢他们这些刻在石头上的历史与艺术。由于石头上的文化保留得最久，所以无论是希腊人，还是埃及人、玛雅人、巴比伦人以及我们中国人，在初始时期，都把文化刻在坚硬的石头上。这些深深刻进石头里的文字与图像，顽强又坚韧地表达着人类对生命永恒的追求，以及把自己的一切传之后世的渴望。

然而，永恒是达不到的。永恒只是很长很长的时间而已。古希腊人已经在这时间旅程中走了三四千年。证实这三四千年的仍然是这些文化的石头。可是如今我们看到了，石头并非坚不可摧。世界上没有任何东西可以把人带到永远。在岁月的翻滚中，古希腊人的石头已经满是裂痕与缺口，有的只剩下一些残块和断片。

在博物馆的一个展厅，我看到一截石雕的男子的左臂。虽然只是这么一段残臂，却依然紧握拳头，昂然地向上弯曲着，皮肤下面的血管膨脝鼓胀，脉搏在这石臂中有力地跳动。我们无法看见这手臂连接着的雄伟的身躯，但完全可以想见这位男子英雄般的形象。一件古物背后是一片广阔的历史风景。历史并不因为它的残缺而缺少什么。残缺，却表现着它的经历，它的命运，它的年龄，还有一种岁月感。岁月感就是时间感。当事物在无形的时间历史中穿过，它便被一点点的消损与改造，并因而变得古旧、龟裂、剥落与含混，同时也就沉静、苍劲、深厚、斑驳和朦胧起来。

于是一种美出现了。

这便是古物的历史美。历史美是时间创造的，所以它又是一种时间美。我们通常是看不见时间的，但如果你留意，便会发现时间原来就停留在所有古老的事物上。比如那深幽的树洞，凹陷的老街，泛黄的旧书，磨光的椅子，手背上布满的沟样的皱纹，还有晶莹而飘逸的银发……它们不是全都带着岁月和时间深情的美感吗？

这也是一种文化美。因为古老的文化都具有悠远的时间的意味。

时间在每一件古物的体内全留下了美丽的生命的年轮，不信你掰开看一看！

凡是懂得这一层美感的，就绝不会去将古物翻新，甚至做更愚蠢的事——复原。

站在雅典卫城上，我发现对面远远的一座绿色的小山顶上，爽眼地竖立着一座白色的石碑。碑上隐隐约约坐着一两尊雕像。我用力盯着看，竟然很像是佛像！我一直对古希腊与东方之间雕塑史上那段奇缘抱有兴趣，便兴冲冲走下卫城，跟着爬上了对面那座名叫阿雷奥斯·帕果斯的草木葱笼的小山。

山顶的石碑是一座高大的雕着神像的纪念碑。由于历时久远，一半已然缺失。石碑上层的三尊神像，只剩下两尊，都已经失去了头颅，可是他们依然气宇轩昂地坐在深凹的洞窟里。这时，使我惊讶的是，它竟比我刚才在几公里之外看到的更像是两尊佛像。无论是它的窟形，还是从座椅垂落下来的衣裙，乃至雕刻的衣纹，都与敦煌和云岗中那些北魏与西魏的佛像酷似！如果我们将两个佛头安装上去，也会十分和谐的！于是，它叫我神驰万里，一下子感到丝绸之路上那段早已逝去的令人神往的历史——从亚历山大东征到希腊人在犍陀罗为原本没有偶像崇拜的印度人雕刻佛像，再到佛教东渐与中国化的历史——陡然地掉转过头，五彩缤纷地扑面而来。

原来时间隧道就在希腊人的石头中间！在这隧道里，我似乎已经触摸到消失了数千年的那一段时光了。这时光的触觉，光滑、柔软、流动，还有一些神秘的凹凸的历史轮廓。我静静坐在山顶一块山石上，默默享受着这种奇异和美妙的感受，直到夕阳把整个石碑染得金红，仿佛一块烧透了的熔岩。

由此，我找到了逼真地进入希腊历史的秘密。

我便到处去寻访古老的文化的石头，从那一片片石头的遗址中找到时光隧道的入口，钻进去。

然而，我发现希腊到处全是这种石头。希腊人说他们最得意的三样东西就是：阳光、海水和石头。从德尔菲的太阳神庙到苏纽的海神庙，从埃皮达洛夫洛斯的露天剧场到迈锡尼的损毁的城堡，它们简直全是巨大的石头的世界。可是这些石头早已经老了。它们残缺和发黑，成片地散布在宽展的山坡或起伏的丘陵上。数千年前，它们曾是堆满财富的王城、聆听神谕的圣坛或人间英雄们竞技的场所。但历史总是喜新厌旧的。被时光筛子筛下来只有这些破碎的房宇，残垣败壁，断碑，兀自竖立的石柱，东一个西一个的柱头或柱础。

尽管无情的历史遗弃它，有心的希腊人却无比珍惜它。他们保护这些遗址的方式在我们看来十分奇特。他们绝不去动一动历史遁去之后的“现场”。一根石柱在一千年前倒在哪里，今天绝不去把它扶立起来。因为这是历史的本来面目。尊重历史就是不更改历史。当然他们又不是对这些先人的创造不理不管。常常会有一些“文物医生”拿着针管来，为一些正在开裂的石头注射加固剂，或者定期清洗现代工业造成的酸雨给这些石头带来的污迹。他们做得小心翼翼。好像这些石头在他们手中依然是活着的需要呵护的生命。

他们使我们认识到，每一块看似冰冷的古老的石头，其实并没有死亡，它们犹然带着昔时的气息。它们各自不同的形态都是历史的表情，石头上的残痕则是它们命运的印记与年龄的刻度。认识到这些，便会感到我们已身在历史中间。如果你从中发现到一个非同寻常的细节，那就极有可能是神奇的时间隧道的洞口了。

迈锡尼遗址给人的感受真是一种震撼。这座三千多年前用巨石砌成的城堡，如今已是坍塌在山野上的一片废墟。被时光磨砺得分外粗糙的巨大的石块与齐腰的荒草混在一起。然而，正是这种历史的原生态，才确切地保留着它最后毁灭于战火时惊人的景象。如果细心察看，仍然可以从中清晰地找到古堡的布局、不同功能的房舍与纵横的甬道。1876年德国天才的考古学家谢里曼就是从这里找到了一个时光隧道的入口，从隧道里搬出了伟大的荷马说过的那些黄金财宝和精美绝伦的“迈锡尼文化”——他实际是活灵活现地搬出来古希腊一段早已泯灭了的历史。谢里曼说，在发掘出这些震惊世界的迈锡尼宝藏的当夜，他在这荒凉的遗址上点起篝火。他说这是两千二百四十四年以来的第一次火光。这使他想起当年阿伽门农王夜里回到迈锡尼时，王后克莉登奈斯特拉和她的情夫伊吉吐斯战战兢兢看到的火光。这跳动的火光照亮了一对狂恋中的情人眼睛里的惊恐与杀机。

今天，入夜后如果我们在遗址点上篝火，一样可以看到古希腊这惊人的一幕；我们的想象还会进入那场以情杀为背景的毁灭性的内战中去。因为，迈锡尼遗址一切都是原封不动的。时光隧道还在那些石头中间。于是我想，如果把迈锡尼交给我们——我们是不是要把迈锡尼散乱的石头好好“整顿”一番，摆放得整整齐齐；再将倾毁的城墙重新砌起来；甚至突发奇想，像大声呼喊着“修复圆明园”一样，把迈锡尼复原一新。如若这样，历史的魂灵就会一下子逃离而去。

珍视历史就是保护它的原貌与原状。这是希腊人给我们的启示。

那一天，天气分外好。我们驱车去苏纽的海神庙。车子开出雅典，一路沿着爱琴海，跑了三个小时。右边的车窗上始终是一片纯蓝，像是电视屏幕的蓝卡。

海神庙真像在天涯海角。它高踞在一块伸向海里的险峻的断崖上。看似三面环海，视野非常开阔。这视野就是海神的视野。而希腊的海神波塞冬就同中国人的海神妈祖一样，护佑着渔舟与商船的平安。但不同的是，波塞冬还有一个使命是要庇护战船。因为波斯人与希腊人在海上的争雄，一直贯穿着这个英雄国度的全部历史。

可是，这座世纪前的古庙，现今只有石头的庙基和两三排光秃秃的多里克石柱了。石柱上深深的沟槽快要被时光磨平。还有一些断柱和建筑构件的碎块，分散在这崖顶的平台上，依旧是没人把它们“规范”起来。没有一个希腊人敢于胆大包天地修改历史。这些质地较软的大理石残件，经受着两千多年的阵阵海风吹来吹去，正在一点点变短变小，有几块竟然差不多要湮没在地面中了；一些石头表面还像流质一样起伏。这是海风在上边不停地翻卷的结果。可就是这样一种景象，使得分外强烈的历史感一下子把我包围起来。

纯蓝的爱琴海浩无际涯，海上没有一只船，天上没有鹰鸟，也没有飞机。无风的世界了无声息。只有明媚的阳光照耀着古希腊这些苍老而洁白的石头。天地间，也只有这些石头能够解释此地非凡的过去。甚至叫我们想起爱琴海的名字来源于爱琴王——那个悲痛欲绝的故事。爱琴王没有等到出征的王子乘着白色的帆船回来，他绝望地跳进了大海。这大海是不是在那一瞬变成这样深浓而清冷的蓝色？爱琴王如今还在海底吗？他到底身在哪里？在远处那一片闪着波光的“酒绿色的海心”吗？

等我走下断崖时，忽然发现一间专门为游客服务的商店。它故意盖在侧下方的隐蔽处。在海神庙所在的崖顶的任何地方，都是绝对看不见这家商店的。当然，这是希腊人刻意做的。他们绝对不让我们的视野受到任何现代事物的干扰，为此，历史的空间受到了绝对与纯正的保护！

我由衷地钦佩希腊人！

希腊人告诉我们，保护古代文明遗产，需要的是对历史的深刻理解与崇拜，科学的方法，优雅的美感和高尚的文化品位。因为历史文明是一种很高的意境。

创造古希腊的是历史文明，珍惜古希腊的是现代文明。而懂得怎样珍惜它，才是一种很高层次的文明。

永恒的敌人
——古埃及文化随想

我面对着雄伟浩瀚、不可思议的金字塔，心里的问号不是这二百三十万块巨石怎样堆砌上去的，也没有想到天外来客，而是奇怪这人类历史上最伟大的建筑竟是一座坟墓！

当代人的生命观变得似乎豁达了。他们在遗嘱中表明，死后要将骨灰扬弃到山川湖海，或者做一次植树葬，将属于自己最后的生命物质，变为一丛鲜亮的绿色奉献给永别的世界。当天文学家的望远镜把一个个被神话包裹的星球看得清清楚楚，古远天国的梦便让位于世人的现实享受。人们愈来愈把生命看做一个短暂的兴灭过程。于是，物质化的享乐主义便成了一种新宗教。与其空空地企望再生，不如尽享此生此世的饮食男女，谁还会巴望死亡的后边出现奇迹？坟墓仅仅是一个句号而已。人类永远不会再造一个金字塔吧。

但是，不论你是一个怎样坚定的享乐主义者，抑或一个无神论者和唯物主义者，当你仰望那顶端参与着天空活动的、石山一般的金字塔时，你还是被他们建造的这座人类史上最大的坟墓所震撼——不仅由于那种精神的庄严，那种信仰的单纯，更重要的是那种神话一般死的概念和对死的无比神圣的态度与方式。

古埃及把死当做由此生渡到来世的桥梁，或是一条神秘的通道。不要责怪古埃及人的幼稚与荒唐，在旷远的四千五百年前，谁会告诉他们生命真正的含义？再说，谁又能告诉我们四千五百年后，人类将怎样发现并重新解释生与死的关系，是不是依旧把它们作为悲剧性的对立？是不是反而会回到古埃及永生的快乐天国中去？

空气燃烧时，原来火焰是透明的。我整个身体就在这晃动的火焰里灼烤，大太阳通过沙漠向我传达了它的凛然之威；尽管戴着深色墨镜，强光照耀下的石山沙海依然白得扎眼；我身上背着的矿泉瓶里的水已经热得冒泡儿了，奇怪的是，瓶盖拧得很严，怎么会蒸发掉半瓶？尽管如此，我来意无悔，踩着火烫的沙砾，一步步走进埋葬着数千年前六十四个法老的国王谷。

钻进一个个长长的墓道，深入四壁皆画及象形文字的墓室，才明白古埃及人对死亡的顶礼膜拜和无限崇仰；一切世间梦想都在这里可闻可见，一切神明都在这里迷人地出现。人类艺术的最初时期总与理想相伴，而古埃及的理想则更多依存于死亡。古埃及的艺术也无处不与死亡密切相关。他们的艺术不是张扬生的辉煌，而是渲染死的不朽。一时你却弄不清他们赞美还是恐惧死亡？

他们相信只要保存遗体的完好，死者便依然如同在世那样生活，甚至再生。木乃伊防腐技术的成功，便是这种信念使然。沉重的石棺、甬道中防盗的陷阱、假门和迷宫般的结构，都是为遗体——这生命载体完美无缺地永世长存。按照古埃及人的说法，世间的住宅不过是旅店，坟墓才是永久的居室；金字塔的庞大与坚固正是为了把这种奇想变成惊人的现实。至于陪葬的享乐器具和金银财宝，无非使法老们死后的生活一如在世。那么这一切到底是为了装饰着死，还是创造一种人间从未发生过的奇迹——再生和永生？

即使是远古人，面对着呼吸停止、身躯僵硬的可怕的尸体，都会感到生死分明。但是在思想方法上，他们还是要极力模糊生死之间的界限。古埃及把法老看做在世的神，混淆了人与神的概念；中国人则在人与神之间别开生面地创造一个仙。仙是半神半人，亦人亦神。在中国人的词典里，既有仙人，也有神仙。人是有限的，必死无疑；神是无限的，长生不死。模糊了神与人、生与死的界限，也就逾越死亡，进入永生。

永生，就是生命之永恒。这是整个人类与生俱来最本能也最壮丽的向往。

从南美热带雨林中玛雅人建造的平顶金字塔，到中国西安那些匪夷莫思的浩荡的皇家陵墓，再到迈锡尼豪华绝世的墓室，我们发现人类这样做从来不只是祭奠亡灵，高唱哀歌，而是透过这死的灭绝向永生发出竭尽全力的呼唤。

死的反面是生，死的正面也是生。

远古人的陵墓都是用石头造的。石头坚固，能够耐久，也象征永存。然而四千五百年过去了，阿布辛比勒宏伟的神像已被风沙倾覆；尼罗河两岸大大小小几乎所有的金字塔，都被窃贼掏空。曾经秘密地深藏在国王谷荒山里的法老墓，除去幸存的阿蒙墓外，一个个全被盗掘得一无所有。没有一个木乃伊复活过来，却有数不尽的木乃伊成为古董贩子们手里发财的王牌。不用说木乃伊终会腐烂，古埃及人绝不会想到，到头来那些建造坟墓的石头也会朽烂。在毒日当头的肆虐下，国王谷的石山已经退化成橙黄色的茫茫沙丘；金字塔上的石头一块块往下滚落；斯芬克斯被风化得面目全非，眼看要复原成未雕刻时的那块顽石。如果这些石头没有古埃及人的人文痕迹，我们不会知道石头竟然也熬不过几千年。这叫我想起中国人的一句成语：海枯石烂。站在今天回过头去，古埃及人那永生的信念，早已成为人类童年的一厢情愿的痴想。

世界上最古老的神庙——卢克索神庙和卡纳克神庙，已经坍塌成一片倾毁的巨石。在卢克索神庙的西墙外，兀自竖立一双用淡红色花岗岩雕成的极大的脚，膝盖以上是齐刷刷的断痕，巨大的石人已经不见了。他在哪里，谁人知晓？这样一个坚不可摧的巨像，究竟什么力量能击毁并把它销匿于无？而躺在开罗附近孟斐斯村地上的拉美西斯二世的几十米的石像，却

从这个角度看金字塔，
完全是一座惊心动魄、
巨大无比的石山。

独独失去双脚。他那无与伦比的巨脚呢？我盯着拉美西斯二世比一间屋子还大的修长光洁的脸，等待回答。他却毫无表情，只有一种木讷和茫然，因为他失去的有比这双脚更致命的东西便是：永恒。

永恒的敌人是什么？它并不是摧残、破坏、寇乱、窃盗、消磨、腐烂、散失和死亡，永恒的敌人是时间。当然，永恒的载体也是时间，可是时间不会无止无休地载运任何事物。时间的来去全是空的。在它的车厢里，上上下下都是一时的光彩和瞬息的强大。时间不会把任何事物变得永恒不灭，只能把一切都变得愈来愈短暂有限和微不足道。可是古埃及人早早就知道怎样对抗这有限和短暂了。

当我再次面对着吉萨大金字塔，我更强烈地被它所震撼。我明白了，这埋葬法老的人类最伟大的建筑，并非死亡象征，乃是生之崇拜，生之渴望，生之欲求。

金字塔是全人类的最神圣的生命图腾！

想到这里，我们真是充满了激情。也许现代人过于自信现阶段的科学对生命那种单一的物质化的解释，才导致人们沉溺于浮光掠影般的现实享乐。有时，我们往往不如远古的人，虽然愚顽，却凭直觉、直率又固执地表现生命最本能的欲望。一切生命的本质，都是顽强追求存在以及永存。艺术家终生锲而不舍的追求，不正是为了他所创造的艺术生命传之久长吗？由于人类知道死亡的不可抗拒，才把一切力量都最大极限地集中在死亡上。只有穿过死亡，才能永生。那么人类所需要的，不仅是能力和智慧，更是燃烧着的精神与无比瑰丽的想象！仰望着金字塔尖头脱落而光秃秃的顶部，我被深深感动着。古埃及人虽然没有跨过死亡，没有使木乃伊再生，但他们的精神已然超越了过去。

永恒没有终极，只有它灿烂和轰鸣着的过程。

正是由于人类一直与自己的局限斗争，它才充满活力和不断进步。

燃烧的石头

——罗丹的私人化雕塑

我第一次接触到罗丹的原作是在中国，时间为1992年。把罗丹的作品搬到东方文明的古国来展出，一时惊动了世界。前往中国美术馆的参观者人山人海，好像去看罗丹本人。我怀着景仰之情挤在人群里，伸头探颈去搜寻罗丹的每件传世名作。可是，这“第一次接触”给我的印象却十分意外。它真正震撼我的并不是那些举世皆知的名作《思想者》、《巴尔扎克》、《行走的人》和《加莱市民》等，而是一件洁白而透明的大理石双人小像——《吻》。

当然，我很早就从画集上见过这件雕塑，这赤裸的男女在相拥而吻的一瞬，和谐优美又充满激情地融为一体。我把它当做一种完美爱情的象征。然而，站在这雕塑面前，我却感到有一种私秘的气氛笼罩着这两个纠缠着的男女，无法克制的情爱使他们的肉体在燃烧。跟着，一切生命的欲望全都集中在他们的嘴唇上来。这时我发现，他们的嘴唇并没有接触上，中间还有很小的一个空间。我围着这雕塑转了两三圈，我感到这小空间中似有一种无形的气流。一种热切和急促的气流。他们的嘴唇正在颤抖、发烫！我被这件作品所震撼。这不是冰冷的大理石雕，而是两个活生生的热血沸腾的生命；这不是爱情的象征，而是被情爱点燃的两个“具体的人”。他们是谁？这中间是不是潜藏着罗丹和他的情人卡米尔·克洛岱尔的那个美丽又残酷的故事?

从那时,我就很想去巴黎寻找答案了。

在巴黎,《吻》就放在罗丹美术馆里。

这座历史上叫做比隆别墅的美术馆曾是罗丹的故居。但它只是罗丹晚年的住所。1908年经奥地利诗人里尔克的推荐,罗丹才搬到这座典雅的豪宅中来。克洛岱尔从没到这里来过,她早在这之前就与罗丹决裂了。比隆别墅对于克洛岱尔和罗丹那场狂热又痛苦的恋爱全然不知。是呵,我在美术馆楼上楼下走来走去,感觉它什么也不能告诉我。

故而我看《吻》,竟不如在中国美术馆那样的震撼,为什么?我挺茫然。

可是,静下心再看美术馆大大小小的原作,吸引我的仍然是表现男女情爱的那些小像。有些小像是先前不曾见过的。罗丹怎么会有这么多这类题材的作品?只要专注地观看每一件作品,就会觉得掀开了遮挡罗丹私人生活帷幕的一角,一种幽邃的、私秘的、生命深层的气息便透露出来。于是,渐渐觉得与先前从《吻》获取的那种感受又连接上了。

这时,两只手出现在我面前。一只是男人的,一只是女人的。只有这两只手,它们像是由一块石头里"冒"出来的。那男人的手横着伸过去,试探着,又大胆地去触摸女人的手。这是罗丹的作品《情人的手》。这《情人的手》如同《吻》那样——此刻身体的全部神经都跑到手上。手也在发抖和发烫。跟着同样是生命的燃烧。

但是对于爱情来说,"触"比"吻"的意义伟大得多。"触"是圣洁的身体语言的第一个字,它要用无比的勇气来表达。这轻轻地一触依靠的却是内心的千钧之力,它是一种伟大的起点和辉煌的诞生。于是,这《情人的手》比《吻》更具惊心动魄的力量。

谁能像罗丹如此敏锐地发现爱情中这最初的勾魂摄魄的一瞬?发现手的神圣的意义?发现手是心灵的触角?心灵中一切最细微、最真实的感觉全在手上。

罗丹说:"如果一个人失去触觉,那么他就等于死了。触觉,这是惟一不可替代的感觉。”

他从哪里获得这样的神示？仅仅听凭一种天赋吗？

当然，这是迷人、性感和天才的克洛岱尔告诉他的。

其实，在罗丹第一次见到克洛岱尔时，就爱上了她。这一半由于她那带着野性的美，傲气十足的嘴，以及赤褐色头发下“绝代佳人”的前额和深蓝的眼睛，另一半则由于她罕见的才气。而同时，克洛岱尔也主动地向这位比自己年长二十四岁的男人敞开了自己纯净和贞洁的少女世界。这完全由于罗丹的天才。男人的魅力就是才华。罗丹的一切天生都从属于雕塑——他炯炯的目光，敏锐的感觉，深刻的思维，以及不可思议的手，全都为了雕塑，而且时时都闪耀出他超人的灵性与非凡的创造力。虽然当时罗丹还没有太大的名气，但他的才气已经咄咄逼人。于是，他们很快的相互征服。正当盛年的罗丹与扬溢着青春气息的克洛岱尔如同雨紧潮急，烈日狂风，一涌而入他们爱情的酷夏。同时，罗丹也开始了他艺术创作的黄金时代。

而对于克洛岱尔来说，她所做的，是投身到一场要付出一生代价的残酷的爱情游戏。因为，罗丹有他的长久的生活伴侣罗丝和儿子。但是已经跳进漩涡而又陶醉其中的克洛岱尔，不可能回到岸边来重新选择。这样，他们只有躲开众人的视线，在公开场合装做若无其事，然后寻找任何一个可能的机会，一点空间和时间，相互宣泄无法抑制的爱与无法克制的欲望。从学院街小理石仓库，到莺歌街的福里·纳布尔别墅，再到佩伊思园……在一个个工作室幽暗的角落里，躺椅上，满是泥土的地上，未完成的雕塑作品与零件中间，他们滚烫的肉体疯狂地纠结一起，她用沾着大理石碎屑的嘴唇吻他，他用满是石膏粉的手抚摸她——他们用极致的性爱快乐将爱情表达得无比丰盈与真实。虽然这长达十余年的爱恋，一直是私秘的，东躲西藏，或隐或显地受着被旁人察觉的威胁，并不断地与不幸的罗丝发生冲突。她甚至从来没有在他身边过夜。但这反而使他们的爱更加充满渴望，充满偷吃禁果的强烈的快感，与压抑下爆发般的欢愉。

手是心之具。在他们自己并不十分自觉的情况下，已经把这一切用“会

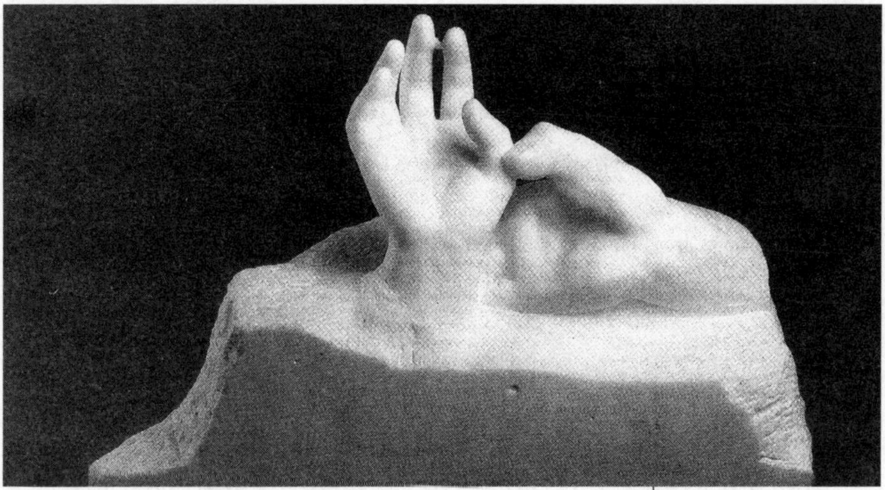

罗丹的《手》。

说话的手”捏进泥巴里，或用“有眼睛的锤子与凿子”有力地刻进石头中。

无论是罗丹的《晨曦》，还是克洛岱尔的《罗丹像》，都是热恋者心中的对方。《晨曦》中戴着睡帽的女子，明洁、纯静、高贵、朦胧，连皮肤的表面不都是充满了罗丹的无限的柔情吗？而风格刚毅和锐利的《罗丹像》，不就是克洛岱尔时时刻刻心中激荡着的形象？

在他们的作品中，各有一件“双人小像”，彼此十分相像。便是克洛岱尔的《沙恭达罗》和罗丹的《永恒的偶像》。这两件作品都是一个男子跪在一个女子面前。但认真一看，却分别是他们各自不同角度中的“自己与对方”。

在克洛岱尔的《沙恭达罗》中，跪在女子面前的男子，双手紧紧拥抱着对方，惟恐失去，仰起的脸充满爱怜。而此时此刻，女子的全部身心已与他融为一体。这件作品很写实，就像他们情爱中的一幕。

但在罗丹的《永恒的偶像》中，女子完全是另一种形象，她像一尊女神，男子跪在她脚前，轻轻地吻她的胸膛，倾倒于她，崇拜她，神情虔诚之极。罗丹所表现的则是克洛岱尔以及他们的爱情——在自己心中的至高无上的位置。

一件作品是入世的，血肉的，激情的；一件作品是神圣的，净化的，纪念碑式的。将这两件雕塑放在一起，就是从1885年至1898年最真实的罗丹与克洛岱尔。

可以说，这一开始，他们的爱情就进入了罗丹手中的泥土、石膏、大理石，并熔铸到了千古不变的铜里。

罗丹用泥土描述他抚摸过的美丽的肉体，以石膏再现那些炽烈乃至发狂的情感，用黝黑而发亮的铜张扬他勃发的雄性，并放纵石头去想象浪漫的情爱。这些雕塑是他们爱情的记录，也是爱情的梦想。克洛岱尔的面容、表情、姿态，身体上的那种无与伦比的“法兰西民族线条”，时时出现在他的作品中。他用手中的材料去复制她，体验她，怀念她，想象她，抚摸她。他用充满着她生命感觉的手去再造她。她与他的人生搅拌在一起，也与他的艺术熔化在一起。除去他明确地为她做了许多塑像，她还明明灭灭地出现在他广泛的雕塑中。

罗丹曾对克洛岱尔说：

“你被表现在我的所有雕塑中。”

从《沉思》、《圣乔治》、《法兰西》、《康复中的女病人》、《永远的春天》、《占有》、《逃逸的爱情》、《众神的信使伊丽斯》、《罗米欧与朱丽叶》、《拥抱》到《罪》、《圣安东尼的诱惑》、《坏精灵》、《亚当与夏娃》、《转瞬即逝的爱情》等，可以看到克洛岱尔在爱情中的光彩，情感生活的千姿百态，以及性爱时肉体迷人的美。

这一切，都浸透了罗丹的激情。一切至美的形态，一切动人的线条，一切心神荡漾的意境，全是罗丹的感受与幻想。那种两情的缱绻、缠绵、牵挂和愉悦，以及两性的诱惑、追逐、快乐和狂乱，全都来自罗丹的心灵。

克洛岱尔几乎就是罗丹的一切。于是，我们也就明白，一位伟大的雕塑家为什么创作出如此数量惊人的私人化的作品。何况在《地狱之门》那数百个形象中，我们还可以辨认出克洛岱尔形形色色的身影。

进一步说，克洛岱尔不仅给他一个纯洁而忠贞的爱情世界，还让他感到生命自身的力量与真实，无论是肉体的、情感的还是心灵的。

罗丹在雕塑史上的最重要的价值，是他把古希腊以来一直放置在高高基座上的英雄的雕像搬下来，还以生命的血肉与灵魂。他真切的爱情经历，身体的体验，灵魂的感受使他更加注目于生命个体的意义。故而，就使得他同时创作的《巴尔扎克》和《加莱市民》，都是“返回人间”的伟大的凡人。在罗丹美术馆里，我们能看到半裸的雨果和全裸的巴尔扎克，连巴尔扎克的生殖器也生机勃勃地暴露着。故此，这些作品面世之时，都引起不小的风波，受到公众审美习惯激烈的抵制与抨击。但是，当它们最终被人们心悦诚服地接受下来时，历史便迈出伟大的一步。但在这“历史的一步”中，他那些私人体验与私人化的雕塑起到了无形却至关重要的作用。

1900年以后，罗丹名扬天下的同时，克洛岱尔一步步走进人生日渐深浓的阴影里。

克洛岱尔不堪承受长期厮守在罗丹的生活圈外的那种孤单与无望，不愿意永远是“罗丹的学生”。她从与罗丹相爱那天就有“被抛弃的感觉”。她带着这种感觉与罗丹纠缠了十五年，最后精疲力竭，颓唐不堪，终于1898年离开罗丹，迁到蒂雷纳大街的一间破房子里，离群索居，拒绝在任何社交场合露面，天天默默地凿打着石头。尽管她极具才华，却没有足够的名气。人们仍旧凭着印象把她当做罗丹的一个弟子，所以她卖不掉作品，贫穷使她常常受窘并陷入尴尬，还要遭受雇来帮忙的粗雕工人的欺侮。这期间，罗丹已经日趋成功。他属于那种活着时就能享受到果实成熟的艺术家。他经历了与克洛岱尔那种迎风搏浪的爱情生活后，又返回平静的岸边，回到了在漫长人生之路上与他分担过生活重负与艰辛的罗丝身旁。他在默东买了大房子，过起富足的生活；并且又在巴黎买下了文艺复兴时期的豪宅比隆别墅，以应酬趋之若鹜的上流社会千奇百怪、光怪陆离的人物。这期间，还有几个情人进入了他华丽多彩的生活。当然，罗丹并没有忘记克洛岱尔。他与克洛岱尔的那场轰轰烈烈、电闪雷鸣的恋爱，是刻骨铭心的。他多次想帮助她，都遭到高傲的克洛岱尔的拒绝。他只有设法通过第三者在中间迂回，在经济上支援她，帮助她树立名气。但这些有限的支持都没有在克洛岱尔身上发生真正的效力。

在绝对的贫困与孤寂中，克洛岱尔真正感到自己是个被遗弃者了。渐渐地，往日的爱与赞美就化为怨恨。本来是个激情扬溢的性格，变得消沉下来。

1905年克洛岱尔出现妄想症，而且愈演愈厉。她常常与一切人断绝来往，一个人待在屋里。身体很坏，脾气乖戾，狂躁起来就将雕塑全部打碎。1913年3月3日克洛岱尔的父亲去世。克洛岱尔已经完全疯了。3月10日埃维拉尔城精神病院的救护车开到蒂雷纳大街六十六号，几位医院人员用力打开门，看见克洛岱尔脱光衣服、赤裸裸地披头散发坐在那里，满屋全是打碎的雕像。他们只能动手给克洛岱尔穿上控制她行动的紧身衣，把她拉到医院关起来。

这一关，竟是三十年。克洛岱尔从此与雕刻完全断绝。艺术生命的心律变为平直。她在牢房似的病房中过着漫无际涯和匪夷所思的生活。她一直活到1943年，最后在蒙特维尔格疯人院中去世。她的尸体埋在蒙特法韦公墓为疯人院保留的墓地里。十字架上刻着的号码为1943——No. 392。

在疯人院保留的关于克洛岱尔的档案中注明：克洛岱尔死时，没有财物，没有任何有价值的文件，甚至连一件纪念品也没留下。所以克洛岱尔认为罗丹把她的一切都掠夺走了。

在罗丹与克洛岱尔相爱的那些年，他们的作品风格惊人地相近。在克洛岱尔看来，罗丹"从她身上汲到不少东西去滋养了他的才能"。但那是些什么东西呢？其实那就是爱情！爱情不仅给了他们相同的激情与力量，还把他们的艺术语言奇迹般地同化了。那时，克洛岱尔不是感觉“我们惊人地相似，以致我们的手中再也产生不了任何题材新颖的作品了”吗？在那个伟大的时刻，他们从肉体、生命、精神到艺术全部融为一体。如果没有这爱情，克洛岱尔也创作不出《罗丹像》、《沙恭达罗》和《窃窃私语》来！从这个意义上说，罗丹的全部私人化的作品都应是他们共同创造的。

克洛岱尔之后，那些走进罗丹情感世界的楚楚动人的女人们，没有人再给他的生命注入同样的“核动力”了。他给法克斯夫人、格雯·约瀚、埃莱娜·德·诺斯蒂丝、舒瓦瑟侯爵夫人等都塑过像，他也爱过这些“美人”。但绝对没有一个塑像能够像《吻》和《情人的手》等一大批作品那样令人震撼！

应该说，造就那些伟人艺术，甚至是造就罗丹的人——同时又是最大的牺牲者，应是克洛岱尔。

那么克洛岱尔本人留下了什么呢？

卡米尔·克洛岱尔的弟弟、作家保罗在她的墓前悲凉地说：“卡米尔，您献给我的珍贵礼物是什么呢？仅仅是我脚下这一块空空荡荡的地方？虚无！一片虚无！”

可是，克洛岱尔葬身的这块墓地，后来由于政府的征用也彻底地平掉了。克洛岱尔已经无迹可寻。最后我们还是得回到她和罗丹的作品中。因为艺术家已经把他们的生命留在作品中了。

在克洛岱尔被关进疯人院的同一年，罗丹突然中风。这是巧合，还是一种神秘的生命感应，无从得知，也永无人知。

这一切便是一位大师真实的艺术与人生。

最后的梵·高

（1888年2月21日—1890年7月29日）

我在广岛的原子弹灾害纪念馆中，见到一个很大的石件，上边清晰地印着一个人的身影。据说这个人当时正坐在广场纪念碑前的台阶上小憩。在原子弹爆炸的瞬间，一道无比巨大的强光将他的影像投射在这石头上，并深深印进石头里边。这个人肯定随着核爆炸灰飞烟灭，然而毁灭的同时却意外地留下一个匪夷所思的奇观。

毁灭往往会创造出奇迹。这在大地震后的唐山、火山埋没的庞贝城，以及奥斯威辛与毛特豪森集中营里我们都已经见过。这些奇迹全是悲剧性的，充满着惨烈乃至恐怖的气息。可是为什么梵·高却是一个空前绝后的例外，他偏偏在毁灭之中闪耀出无可比拟的辉煌?

法国有两个不起眼的小地方，一直令我迷惑又神往。一个是巴黎远郊瓦涅河边的奥维尔，一个是远在南部普罗旺斯地区的阿尔，它们是梵·高近乎荒诞人生的最后两个驿站。阿尔是梵· 高神经病发作的地方，奥维尔则是他疾病难耐、最后开枪自杀之处。但使人莫解的是，梵·高于1888年2月21日到达阿尔，12月发病，转年5月住进精神病院，一年后出院前往奥维尔，两个月后自杀。这前前后后只有两年！然而他一生中最杰出的作品却差不多都在这最后两年、最后两个地方，甚至是在精神病反反复复发作中画的。为什么?

于是，我把这两个地方"两点一线"串联起来。先去普罗旺斯的阿尔去找他那个"黄色小屋"，还有圣雷米精神病院；再回到巴黎北部的奥维尔，去看他画过的那里的原野，以及他的故居、教堂和最终葬身的墓地。我要在法国的大地上来来回回跑一千多公里，去探究一下这个在艺术史上最不可思议的灵魂。我要弄个明白。

在梵·高来到阿尔之前，精神系统里已经潜伏着发生错乱和分裂的可能。这位有着来自母亲家族的神经病基因的荷兰画家，孤僻的个性中包藏着脆性的敏感与烈性的张力。他绝对不能与社会及群体相融，耽于放纵的思索，孤军奋战那样地在一己的世界中为所欲为。然而，没有人会关心这个在当时还毫无名气的画家的精神问题。

在世人的眼里，一半生活在想象天地里的艺术家们，本来就是一群"疯子"。故此，不会有人把他的喜怒无常、易于激动、抑郁寡言看做是一种精神疾病早期的作怪。他的一位画家朋友纪约曼回忆他突然激动起来的情景时说："他为了迫不及待地解释自己的看法，竟脱掉衣服，跪在地上，无论怎样也无法使他平静下来。"

这便是巴黎时期的梵·高。最起码他已经是非常的神经质了。

梵·高于1881年11月在莫弗指导下画成第一幅画。但是此前此后，他都没有接受过任何系统性的绘画训练。1886年2月他为了绘画来到巴黎。这时他还没有确定的画风。他崇拜德拉克罗瓦、米勒、罗梭，着迷于正在巴黎走红的点彩派的修拉，还有日本版画。这期间他的画中几乎谁的成分都有。如果非要说出他的画有哪些特征是属于自己的，那便是一种粗犷的精神与强劲的生命感。而这时，他的精神疾病就已经开始显露出端倪——

1886年他刚来到巴黎时，大大赞美巴黎让他头脑清晰，心情舒服无比。经他做画商的弟弟迪奥介绍，他加入了一个艺术团体，其中有印象派画家莫奈、德加、毕沙罗、高更等，也有小说家左拉和莫泊桑。这使他大开眼界。但一年后，他便厌烦了巴黎的声音，对周围的画家感到恶心，对身边的朋友愤怒难忍。随后他觉得一切都混乱不堪，根本无法作画，他甚至感觉巴黎要把他变成“无可救药的野兽”。于是他决定“逃出巴黎”，去南部的阿尔！

1888年2月他从巴黎的里昂车站踏上了南下的火车。火车上没有一个人知道他的名字，更不会有人知道这个人不久就精神分裂，并在同时竟会成为世界美术史上的巨人。

我从马赛出发的时间接近中午。当车子纵入原野，我忽然明白了一百年前——初到阿尔的梵·高那种“空前的喜悦”由何而来。普罗旺斯的太阳又大又圆，在世界任何地方都见不到这样大的太阳。它距离大地很近，阳光直射，不但照亮也照透了世上的一切，也使梵·高一下子看到了万物的本质——一种通透的、灿烂的、蓬勃的生命本质。他不曾感受到生命如此的热烈与有力！他在给弟弟迪奥的信中，上百次地描述太阳带给他的激动与灵感。而且他找到了一种既属于阳光也属于他自己的颜色——夺目的黄色。他说：“铬黄的天空，明亮得几乎像太阳。太阳本身是一号铬黄加白。天空的其他部分是一号和二号铬黄的混合色。它们黄极了！”这黄色立刻改变了梵·高的画，也确立了他的画风！

大太阳的普罗旺斯使他升华了。他兴奋之极。于是，他马上想到把他的好朋友高更拉来。他急渴渴要与高更一起建立起一间“未来画室”。他幻想着他们共同和永远地使用这间画室，并把这间画室留给后代，留给将来的“继承者们”。他心中充满一种壮美的事业感。他真的租了一间房子，买了几件家具，还用他心中的黄色将房子的外墙漆了一遍。此外又画了一组十几幅《向日葵》挂在墙上，欢迎他所期待的朋友的到来。这种吸满阳光而茁壮开放的粗大花朵，这种“大地的太阳”，正是他一种含着象征意味的自己。

在高更没有到来之前，梵·高生活在一种浪漫的理想里。他被这种理想弄得发狂。这是他一生最灿烂的几个月。他的精神快活，情绪亢奋。他甚至喜欢上阿尔的一切：男女老少，人人都好。他为很多人画了肖像，甚至还用高更的笔法画了一幅《阿尔的女人》。梵·高在和他的理想恋爱。于是这期间，他的画——比如《繁花盛开的果园》、《沙滩上的小船》、《朗卢桥》、《圣玛丽的农舍》、《罗纳河畔的星夜》等，全都出奇地宁静、明媚与柔和。对于梵·高本人的历史，这是极其短暂又特殊的一个时期。

其实从骨子里说，所有的艺术家都是一种理想主义者，或者说理想才是艺术的本质。但危险的是，他把另一个同样极有个性的画家——高更，当做了自己理想的支柱。

在去往阿尔的路上，我们被糊里糊涂的当地人指东指西地误导，待找到拉马丁广场，已经完全天黑。这广场很大，圆形的，外边是环形街道，再外边是一圈矮矮的小房子。黑黑的，但全都亮着灯。几个开阔的路口，通往四外各处。我们四下去打听拉马丁广场二号——梵·高的那个黄色的小楼。但这里的人好像还是一百年前的阿尔人，全都说不清那个叫什么梵·高的人的房子究竟在哪里？最后问到一个老人，那老人苦笑一下，指了指远处一个路口便走了。

我们跑到那里，空荡荡一无所有。仔细找了找，却见一个牌子立着。呀，上边竟然印着梵·高的那幅名作《在阿尔的房子》——正是那座黄色的小楼！然而牌子上的文字却说这座小楼早在二战期间毁于战火。我们脚下的土地就是黄色小楼的遗址。这一瞬，我感到一阵空茫。我脑子里迅速掠过1888年冬天这里发生过的事——高更终于来到这里。但现实总是破坏理想的。把两个个性极强的艺术家放在一起，就像把两匹烈马放在一起。两人很快就意见相左，跟着从生活方式到思想见解全面发生矛盾，于是天天争吵，时时酝酿着冲突，并发展到水火不容的境地。于是理想崩溃了。那个梦幻般的“未来画室”彻底破灭。潜藏在梵·高身上的精神病终于发作。他要杀高更。在无法自制的狂乱中，他割下自己的耳朵。随后是高更返回巴黎，梵·高陷入精神病中无以自拔。他的世界就像现在我眼前的阿尔，一片深黑与陌生。

我同来的朋友问：“还去看圣雷米修道院里的那个神经病院吗？不过现在太黑，去了恐怕什么也看不见。”

我说：“不去了。”我已经知道，那座将梵·高像囚徒般关闭了一年的医院，究竟是什么气息了。

在梵・高一生写给弟弟迪奥的八百封信件里，使我读起来感到最难受的内容，便是他与迪奥谈钱。迪奥是他惟一的知音和支持者。他十年的无望的绘画生涯全靠着迪奥在经济上的支撑。迪奥是个小画商，手头并不宽裕，尽管每月给梵・高的钱非常有限，却始终不弃地来做这位用生命祭奠艺术的兄长的后援。这就使梵・高终生被一种歉疚折磨着。他在信中总是不停地向迪奥讲述自己怎样花钱和怎样节省，解释生活中哪些开支必不可少，报告他口袋里可怜巴巴的钱数。他还不断地做出保证，决不会轻易糟蹋掉迪奥用辛苦换来的每一个法郎。如果迪奥寄给他的钱迟了，他会非常为难地诉说自己的窘境。说自己怎样在用一杯又一杯的咖啡，灌满一连空了几天的肚子；说自己连一尺画布也没有了，只能用纸来画速写或水彩。当他被贫困逼到绝境的时候，他会恳求地说：“我的好兄弟，快寄钱来吧！”

但每每这个时候，他总要告诉迪奥，尽管他还没有成功，眼下他的画还毫不值钱，但将来一定有一天，他的画可以卖到二百法郎一幅。他说那时“我就不会对吃喝感到过分耻辱，好像有吃喝的权利了”。

他向迪奥保证他会愈画愈好。他不断地把新作寄给迪奥来作为一种“抵债”。他说将来这些画可以使迪奥获得一万法郎。他用这些话鼓舞弟弟，他害怕失去支持，当然他也在给自己打气。因为整个世界没有一个人看上他的画。但今天——特别是商业化的今天，为什么梵・高每一个纸片反倒成了“全人类的财富”？难道商业社会对于文化不是充满了无知与虚伪吗？

故此在他心中，苦苦煎熬着的是一种自我的怀疑。他对自己“去世之后，作品能否被后人欣赏”毫无把握，他甚至否认成功的价值乃至绘画的意义。好像只有否定成功的意义，才能使失落的自己获得一点虚幻的平衡。自我怀疑，乃是一切没有成功的艺术家最深刻的痛苦。他承认自己“曾经给一种不可抗拒的力量挫败过”。在这种时候，他便对迪奥说：“我宁愿放弃画画，不愿看着你为我赚钱而伤害自己的身体！”

他一直这样承受着精神与物质的双重的摧残。

可是，在他“面对自然的时候，画画的欲望就会油然而生”。在阳光的照耀下，世界焕发出美丽而颤动的色彩，全都涌入他的眼睛；天地万物勃发的生命激情，令他震栗不已。这时他会不顾一切地投入绘画，直至挤尽每一支铅管里的油彩。

当他在绘画时，会充满自信，忘乎所以，为所欲为；当他走出绘画回到了现实，就立刻感到茫然，自我怀疑，自我否定。他终日在这两个世界中来来回回地往返。所以他的情绪大起大落。他在这起落中大喜大悲，忽喜忽悲。

从他这大量的“心灵的信件”中，我读到——

他最愿意相信的话是福楼拜说的：“天才就是长期的忍耐。”

他最想喊叫出来的一句话是：“我要作画的权利！”

他最现实的呼声是：“如果我能喝到很浓的肉汤，我的身体马上会好起来！当然，我知道，这种想法很荒唐。”

如果着意地去寻找，会发现这些呼喊如今依旧还在梵·高的画里。

梵·高于1888年12月23日发病后，病情时好时坏，时重时轻，一次次住进医院。这期间他会忽然怀疑有人要毒死他，或者在同人聊天时，端起调颜色的松节油要喝下去，后来他发展到在作画的过程中疯病突然发作。1889年5月他被送进离阿尔一公里的圣雷米神经病院，成了彻头彻尾的精神病人。但就在这时，奇迹出现了。梵·高的绘画竟然突飞猛进，风格迅速形成。然而这奇迹的代价却是一个灵魂的自焚。

他的大脑弥漫着黑色的迷雾，时而露出清明，时而一片混沌。他病态的神经日趋脆弱，乱作一团的神经刚刚出现一点头绪，忽然整个神经系统全部爆裂，乱丝碎絮般漫天狂舞。在贫困、饥饿、孤独和失落之外，他又多了一个恶魔般的敌人——神经分裂。这个敌人巨大，无形，桀骜，骄横，来无影去无踪，更难于对付。他只有抓住每一次发病后的“平静期”来作画。

在他生命最后一年多的时间，他被这种精神错乱折磨得痛不欲生，没有人能够理解。因为真正的理解只能来自自身的体验。癫痫、忧郁、幻觉、狂乱，还有垮掉了一般的深深的疲惫。他几次在“灰心到极点”时都想到了自梵·高的墓地。

杀。同时又一直否定自己真正有病来平定自己。后来他发现只有集中精力，在画布上解决种种艺术的问题时，他的精神才会舒服一些。他就拼命并专注地作画。他在阿尔患病期间作画的数量大得惊人。一年多，他画了二百多幅作品。但后来愈来愈频繁的发病，时时中断了他的工作。他在给迪奥的信中描述过：他在画杏花时发病了，但是病好转之后，杏花已经落光。神经病患者最大的痛苦是在清醒过来之后。他害怕再一次发作，害怕即将发作的那种感觉，更害怕失去作画的能力。他努力控制自己“不把狂乱的东西画进画中”。他还说，他已经感受到“生之恐怖”！这“生之恐怖”便是他心灵最早发出的自杀的信号！

然而与之相对的，却是他对艺术的爱！在面对不可遏止的疾病的焦灼中，他说：“绘画到底有没有美，有没有用处，这实在令人怀疑。但是怎么办呢？有些人即使精神失常了，却仍然热爱着自然与生活，因为他是画家！”“面对一种把我毁掉的、使我害怕的病，我的信仰仍然不会动摇！”

这便是一个神经错乱者最清醒的话。他甚至比我们健康人更清醒和更自觉。

梵·高的最后一年，他的精神世界已经完全破碎。一如大海，风暴时起，颠簸倾覆，没有多少平稳的陆地了。特别是他出现幻觉的症状之后（1889年2月），眼中的物象开始扭曲、游走、变形。他的画变化得厉害。一种布满画面蜷曲的线条，都是天地万物运动不已的轮廓。飞舞的天云与树木，全是他内心的狂飙。这种独来独往的精神放纵，使他的画显示出强大的主观性，一下子，他就从印象派画家马奈、莫奈、德加、毕沙罗等等所受的客观的和视觉的约束中解放出来。但这不是理性的自觉，而恰恰是精神病发作之所致。奇怪的是，精神病带来的改变竟是一场艺术上的革命，印象主义一下子跨进它光芒四射的后期。这位精神病患者的画非但没有任何病态，反而迸发出巨大的生命热情与健康的力量。

对于梵·高这位来自社会底层的画家，他一生都对米勒崇拜备至。米勒对大地耕耘者淳朴的颂歌，唱彻了梵·高整个艺术生涯。他无数次地去画米勒《播种者》那个题材。因为这个题材最本质地揭示着大地生命的缘起。故此，燃起他艺术激情的事物，一直都是阳光里的大自然，朴素的风景，长满庄稼的田地，灿烂的野花，村舍，以及身边寻常和勤苦的百姓们。他一直呼吸着这生活的元气，并将自己的生命与这世界上最根本的生命元素融为一体。

当患病的梵·高的精神陷入极度的亢奋中，这些生命便在他眼前熊熊燃烧起来，飞腾起来，鲜艳夺目，咄咄逼人。这期间使他痴迷并一画再画的丝杉，多么像是一种从大地冒出来的巨大的生命火焰！这不正是他内心一种生命情感的象征吗？精神病非但没有毁掉梵·高的艺术，反而将他心中全部能量一起爆发出来。

或者说，精神病毁掉了梵·高本人，却成就了他的艺术。这究竟是一种幸运，还是残酷的毁灭？

令人匪夷所思的是，这种精神病的程度“恰到好处”。他在神智上虽然颠三倒四，但色彩的法则却一点不乱。他对色彩的感觉甚至都是精确之极。这简直不可思议！就像双耳全聋的贝多芬，反而创作出博大、繁复、严谨、壮丽的《第九交响乐》。是谁创造了这种艺术史的奇迹和生命的奇迹？

倘若他病得再重一些，全部陷入疯狂，根本无法作画，美术史便绝不会诞生出梵·高来；倘若他病得轻一些，再清醒和理智一些呢？当然，也不会有现在这个在画布上电闪雷鸣的梵·高了。

他叫我们想起，大地震中心孤零零竖立的一根电杆，核爆炸废墟中惟一矗立的一幢房子。当他整个神经系统损毁了，惟有那根艺术的神经却依然故我。

这一切，到底是生命与艺术共同的偶然，还是天才的必然？

1890年5月梵·高到达巴黎北郊的奥维尔。在他生命最后的两个月里，他贫病交加，一步步走向彻底的混乱与绝望。他这期间所画的《奥维尔的教堂》、《有杉树的道路》、《蒙塞尔的茅屋》等等，已经完全是神经病患者眼中的世界。一切都在裂变、躁动、飞旋与不宁。但这种听凭病魔的放肆，却使他的绘画达到绝对的主观和任性。我们健康人的思维总要受客观制约，神经病患者的思维则完全是主观的。于是他绝世的才华，刚劲与烈性的性格，艺术的天性，得到了最极致的宣泄。一切先贤偶像、艺术典范、惯性经验，全都不复存在。人类的一切创造都是对自己的约束。但现在没有了！面对画布，只有一个彻底的自由与本性的自己。看看《奥维尔乡村街道》的天空上那些蓝色的短促的笔触，还有《蓝天白云》那些浓烈的、厚厚的、挥霍着的油彩，就会知道，梵·高最后涂抹在画布上的全是生命的血肉。惟其如此，才能具有这样永恒的震撼。

这是一个真正的疯子的作品，也是旷古罕见的天才的杰作。

除了他，没有任何一个神经病患者能够这样健康地作画；除了他，没有任何一个艺术家能够拥有这样绝对的非常态的自由。

我们从他最后一幅油画《麦田群鸦》，已经看到他的绝境。大地在乌云的倾压下，恐惧、压抑、惊栗，预示着灾难的风暴即将到来。三条道路伸往三个方向，道路的尽头全是一片迷茫与阴森。这是他生命最后一幅逼真而可怕的写照，也是他留给世人一份刺目的图像遗书。他给弟弟迪奥的最后一封信中说："我以生命为赌注作画。为了它，我已经丧失了正常人的理智。"在精疲力竭之后，他终于向狂乱的病魔垂下头来，放下了画笔。

1890年7月27日他站在麦田中开枪自杀。被枪声惊起的"扑喇喇"的鸦群，就是他几天前画《麦田群鸦》时见过的那些黑黑的乌鸦。

随后，他在奥维尔的旅店内流血与疼痛，忍受了整整两天，29日死去。离开了这个他疯狂热爱却无情抛弃了他的冷冰冰的世界。冰冷而空白的世界。

我先看了看他在奥维尔的那间住房。这是当年奥维尔最廉价的客房，每天租金只有三点五法郎。大约七平方米。墙上的裂缝，锈蚀的门环，沉暗的漆墙，依然述说着当年的境况。从坡顶上的一扇天窗只能看到一块半张报纸大小的天空。但我忽然想到《哈姆·雷特》中的一句台词："即使把我放在火柴盒里，我也是无限空间的主宰者。"

从这小旅舍走出，向南经过奥维尔教堂，再走五百米，便是他的墓地。这片墓地在一片开阔的原野上，使我想到梵·高画了一生的那种浑厚而浩瀚的大地，他至死仍旧守望着这一切生命的本土。墓地外只圈了一道很矮的围墙。三百年来，当奥维尔人的灵魂去往天国之时，都把躯体留在这里。梵·高的坟茔就在北墙的墙根。弟弟迪奥的坟墓与他并排。大小相同，墓碑也完全一样，都是一块方形的灰色的石板，顶端拱为半圆。上边极其简单地刻着他们的姓名与生卒年月。没有任何雕饰，一如生命本身。迪奥是在梵·高去世后的半年死去的。他生前身后一直陪伴着这个兄长。他一定是担心他的兄长在天国也难于被理解，才匆匆跟随而去。

一片浓绿的长春藤像一块厚厚的毯子，把他俩的坟墓严严实实遮盖着。岁月已久，两块墓碑全都苔痕斑驳。惟一不同的是梵·高的碑前总会有一束麦子，或几朵鲜黄的向日葵。那是来自世界各地的人们献上去的。但没有人会捧来艳丽而名贵的花朵。梵·高的敬仰者们都知道他生命的特殊而非凡的含义，他生命的本质及其色彩。

梵·高的一生，充满世俗意义上的“失败”。他名利皆空，情爱亦无，贫困交加，受尽冷遇与摧残。在生命最后的两年，他与巨大而暴戾的病魔苦苦搏斗，拼死为人间换来了艺术的崇高与辉煌。

如果说梵·高的奇迹，是天才加上精神病，那么，梵·高至高无上的价值，是他无与伦比的艺术和为艺术而殉道的伟大的一生。

真正的伟大的艺术，都是作品加上他全部的生命。

人物

致大海

——为冰心送行而作

今天是给您送行的日子，冰心老太太！

我病了，没去成，这也许会成为我终生的一个遗憾。但如果您能听到我这话，一准会说："是你成心不来！"那我不会再笑，反而会落下泪来。

十点钟整，这是朋友们向您鞠躬告别的时刻，我在书房一片散尾竹的绿影里跪伏下来，向着西北方向——您遥远的静卧的地方，恭敬地磕了三个头。然后打开音乐，凝神默对早已备置在案前的一束玫瑰。当然，这就是面对您。本来心里缭乱又沉重，但渐渐的我那特意选放的德彪西的《大海》发生了神奇的效力，涛声所至，愁云扩散。心里渐如海天一般辽阔与平静。于是您往日那些神气十足的音容笑貌全都呈现出来，而且愈来愈清晰，一直逼近眼前。

我原打算与您告别时，对您磕这三个头。当然，绝大部分人一定会诧异于我何以非要行此大礼。他们哪里知道这绝非一种传统方式，一种中国人极致的礼仪，而是我对您特殊的爱的方式，这里边的所有细节我全部牢牢记得。

80年代末，一个您生命的节日——10月5日。我在天津东郊一位农人家中，听说他家装了电话，还能挂长途，便抓起话筒拨通了您家。我对着话筒大声说：

“老太太，我给您拜寿了！”

您马上来了幽默。您说：“你不来，打电话拜寿可不成。”您的口气还假装有点生气。但我却知道在电话那端，您一定在笑，我好像看见了您那慈祥的并带着童心的笑容。

为了哄您高兴。我说：“我该罚，我在这儿给您磕头了！”

您一听果然笑了，而且抓着这个笑话不放，您说：“我看不见。”

我说：“我旁边有人，可以作证。”

您说：“他们都是你一伙儿的，我不信。”

本来我想逗您乐，却被您逗得乐不可支。谁说您老，您的机敏和反应能超过任何年轻人。我只好说：“您把这笔账先记在本子上。等我和您见面时，保证补上。”

这便是磕头的来历，对不对？从此，它成了每次见面必说的一个玩笑的由头。只要说说这个笑话，便立即能感受到与您之间那种率真、亲切又十分美好的感觉。

大约是1992年底，我在中国美术馆举办画展期间，和妻子顾同昭，还有三两朋友一同去看您。那天您特别爱说话，特别兴奋，特别精神；您一向底气深厚的嗓音由于提高了三度，简直洪亮极了。您说，前不久有一位大人物来看您，说了些“长寿幸福”之类吉祥话。您告诉他，您虽长寿，却不总是幸福的。您说自己的一生正好是“酸甜苦辣”四个字。跟着您把这四个字解释得明白有力，铮铮作响。

您说，您的少时留下许多辛酸——这是酸；青年时代还算留下一些甜美的回忆——这是甜；中年以后，“文革”十年，苦不堪言——这是苦；您现在老了，但您现在却是——“姜是老的辣”。当您说到这个“辣”字时，您的脖子一梗。我便看到了您身上的骨气。老太太，那一刻您身上真是闪闪发光呢！

这话我当您的面是不会说的。我知道，您不喜欢听这种话，但我现在可以说了。

记得那天，您还问我："要是碰到大人物，你敢说话吗？"没等我说，您又进一步说道："说话谁都敢，看你说什么。要说别人不敢说又非说不可的话。冯骥才——你拿的工资可是人民给的，不是领导给的。领导的工资也是人民给的。拿了人民的钱就得为人民说话，不要怕！"

说完您还着意地看了我一眼。

老太太，您这一眼可好厉害。您似乎要把这几句话注入我的骨头里。但您知道吗？这也正是我总愿意到您那里去的真正缘故。

我喜欢您此时的样子，很气概，很威风，也很清晰。您吐字和您写字一样，一笔一画，从不含混。您一生都明达透彻，思想在脑海里如一颗颗美丽的石子沉在清亮见底的水中。您享受着清晰，从来不委身于糊涂。

再说那天，老太太！您怎么那么高兴。您把我妻子叫到跟前，您亲亲她，还叫我也亲亲她。大家全笑了。您把天堂的画面搬到大家眼前，融融的爱意使每一个人的心情都充满美好。于是在场朋友们说，冯骥才总说给冰心磕头拜寿，却没见过真的磕过头。您笑嘻嘻地说我："他是个口头革命派！"

我听罢，立即趴在地上给您磕了三个头。您坐在轮椅上无法阻拦我，但我听见您的声音："你怎么说来就来。"等我起身，见您被逗得正在止不住地笑，同时还第一次看到您挺不好意思的表情。我可不愿意叫您发窘。我说："照老规矩，晚辈磕头，得给红包。"

您想了想，边拉开抽屉，边说："我还真的有件奖品给你。今年过生日时，有人给我印了一种寿卡，凡是朋友们来拜寿，我就送一张给他作纪念。我还剩点儿，奖给你一张吧！"

粉红色的卡片精美雅致，名片大小，上边印着金色的寿字，还有您的名字与生日的日子。卡片的背面是您手书自己的那句座右铭："有了爱便有了一切。"

您说，这寿卡是编号的，限数一百。您还说，这是他们为了叫您长命百岁。

每次与她聊天，都是这样快乐（1988）。

我接过寿卡一看，编号77，顺口说：“看来我既活不到您这分量，也活不到您这岁数了。”

您说：“胡说。你又高又大，比我分量大多了。再说你怎么知道自己不长寿？”

我说：“编号一百是百岁，我这是77号，这说明我活77岁。”

您嗔怪地说：“更胡说了。拿来——”您要过我手中的寿卡，好像想也没想，拿起桌上的圆珠笔在编号每个“7”字横笔的下边，勾了半个小圈儿，马上变成99号了！您又写上一句：“骥才万寿，冰心，1992．12．20。”

大家看了大笑，同时无不惊奇。您的智慧、幽默、机敏，令人折服。您的朋友们都常常为此惊叹不已！尽管您坐在轮椅上，您的思维之神速却敢和这世界上任何人赛跑。但对于我，从中更深深的感动则来自一种既是长者又是挚友的爱意。可使我一直不解的是，您历经那么多时代的不幸，对人间的诡诈与丑恶的体验较我深切得多。然而，您为何从不厌世，不避世，不警惕世人，却对人们依然始终紧拥不弃，痴信您那句常常会使自己陷入被动的无限美好的格言“有了爱便有了一切”？这到底是为了一种信念，还是一种天性使然？

我想到一件更远的事。

那时吴文藻先生还在世。那天是您和吴先生金婚的纪念日。我和楚庄、邓伟志等几位文友去看您。您那天新裤新褂，容光焕发；您总是这么神采奕奕，叫人家无论碰到怎样的打击也无法再垂头丧气。

那天聊天时，没等我们问您就自动讲起当年结婚时的情景。您说，您和吴文藻度蜜月，是相约在北京西山的一个古庙里。

您当时的神气真像回到了六十年前——

您说，那天您在燕京大学讲完课，换一件干净的蓝旗袍，把随身用品包一个方方正正的小布包，往胳肢窝里一夹就去了。到了西山，吴文藻还没来——说到这儿，您还笑一笑说：“他就这么糊涂！”

您等待时间长了，口渴了，便在不远的农户那儿买了几根黄瓜，跑到井边洗了洗，坐在庙门口高高的门槛上吃黄瓜，一时引得几个农家的女人来到庙前瞧新媳妇。这样直等到您的新郎吴文藻姗姗来迟。

您结婚的那间房子是庙里后院的一间破屋，门关不上，晚上屋里经常跑大耗子，桌子有一条腿残了，晃晃当当。“这就是我们结婚的情景。”说到这儿，您大笑，很快活，弄不清您是自嘲，还是为自己当年的清贫又洒脱而洋洋自得。这时您话锋一转，忽问我：“冯骥才，你怎么结的婚？”

我说：“我还不如您哪。我是‘文革’高潮时结的婚！”

您听了一怔，便说：“那你说说。”

我说那时我和未婚妻两家都被抄了，结婚没房子，街道赤卫队队长人还算不错，给我们一间几平米的小屋。结婚那天，我和我爱人的全家去了一个小饭馆吃饭。我父亲关在牛棚，母亲的头发被红卫兵铰了，没能去。我把劫后仅有的几件衣服叠了叠，放在自行车后车架上，但在路上颠掉了，结婚时两手空空。由于我们都是被抄户，更不敢说“庆祝”之类的话，大家压低嗓子说：“祝贺你们！”然后不出声地碰一下杯子。

饭后我们就去那间小屋。屋里空荡荡，四个房角，看得见三个。床是用砖块和木板搭的。要命的是，我这间小屋在二楼，楼下是一个红卫兵“总部”。他们得知楼上有两个狗崽子结婚，虽然没上来搜查盘问，却不断跑到院里往楼上吹喇叭，还一个劲儿打手电，电光就在我们天花板上扫来扫去。我们便和衣而卧。我爱人吓得靠在我胸前哆嗦了一个晚上。“这就是我们的新婚之夜！”我说。

我讲述这件事时，您听得认真又紧张。我想完事您一定会说出几句同情的话来。可是您却微笑又严肃地对我说：“冯骥才，你可别抱怨生活，你们这样的结婚才能永远记得，大鱼大肉的结婚都是大同小异，过后是什么也记不住的。”

您的话使我出其不意。

一下子，您把我的目光从一片荆棘的困扰中引向一片大海。

哎哎，您没有把我送给您那幅关于海的画带走吧？

那幅画我可是特意为您画得那么小，您的房间太窄，没有挂大画的墙壁。但是您告诉我：“只要是海，都是无边的大。”

我把您那本译作《先知》的封面都翻掉了。因此我熟悉您这种诗样的语言所裹藏的深邃的寓意。我送给您一幅画，您送给我这一句话。

我在那幅蓝色的画里，给您画了许多阳光；您在这个短句中，给了我无尽的放达的视野。

在与您的交往中，我懂得了什么是“大”。大，不是目空一切，不是作宏观状，不是超然世外，或从权力的高度俯视天下。人间的事物只要富于海的境界都可以既博大又亲近，既辽阔又丰盈。那便是大智，大勇，大仁，大义，大爱，与正大光明。

德彪西的《大海》全是画面。

被狂风掀起的水雾与低垂的阴云融成一片；雪色的排天大浪迸溅出的

《雄劲》
44 × 52cm
2007年

全是它晶莹透明的水珠。一束夕照射入它蓝幽幽的深处，加倍反映出夺目的光芒。瞬息间，整个世界全是细密的迷人的柔情的微波。大海中从无云影，只有阳光。这因为，它不曾有过瞬息的静止；它永远跃动不已的是那浩瀚又坦荡的生命。

这也正是您的海。我心里的您！

我忽然觉得，我更了解您。

我开始奇怪自己，您在世时，我不是对您已经十分熟悉与理解了吗？但为什么，您去了，反倒对您忽有所悟，从而对您认识更深，感受也更深呢？无论是您的思想、气质、爱，甚至形象，还有您的意义。这真是个神奇的感觉！于是，我不再觉得失去了您，而是更广阔又真切地拥有了您；我不再觉得您愈走愈远，却感到您从来没有像此刻这样的贴近。远离了大海，大海反而进入我的心中。我不曾这样为别人送行过。我实实在在是在享受着一种境界。并不知不觉在我心里响起少年时代记忆得刻骨铭心的普希金那首长诗《致大海》的结尾：

再见吧，大海！我永远不会
忘记你庄严的容光，
我将久久地久久地听着
你黄昏时分的轰响；
我的心将充满了你，
我将把你的山岩，你的海湾，
你的光和影，你浪花的喋喋，
带到森林，带到寂寞的荒原。

记韦君宜

我不知道为什么，对一个人深入的回忆，非要到他逝去之后。难道回忆是被痛苦带来的吗？

1977年春天我认识了韦君宜。我真幸运，那时我刚刚把一只脚怯生生踏在文学之路上。我对自己毫无把握。我想，如果我没有遇到韦君宜，我以后的文学可能完全是另一个样子。我认识她几乎是一种命运。

但是这之前的十年"文革"把我和她的历史全然隔开。我第一次见到她时，并不清楚她是谁，这便使我相当尴尬。

当时，李定兴和我把我们的长篇处女作《义和拳》的书稿寄到人民文学出版社。尽管我脑袋里有许多天真的幻想，但书稿一寄走便觉得希望落空。这是因为人民文学出版社是公认的国家文学出版社。面对这块牌子谁会有太多的奢望？可是没过多久，小说北组（当时出版社负责长江以北的作者书稿的编辑室）的组长李景峰便表示对这部书稿的热情与主动，这一下使我和定兴差点成了一对范进。跟着出版社就把书稿打印成厚厚的上下两册征求意见本，分别在京津两地召开征求意见的座谈会。那时的座谈常常是在作品出版之前，绝不是当下流行的一种炒作或造声势，而是为了尽量提高作品的出版质量。于是，李景峰来到天津，还带来一个身材很矮的女同志，他说她是“社领导”。当李景峰对我说出她的姓名时，那神气似乎等待我的一番惊喜，但我却只是陌生又迟疑地朝她点头。我当时脸上的笑容肯定也很窘。后来我才知道她在文坛上的名气，并恨自己的无知。

座谈会上我有些紧张，倒不是因为她是“社领导”，而是她几乎一言不发。我不知该怎么跟她说话。会后，我请他们去吃饭——这顿饭的“规格”在今天看来简直难以想象！1976年的大地震毁掉我的家，我全家躲到朋友家的一间小屋里避难。在我的眼里，劝业场后门那家卖锅巴菜的街头小铺就是名店了。这家店一向屋小人多，很难争到一个凳子。我请韦君宜和李景峰占一个稍宽松的角落，守住小半张空桌子，然后去买牌，排队，自取饭食。这饭食无非是带汤的锅巴、热烧饼和酱牛肉。待我把这些东西端回来时，却见一位中年妇女正朝着韦君宜大喊大叫。原来韦君宜没留意坐在她占有的一张凳子上。这中年妇女很凶，叫喊时龇着长牙，青筋在太阳穴上直跳，韦君宜躲在一边不言不语，可她还是盛怒不息。韦君宜也不解释，睁着圆圆一双小眼睛瞧着她，样子有点窝囊。有个汉子朝这不依不饶的女人说：“你的凳子干嘛不拿着，放在那里谁不坐？”这店的规矩是只要把凳子弄到手，排队取饭时便用手提着凳子或顶在脑袋上。多亏这汉子的几句话，一碗水似的把这女人的火气压住。我赶紧张罗着换个地方，依然没有凳子坐，站着把东西吃完，他们就要回北京了。这时韦君宜对我说了一句话：“还叫你花了钱。”这话虽短，甚至有点吞吞吐吐，却含着一种很恳切的谢意。她分明是那种拙于表达、不善言谈的人吧！这就使我更加尴尬和不安。多少天里一直埋怨自己，为什么把他们领到这种拥挤的小店铺吃东西。使我最不忍的是她远远跑来，站着吃一顿饭，无端端受了那女人的训斥和恶气，还反过来对我诚恳地道谢。

不久我被人民文学出版社借去修改这部书稿。住在北京朝内大街166号那幢灰色而陈旧的办公大楼的顶层。凶厉的“文革”刚刚撤离，文化单位依存着肃寂的气息，揭批查的大字报挂满走廊。人一走过，大字报哗哗作响。那时伤痕文学尚未出现，作家们仍未解放，只是那些拿着这枷锁钥匙的家伙们不知跑到哪里去了。出版社从全国各地借调来改稿的业余作者，每四个人挤在一间小屋，各自拥抱着一张办公桌，抽烟、喝水、写作；并把自己独有的烟味和身体气息浓浓地混在这小小空间里，有时从外边走进来，气味真有点噎人。我每改过一个章节便交到李景峰那里，他处理过再交到韦君宜处。韦君宜是我的终审，我却很少见到她，大都是经由李景峰间接听到韦君宜的意见。李景峰是个高个子、朴实的东北人，编辑功力很深，不善于开会发言，但爱聊天，话说到高兴时喜欢把裤腿往上一捋，手拍着白白的腿，笑嘻嘻地对我说："老太太（人们对韦君宜背后的称呼）又夸你了，说你有灵气，贼聪明。"李景峰总是死死守护在他的作者一边，同忧同喜，这样的编辑已经不多见了。我完全感觉得到，只要他在韦君宜那里听到什么好话，便恨不得马上跑来告诉我。他每次说完准又要加上一句："别翘尾巴呀，你这家伙！"我呢，就这样地接受和感受着这位责编美好又执著的情感。然而，我每逢见到韦君宜，她却最多朝我点点头，与我擦肩而过，好像她并没有看过我的书稿。她走路时总是很快，嘴巴总是自言自语那样嗫嚅着，即使迎面是熟人也很少打招呼。可是一次，她忽然把我叫去。她坐在那堆满书籍和稿件的书桌前——她天天肯定是从这些书稿中"挖"出一块桌面来工作的。这次她一反常态，滔滔不绝：她与我谈起对聂士成和马玉昆的看法，再谈我们这部小说人物的结局，人物的相互关系，史料的应用与虚构，还有我的一些语病。她令我惊讶不已，原来她对我们这部五十五万字的书稿每个细节都看得入木三分。然后，她从满桌书稿中间的盆地似的空间里仰起脸来对我说："除去那些语病必改，其余凡是你认为对的，都可以不改。"这时我第一次看见了她的笑容，一种温和的、满意的、欣赏的笑容。

这是我永远不会忘记的一个笑容。随后，她把书桌上一个白瓷笔筒底儿朝天地翻过来，笔筒里的东西"哗"的全翻在桌上。有铅笔头、圆珠笔芯、图钉、曲别针、牙签、发卡、眼药水等，她从这乱七八糟的东西间找到一个铁夹子——她大概从来都是这样找东西。她把几页附加的纸夹在书稿上，叫我把书稿抱回去看。我回到五楼一看便惊呆了。这书稿上密密麻麻竟然写满她修改的字迹，有的地方用蓝色圆珠笔改过，再用红色圆珠笔改，然后用黑圆珠笔又改一遍。想想，谁能为你的稿子付出这样的心血？

我那时工资很低，还要分出一部分钱放在家里。每天抽一包劣质而辣嘴的“战斗牌”烟卷，近两角钱，剩下的钱只能在出版社食堂里买那种五分钱一碗的炒菠菜。往往这种日子的一些细节刀刻一般记在心里。比如那位已故的、曾与我同住一起的新疆作家沈凯，一天晚上他举着一个剥好的煮鸡蛋给我送来，上边还撒了一点盐，为了使我有劲熬夜。再比如朱春雨一次去“赴宴”，没忘了给我带回一块猪排骨，他用稿纸画了一个方碟子，下面写上“冯骥才的晚餐”，把猪排骨放在上边。至今我仍然保存着这张纸，上面还留着那块猪排骨的油渍。有一天，李景峰跑来对我说：“从今天起出版社给你一个月十五块钱的饭费补助。”每天五角钱！怎么会有这样天大的好事？李景峰笑道：“这是老太太特批的，怕饿垮了你这大个子！”当时说的一句笑话，今天想起来，我却认真地认为，我那时没被那几十万字累垮，肯定就有韦君宜的帮助与爱护了。

我不止一次听到出版社的编辑们说，韦君宜在全社大会上说我是个“人才”，要“重视和支持”。然而，我遇到她，她却依然若无其事，对我点点头，嘴里自言自语似的嗫嚅着，匆匆擦肩而过。可是我似乎已经习惯了这种没有交流的接触方式。她不和我说话，但我知道我在她心里的位置；她是不是也知道，我虽然没有任何表示，她在我心里却有个很神圣的位置?

在我的第二部长篇小说《神灯前传》出版时，我去找她，请她为我写一篇序。我做好被回绝的准备。谁知她一听，眼睛明显地一亮，她点头应了，嘴巴又嚅动几下，不知说些什么。我请她写序完全是为了一种纪念，纪念她在我文字中所付出的母亲般的心血，还有那极其特别的从不交流却实实在在的情感。我想，我的书打开时，首先应该是她的名字。于是《神灯前传》这本书出版后，第一页便是韦君宜写的序言《祝红灯》。在这篇序中依然是她惯常的对我的方式，朴素得近于平淡，没有着意的褒奖与过分的赞誉，更没有现在流行的广告式的语言，最多只是“可见用功很勤”，“表现作者运用史料的能力和历史的观点都前进了”，还有文尾处那句“我祝愿他多方面的才能都能得到发挥”。可是语言有时却奇特无比，别看这几句寻常话语，现在只要再读，必定叫我一下子找回昨日那种默默又深深的感动……

韦君宜并不仅仅是伸手把我拉上文学之路。此后伤痕文学崛起时，我那部中篇小说《铺花的歧路》的书稿在人民文学出版社内部引起争议。当时“文革”尚未在政治上全面否定，我这部彻底揭示“文革”的书稿便很难通过。1978年冬天在和平宾馆召开的“中篇小说座谈会”上，韦君宜有意安排我在茅盾先生在场时讲述这部小说，赢得了茅公的支持。于是，阻碍被扫除，我便被推入了“伤痕文学”激荡的洪流中……

此后许多年里，我与她很少见面。以前没有私人交往，后来也没有。但每当想起那段写作生涯，那种美好的感觉依然如初。我与她的联系方式却只是新年时寄一张贺卡，每有新书便寄一册，看上去更像学生对老师的一种含着谢意的汇报。她也不回信，我只是能够一本本收到她所有的新作。然而我非但不会觉得这种交流过于疏淡，反而很喜欢这种绵长与含蓄的方式——一切尽在不言之中。人间的情感无须营造，存在的方式各不相同。灼热的激发未必能够持久，疏淡的方式往往使醇厚的内涵更加意味无穷。

大前年秋天，王蒙打来电话说，京都文坛的一些朋友想聚会一下为老太太祝寿。但韦君宜本人因病住院，不能来了。王蒙说他知道韦君宜曾经厚待于我，便通知我。王蒙也是个怀旧的人。我好像受到某种触动，忽然激动起来，在电话里大声说，是呀、是呀，一口气说出许多往事。王蒙则用他惯常的玩笑话认真地说：“你是不是写几句话传过来，表个态，我替你宣读。”我便立即写了一些话用传真传给王蒙。于是我第一次直露地把我对她的感情写出来，我满以为老太太总该明白我这份情意了。但事后我知道老太太由于几次脑血管病发作，头脑已经不十分清楚了。瞧瞧，等到我想对她直接表达的时候，事情又起了变化，依然是无法沟通！但转念又想，人生的事，说明白也好，不说明白也好，只要真真切切地在心里就好。

尽管老太太走了。这些情景却仍然——并永远地真真切切保存在我心里。人的一生中，能如此珍藏在心里的故人故事能有多少？于是我忽然发现，回忆不是痛苦的，而是寂寥人间一种暖意的安慰。

三位好友在南京中山陵前。右起张贤亮、冯骥才、李国文（1985）。

风景里的山峰

——悼李景峰

也许很多人不知道李景峰这个名字，是的，他只是一位普普通通的编辑。但他在我心里却沉甸甸的，很有分量。

差不多三十年前，当我和我的合作者李定兴先生把长篇小说《义和拳》的手稿寄到人民文学出版社后，心中忐忑不安。那时我们都三十岁出头，甭说长篇，短篇也没写过，稿子在手里还有点自责，一寄出心里就没根了。忽然一天胡同口电话亭的大娘喊我接长途电话，只听电话里自报家门地说："我是人民文学出版社的编辑李景峰，风景的景，山峰的峰。你们的稿子我们看过了。过两天我陪我们社的总编辑韦君宜去天津找你们谈谈。等我们吧！"

他的名字我马上记住了：风景里的山峰。他的声音清晰又明亮，似乎还有点东北口音。哪里知道这竟然是陌生的文坛对我发出的第一声召唤。

刚刚把脚伸入文学的我是怯生生的。我是被出版社留在北京朝内大街166号四楼上长达一年的修改作品期间，才懂得种种改稿的符号的。在那个没有电脑和复印机的时代，连怎样用剪刀和浆糊来剪接文稿，都是李景峰教给我的。他是我第一个责编。

然而，那时代的责编与作者是一种极特殊的关系。他要一遍遍地与我讨论小说的人物、写法、细节，乃至某一个具体的用词。如果他不满意，便撇着嘴说我“偷懒”，如果他满意——特别是分外高兴时，一定会说“你这家伙还真有悟性！”我能从这话声里听得出他很欣赏我，但仅此而已，他从来没太明显地赞扬过我。说老实话，我上学时并不太认真，错别字常常会从笔尖冒出来，只要露出一个，准叫景峰抓住。他毕业于吉林大学，语文功底好，三十多岁就担任国家文学出版社小说组的副组长了。他发现错别字的能耐像高明的警察在车站的人群里发现小偷那样，伸手一抓一个。我至今收藏着他送给我的那本《现代汉语词典》。那本词典是1973年出版的，早叫我翻烂甚至缺页了。景峰用这本辞典纠正了我不少错别字。

记得他那时挺年轻，比我大三四岁。常常在一起说笑，其实他更多时间是笑嘻嘻地听任我海阔天空，他本人不善言谈，但对人却很用心。我那时家境不好，地震时受难很重，正寄居在友人家。住在出版社改稿时大多时候只能买价钱便宜的素炒白菜或菠菜。他隔些时候就会在下班时，叫我去他家包饺子。我知道他是想给我开开荤。那时候，吃饺子是生活的一个小小的奢侈。他住在红星胡同出版社的职工宿舍，一排排平房，门儿临院，里外两小间，从院里一步迈进屋，再一步就进了里屋。记得他每次拌馅倒香油时，最后都要再倒上一点香油。然后用食指一抹瓶口的残油，抹在自己嘴唇上，叭叽两下嘴，笑嘻嘻地说这么一句：“真香，馋馋大冯这个馋猫。”那种温馨之情叫我至今还能感到。后来，总编辑韦君宜特意批给我每月15元的伙食补助，也全是他悄悄“努力”的结果。

然而，他从不向我“表功”。其实真正被人记住的都不是自己表白出来的。在我们的处女作刚刚印出来时，他手拿着那上下两本散着油墨香味的新书跑到四楼上送给我，嘴里说道：“真不舍得给你呀。”他说的是笑话，我却觉得这本书确确实实也是他的。他为这部书付出那么多心血，但书上并没有他的名字呀。

那时，我有点歉疚，有点窘。人家和你一起推动一辆车，等车启程了，你乘车走了，人家却在原地站着。

记得一次，他父亲重病，要赶夜车回东北，我送他去车站，车子误点误了很久，待他坐上了车，我再回到出版社时已经午夜三点。出版社锁了门。我坐在门口矮墙上一直等到天亮。后来景峰知道此事，问我那天夜里在大街上是怎么度过的。我怕他自责，便笑道，我第一次知道一个大城市是如何从夜里一点点醒来的。我绘声绘色地讲下夜班的人怎么走路和骑车，上早班的人怎么在清凉的空气里咳嗽，最早的炸油饼的味道如何“有个尖儿”直往鼻孔里钻，以及第一辆无轨车的声音。他听着笑了。可是过了两年一次聊天聊到赶夜车时，他却忽然说：“我叫大冯在大街上冻了一夜。”这才知道，他一直还在为那件他“毫无责任”的事暗暗自责。

他不仅是《义和拳》的责编。还是我独立完成的另一部长篇小说《神灯》、第一部中篇小说《铺花的歧路》和第一篇短篇小说的《雕花烟斗》的责编。这些小说的背后全都有一个故事。这些故事我记得清清楚楚。他一直支持着我奔入伤痕文学的大潮。然后我们好像各自东西，我忙我的文学、绘画和文化保护，他依旧干着自己的老本行——结识一位又一位新作者、改稿、编书，直到把书出版。我只是偶尔与他通一个电话。

随着时间的推移，给他的电话少了，有时间隔的时间会长达数月或半年。一次，他接到我的电话忽然说：“大作家居然还记得我！”这使我一阵慌张。我忙着解释和致歉，正当我感觉愈解释愈无力时，他却笑道：“解释什么，你要不记着我还会来电话吗？”这使我深深感受到他对我挺在乎，在乎是一种情感上的需要，这需要牵着日渐遥远的那些有情有义的往事。那么为什么他从来不打电话给我呢？连他后来生病以至突然辞世而去都是别人告诉我的。

直到他去世后，他的爱妻刘蕴洁才对我说，他不愿意像那次——我跑到北京的协和医院去看他。他不叫妻子再把病情透露给我，怕我着急、分心、影响工作。但直到生命最后的一些日子，还叫妻子去书店看看有没有我的新书……

他把三十年前的那份友情一直坚持到最后。他这种方式源自一种性格，

冯骥才与王蒙游颐和园的合影（1980）。

一种情义，也是那个时代编辑对作者特有的一种爱惜之情。这种感情帮助过多少作家的成长，这种感情今后还会有吗？

不知为什么，当我想到这种情义与性格时，会自然地想到他最初用带着东北口音自我介绍时说的那句话：

“风景的景，山峰的峰。”

是呵，他是我人生风景中永远的一座山峰。

怀念老陆

近些天常常想起老陆来。想起往日往事的那些难忘的片断，还有他那张始终是温和与宁静的脸，一如江南的水乡。

老陆是我对他的称呼。国文和王蒙则称他文夫。他们是一代人。世人分辈，文坛分代。世上一辈二十岁，文坛一代是十年。我视上一代文友有如兄长。老陆是我对他一种亲热的尊称。

我和老陆一南一北很少往来，偶然在京因会议而邂逅，大家聚餐一处，老陆身坐其中，话不多，但有了他便多一份亲切。他是那种人——多年不见也不会感到半点陌生和隔膜。他不声不响坐在那里，看着从维熙逞强好胜地教导我，或是张贤亮吹嘘他的西部影城如何举世无双，从不插话，只是面含微笑地旁听。我喜欢他这种无言的笑，温和、宽厚、理解，他对这些个性大相径庭的朋友们总是抱之以一种欣赏——甚至是享受。

这不能被简单地解释为“与世无争”。没有一个作家会在思想原则上做和事佬。凡是读过他的《围墙》乃至《美食家》，都会感受到他的笔尖里的针芒。只不过他常常是绵里藏针。我想这既源自他的天性，也来自他的小说观。他属于那种艺术性的作家，他把小说当做一种文本的和文字的艺术。高晓声和汪曾祺都是这样。他们非常讲究技巧，但不是技术的，而是艺术的和审美的。

一次我到无锡开会，就近去苏州拜访他。他陪我游拙政、网师诸园。一边在园中游赏，一边听他讲苏州的园林。他说，苏州园林的最高妙之处，不是玲珑剔透，极尽精美，而是曲曲折折，没有穷尽。每条曲径与回廊都不会走到头。有时你以为走到了头，但那里准有一扇小门或小窗。推开望去，又一番风景。说到此处，他目光一闪说：“就像短篇小说，一层包着一层。”我接着说：“还像吃桃子，吃去桃肉，里边有个核儿，敲开核儿，又一个又白又亮又香的桃仁。”老陆听了很高兴，禁不住说：“大冯，你算懂小说的。”

此时，眼前出现一座水边的厅堂。那里四边怪石相拥，竹树环合，水光花影投射厅内，厅中央陈放着待客的桌椅，还有一口天青色素釉的瓷缸，缸里插着一些长长短短的书轴画卷。乃是每有友人来访，本园主人便邀客人在此欣赏书画。厅前悬挂一匾，写着“听松读画堂”。老陆问我，为什么写“读画”不写“看画”，画能读吗？我说，这大概与中国画讲究文学性有关。古人常说的“诗画相生”或“诗是无形画，画是有形诗”。这些诗意与文学性藏在画中，不能只用眼看，还要靠读才能理解到其中的意味。老陆说，其实园林也要读。苏州园林真正的奥妙是这里边有诗文，有文学。我听到的能对苏州园林做出如此彻悟的只有二位：一是园林大师陈从周——他说苏州园林有书卷气；另一位便是老陆，他一字道出欣赏苏州园林乃至中国园林的要诀：读。

读，就是从文学从诗的角度去体会园林内在的意蕴。

记得那天傍晚，老陆在得月楼设宴招待我。入席时我心中暗想，今儿要领略一下这位美食家的真本领究竟在哪里了。席间每一道菜都是精品，色香味俱佳，却看不出美食家有何超人的讲究。饭菜用罢，最后上来一道汤，看上去并非琼汁玉液，入口却是又清爽又鲜美，直喝得胃肠舒畅，口舌愉悦，顿时把这顿美席提升到一个至高境界。大家连连呼好。老陆微笑着说：“一桌好餐关键是最后的汤。汤不好，把前边的菜味全遮了；汤好，余味无穷。”然后目光又是一闪，好似来了灵感，他瞅着我说：“就像小说的结尾。”

我笑道：“老陆，你的一切全和小说有关。”

于是我更明白老陆的小说缘何那般精致、透彻、含蓄和隽永。他不但善于从生活中获得写作的灵感，还长于从各种意味深长的事物里找到小说艺术的玄机。

然而生活中的老陆并不精明，甚至有点“迂”。我听到过一个关于他“迂”到极致的笑话。那是20世纪80年代中期，老陆当选中国作协副主席。据说苏州当地政府不知他这职务是什么“级别”，应该按什么“规格”对待。电话打到北京，回答很模糊，只说“相当于副省级”。这却惊动了地方，苏州还没有这么大的官儿，很快就分一座两层小楼给他，还配给他一辆小车。老陆第一次在新居接待外宾就出了笑话。那天，他用车亲自把外宾接到家来。但楼门口地界窄，车子靠边，只能由一边下人。老陆坐在外边，应当先下车。但老陆出于礼貌，让客人先下车，客人在里边出不来，老陆却执意谦让，最后这位国际友人只好说声“对不起”，然后伸着长腿跨过老陆跳下车。

后来见到老陆，我向他核实这则文坛轶闻的真伪。老陆摆摆手，什么也不说，只是笑。不知这摆手，是否定这个瞎诌的玩笑，还是羞于再提那次的傻实在？

说起这摆手，我永远会记着另一件事。那是1991年冬天，我在上海美术馆开画展。租了一辆卡车，运满满一车画框由天津出发，车子走了一天，凌晨四时途径苏州时，司机打盹，一头扎进道边的水沟里，许多画框玻璃粉粉碎。当时我不知道这件事，身在苏州的陆文夫却听到消息。据说在他的关照下，用拖车把我的车拉出沟，并拉到苏州一家车厂修理，还把镜框的玻璃全部配齐。这便使我三天后在上海的画展得以顺利开幕，否则便误了大事。事后我打电话给老陆，几次都没找到他。不久在北京遇到他，当面谢他。他还是伸出那瘦瘦的手摆了摆，笑了笑，什么也没说。

他的义气，他的友情，他的真切，都在这摆摆手之间了。这一摆手，把人间的客套全都挥去，只留下一片真心真意。由此我深刻地感受到他的气质。这气质正像本文开头所说的一如江南水乡的宁静、平和、清淡与透彻，还有韵味。

作家比其他艺术家更具有生养自己的地域的气质。作家往往是那一块土地的精灵。比如老舍和北京，鲁迅和绍兴，巴尔扎克和巴黎。他们的心时时感受着那块土地的欢乐与痛苦。他们的生命与土地的生命渐渐地融为一体——从精神到形象。这便使我们一想起老陆，总会在眼前晃过苏州独有的景象。于是，老陆去世那些天，提笔作画，不觉间一连画了三四幅水墨的江南水乡。妻子看了，说你这几幅江南水乡意境很特别，静得出奇，却很灵动，似乎有一种绵绵的情味。我听了一怔，再一想，我明白了，我怀念老陆了。

大话美林

一

在当今画坛上，能够让我每一次见面都会感到吃惊的是——韩美林。

昨天刚被他一种全新的艺术语言所震撼，今天他竟然把他的画室变成一片前所未见的视觉天地。

一刻不停地改变自己，瞬间万变地创造自己。每一天都在和昨天告别，每一天都被他不可思议地翻新。然而，真正的才华好似在受神灵的驱使，不期而至，匪夷所思，不仅震动别人，也常常令自己惊讶。每每此时，他便会打电话来：“快来我的画室，看看我最新的画，棒极了！”他盼望亲朋好友去一同共享。等到我站在他的画前，情不自禁说出心中崭新的感动时，他会说：“你信不信，我还没开始呢！”

这是我最爱听到的美林的话。

此时，我感到一种无形而磅礴、不可遏制的创造力在他心中激荡。他像喷着浓烟的火山一样渴望爆发。这是艺术家多美好的自我感觉与神奇的时刻！

二

美林的空间有多大？这是一个谜。

二十多年来，我关注的目光紧随着他。一路下来，我已经眼花缭乱，甚至找不到边际与方向。一会儿是一片粗砺又沉重的青铜世界，一会儿是滑溜溜、溢彩流光的陶瓷天地；一会儿是十几米、几十米、上百米山一般顶天立地的石雕，一会儿是轻盈得一口气就可吹起的邮票；一会儿是大片恢宏、变幻万千的水墨，一会儿是牵人神经的线条，或刚劲或粗野或跌宕或飞扬或飘逸或游丝一般的线条。一切物象，一切样式，一切手段，一切材料，都能被他随心所欲地使用乃至挥霍，他要的只是随心所欲。

在这心灵的驰骋中，艺术的空间无边无际。地球可以承载整个人类，每个人的心灵却都可以容纳宇宙。尤其是艺术家的心灵。他们用心灵想象，用心灵创造，更因为他们的心灵是自由的。

美林艺术的灵魂是绝对自由的。这正是他的艺术为什么如此无拘无束与辽阔无涯的根由。

谁想叫他更夺目，谁就帮助他心处自由之中；谁想叫他黯淡下去，谁就捆缚他约制他——但这不可能——他就像他笔下狂奔的马，身上从来没有一根缰绳。

三

美林还是评论界的一个难题。

这个兴趣到处跳跃的任性的艺术家，使得评论家的目光很难瞄准他。他艺术中的成分过于丰富与宽广。如果评论对象的内含超过了自己熟知的范畴，怎样下笔才能将他“言中”？

在美林各种形式的作品中，可以找到中西艺术与文化史的极其斑驳的美的因子。艺术史各个重要的艺术成果，不是作为一种特定的审美样式被

冯骥才和韩美林。

他采用，而是被他化为一种精灵，潜入他的艺术的血液里。就像我们身上的基因。

依我看，他的艺术是由三种基因编码合成的。一是远古，一是现代，一是中国民间。

在将中国民间的审美精神融入现代艺术时，美林不是以现代西方的审美视角去选择中国民间的审美样式，在那一类艺术里，中国的民间往往只剩下一些徒具特色却僵死的文化符号。在美林笔下，这些曾经光芒四射的民间文化的生命顺理成章地进入当代；它们花花绿绿，土得掉渣，喊着叫着，却像主角一样在现代艺术世界中活蹦乱跳。

同时，我们审视美林艺术中古代与现代的关系时，绝对找不到八大、石涛或者毕加索、达里的任何痕迹。然而中国大写意的精神以及现代感却鲜明夺目。美林拒绝已经精英化和个体化的任何审美语言，不克隆任何人。他只从中西文化的源头去寻找艺术的来由。

我一直以为，远古的艺术和乡土之美能够最自然地相互融合，是因为这些远古艺术，大地上开放的民间之花，都具有艺术本源的性质，原发的生命感，以及文明的初始性。而这些最朴素、最本色的文化生命，不正是当前靠机器和电脑说话的工业文化所渴望的吗？

因此说，美林的艺术既是现代的，人类性的；又是地道的华厦民族的灵魂。

四

美林的世界都是哪些角色？

只要一闭眼就能涌现出来——倔犟的牛、发疯的马、精灵般的麋鹿、嗷嗷叫的公鸡、老实巴交的羊以及叫人想把脸颊贴上去的无比温柔的小兔小猫。

其实它们并不是美林客观的“绘画对象”，而是画家一时心性的凭借。美林性格中那些与生俱来的执拗、坚韧与率真，心绪中那些倏忽而至的昂奋、快意与柔情，全都鲜活地表现在他笔下这些生灵的身上。我从来都是从这些生灵来观察他当时的生命状态。在我的学院大楼落成剪彩那天，美林送来一匹丈二尺的巨马，这马雄强硕大，轰隆隆奔跑着，好似一台按上四条腿的蒸汽机。我对美林说：凭这股子元气你能活过一百岁！

美林世界的一切都是他生命的化身。不知还有谁的艺术拥有如此纯粹的生命感。他时不时会顺手拿起身边一件亮晶晶、造型奇特的陶壶陶罐，对你说：“看这小胖子，多神气！”或者“瞧它呼呼直喘气，可爱吧！”

这种生命感，还从形象到抽象，从画面上每一根线条到他神奇的天书。

这些来自于汉简、古陶、岩画、石刻、甲骨和钟鼎彝器的铭文中大量的未可考释的文字，之所以诱惑着他，不只是每一个文字后边神秘莫测的历史信息，而是至今犹然带着远古人用来传达所思所想时生命的活力与表情。美林之所以把它们重新书写出来，不是对这些罕见的古文字的一种审美上的好奇，更不是在视觉上故弄玄虚，而是想唤醒那些遥远而丰盈的生命符号和符号生命。

美林的世界的所有角色，其实都是他自己。任何杰出的艺术家都是极致的自我。为此，这个好动的画家的笔下的一切，都充满动感，很少静态；过分的情绪化，使得他喜欢瞬息间完成作品，阔笔泼墨自然是其拿手的本领。天性的豪气，令其书法字字如虎。他不刻意于琐细，没有心思在人际之间做文章，甚至不谙人情世故，所以千差万别的个性的人物，从来不进入他的世界。有人问他："你为什么不画人物？"

我在一边说："刻画人物是作家的事。"

五

美林的原创力是什么？

在美林艺术馆一面很长的墙壁上挂着一百多个小瓷碟。每个小碟中心有一幅绘画小品。虽然，画面各不相同，但画中的小鸟小兔小花，连同各种奇妙的图案都在唱歌。这是美林与建萍热恋时，他从电话中得知建萍由外地启程来看他——从那一刻起，他溢满爱意的心就开始唱歌。他边"唱"边画。各种奇妙之极的画面就源源不绝地从笔端流泻出来。爱使人走火入魔，进入幻境；幻想美丽，幻境神奇。美林全然不能自制，直到建萍推门进来，画笔方歇。不到一天，他画了一百七十九幅小画。这些画被烧制在一般大小粗釉的瓷碟的碟心，活灵活现地为艺术家的爱作证。

尽管谁都愿意享受被爱，但爱比被爱幸福。爱的本质是主动的给予。这个本质与艺术的本质正好契合。因为，艺术不是获取，也是给予。爱便成了美林艺术激情勃发的原动力。美林的爱是广角的。他以爱、以热情和慷慨对待朋友，对待熟人，甚至对待一切人，以致看上去他有点挥金如土。这个爱多得过剩的汉子自然也常常吃到爱的苦果。不止一次我看到他为爱狂舞而稀里糊涂掉进陷阱后的垂头丧气，过后他却连疼痛的感觉都忘得一干二净，又张开双臂拥抱那些口头上挂着情义的人去了。然而正是这样——

正是这种傻里傻气的爱和情义上的自我陶醉，使他的笔端不断开出新花。其实不管生活最终到底怎样，艺术家需要的只是此时此刻内心的感动与神圣，哪怕这中间多半是他本人的理想主义。

哲学家在现实中寻求真理，艺术家在虚幻里创造神奇。

到底源自一种天性还是心中装满爱意，使美林总是尽量让朋友快乐，给朋友快乐？他以朋友们的快乐为快乐。他的艺术也是快乐的，从不流泪，也不伤感，绝无晦涩。这个曾经许多次与死神擦肩而过的汉子，画面上从来没有多磨的命运留下的阴影，只有阳光。他把生活的苦汁大口吞下，在心中酿出蜜来，再热辣辣地送给站在他画前的每一个人。美林是我见过的最阳光的画家。

最大的事物都是没有阴影的，比如大海和天空。

然而爱是一定有回报的。因此他拥有天南地北那么多朋友，那么广泛的热爱他艺术的人。如今韩美林已经是当今中国画坛、当代中国文化的一个符号。这种符号由国际航班带上云天，也被福娃带到世界各地。更多的是他创造的千千万万、美妙而迷人的艺术形象，五彩缤纷地传播于人间。这个符号的内涵是什么呢？我想是：

自由的心灵，真率的爱，深厚的底蕴，无边而神奇的创造，而这一切全都溶化在美林独有的美之中了。

仲爷祭

爷，是天津男人间的尊称；我们称张仲先生为仲爷，更是含着对这位精通津门地域文化的学人特殊的敬意。

我用“仲爷”这称呼叫了他二十年，但他今天走了，走得无影无踪。他会从此消失在他挚爱终生的温暖的天津吗？这确是真的吗？

当我看到手机上他的电话号码，忽然感到电话那边再无人接听，再没有他那苍老的声音，没有我们相互的打趣或对什么执意的探讨。这才感到生活有一块陡然空了，一片虚无，连平时相处时那种特有的亲切的气息也了无踪迹。

已经记不起第一次在哪里认识的他，却记得20世纪80年代他在房产局工作。当时我的住房分配正掌握在他的单位中。他比我似乎还心急。但他只是一般的办事员，为我使不上劲，只能一次次把他听到的关于我住房的消息，跑来给我“通风报信”。一次，他带着一脸花开般的笑容，爬上我家那间小阁楼上说，很快会分配两间小房给我；可是转一天他又跑来，神色阴沉说“他们又翻车了，说你这样的人他们才不管呢”，跟着竟落下泪来。

这眼泪落在我心里。朋友间相互打动和依存的根由不就是一个真字吗？然而，使我们成为密切的朋友，却缘于1984年我开始写《神鞭》那类冯骥才组织张仲(左五)等专家对天津进行地毯式的城市历史文化考察(1994)。

“文化反思小说”。待与他聊起老天津的生活，仲爷所知之广之深之精微，令我吃惊。他像是从一二百年时光隧道走回来的人。他不是那种“书呆子”。他的知识全是五光十色活生生的。只要是老天津的，不论是街头巷尾，五行八作，生活百科，乃至一式图样一颗衣扣一种烧饼一个从未听说过的地名或人名，他都能绘声绘色把它们说活了。经过他口中的历史全是复活的历史。

正因为这样，在90年代初我举行的一系列关于天津历史文化的普查时——比如老城文化普查、小洋楼采风、估衣街抢救等行动中，他都是我有力的支持者。老实说，当时那些文化行动触动了某些人的既得利益。压力乃至威胁一直围着我们转。然而，这位曾经受过二十多年不公正待遇的仲爷却没有退缩。是由于天性的耿介正直还是对文化执著的爱？我想两样都有。在我大步急匆匆穿行于老城里和估衣街时，耳边一直伴着他细碎的快步的足音。一些媒体都曾报道我在一片瓦砾的估衣街上流泪的情景，但有谁看到仲爷在推成平地的六百年的“老城”中失声痛哭？我看到了。这样子至今清晰地印在我的心里。文人的情怀与责任感，是我们成为好友的根基。任何世俗功利的沙子都不在我们之间。

然而，如何使仲爷无形的知识落到纸上，始终是我心里的事。我支持他写小说、随笔和地域文化的散文，但这都不足把他脑袋里庞博的文化记忆与积累搬出来。一次，我对他笑道：“我已经把你列入文化抢救的范畴了。”

近十年，年过七十后的仲爷明显而加速地苍老。半个世纪前残酷的劳改生活留下的恶果使他的双腿走起来日见艰难。于是去年中国民协决定给全国各地为民间文化事业奋斗一生的专家学者授予“山花奖终生成就奖”时，我们将他列入其中。在苏州颁奖典礼上，当我看到仲爷银发飘动地走过红地毯时，由衷为他高兴、骄傲，也欣慰。他才华独具，却一生坎坷太多，半生落难，一子有疾，晚年丧偶，理应有这样的补偿与荣耀。

事后，他对我说：“老弟，你帮我画了一个完满句号。”我说：“不是句号，是金子做的逗号。后边还长着呢，还有好多事等着您做。”

我已经决定由我的现当代文学研究生为他做一本《张仲：口述天津》，

计划40万字。他年迈力弱，无力再写大书。口述史的方式是挖掘和整理他文化财富最好的手段。

然而，今年以来他胃痛发作。他本来口壮胃健，为什么渐渐怕吃东西了？

我似乎有一种不祥的预感。但他很固执，不去看病，相信自己身体能顶住任何麻烦。记得四月份我出国前在去往机场的路上，还打电话叫他去医院检查。他说他吃了些草药好多了。我说："刘炳森就是不检查不确诊，结果耽误了自己。"谁料，仲爷重蹈了炳森的覆辙，终于恶性的病急性发作。谁也拦不住。

一个月前，我去医院看他时。他昏昏沉沉对我说："这里不好，你们快跑吧。"显然已经神志不清，我心里明白，仲爷已经踏上不归路。我想，我大概不会再来看他。因为我最怕看到朋友最后的痛苦。在我离开病房时，仲爷头歪在枕头上，朝我无力地摇着手。我的心一动，转回身到床边再紧紧握一握他的手。这是我俩之间真正的生离死别。他的表情痛苦而无奈。这表情叫我良心不安。我不能帮朋友摆脱这种绝望。有时在生死之间，人是一无所能的。

仲爷走了。一本天津地域文化的活字典永远地合上了，一大宗珍贵的文化记忆随风飘去。我没有及时把他的口述史抢下来。这是永远的遗憾，也是我永难补偿的一个过失——因为我深知仲爷真正的价值。

我想，今后一段日子，我脑袋里会不时蹦出他的电话号码，但我不会再拨打，因为那号码后边一片空茫，寂寥无声，惟有伤感与怀念。

哀谢晋

我曾对一向生龙活虎的谢晋说:“你能活到二十二世纪。”但他辜负了我的祝愿，今天断然而去，只留下朋友们对他深切的痛惜与怀念以及一片浩阔的空茫。

前不久，台湾导演李行来访，谈到夏天里谢晋在台北摔伤，流了许多血，“当时的样子很可怕，把我们都吓坏了”，跟着又谈到谢晋老年丧子。我说老谢曾经特意把他儿子谢衍的处女作《女儿红》剧本寄给我，嘱我“非看不可”。李行说谢晋对谢衍这条根脉很在乎，丧子之痛会伤及他的身体。这时我忽然感到老谢今年有点流年不利。心想今年若去南方，要设法绕道去上海看看他。但现在这一切都只是过往的一些毫无意义的念头了。

太熟太熟的一位朋友了。自80年代以来在政协、文联以及大大小小各种会议和活动中，无论是会场上相逢相遇，还是在走廊或人群中打个照面，都会有种亲切感掠心而过。老谢是个亲和、简单、没有距离感的人。在我的印象中，他几十年说的话似乎只有三个内容：剧本，演员，为电影的现状焦急。他脑袋里再放不进去别的东西。如果你想谈别的——那你只好去自言自语，他听似没听进去；但只要你停下来，他立即开始大谈他的剧本和演员，或者对电影业种种弊端发火。他发火时根本不管有谁在座。这时的老

冯骥才与谢晋在蓟县山区选外景（2003）。

谢直率得可爱。他认为他在为电影说话，不用顾及谁爱听或不爱听。他从不谈自己；他的心里似乎没有自己。他口中总是挂着斯琴高娃、姜文、陈道明、潘虹、刘晓庆、宋丹丹和第五代导演们那些出色的电影精英。他眼里全是别人的优点。能欣赏别人的优点是快乐的。还听得出来，他为拥有这些精英的中国电影而骄傲。

在此之外的老谢一刻不停地忙忙碌碌，找演员、搭班子、谈经费、来去匆匆去看外景。难得一见的是他在某个会议餐厅的一角，面前摆着从自助餐的菜台拣的一碟子爱吃的菜，还戳着一瓶老酒，临时拉不到酒友就一人独酌。这便是老谢最奢侈也是最质朴的人生享受了。他说全凭着酒，才能在野战军般南征北战的拍片生涯中落下一副好身骨。他说，这琼浆玉液使得他血脉流畅，充满活力。前七八年我和他在京东蓟县选外景时，他不小心被什么绊了一跤，摔得很重，吓坏了同行的人，老谢却像一匹壮健的马，一跃而起，满脸憨笑，没受一点伤。那年他78岁。

天生的好身体是他天性好强的本钱。他好穿球鞋和牛仔裤，喜欢独来独往，不喜欢陪伴，一位标准的职业电影人。虽然他穿上西服挺漂亮，但他认为西服是“自由之敌”。他从不关心全国文联副主席和政协常委算什么级别，也不靠着这些头衔营生；他只关心他拍出的电影分量。一次，一位朋友问他是不是不喜欢炒作自己。他说他相信真正的艺术评价来自口碑，也就是口口相传。因为对于艺术，只有被感动并由衷地认可才会告知他人。

这样的艺术家，活得平和、单纯而实在。那些年，年年政协会议期间文艺界的好朋友们都要到韩美林家热热闹闹地聚会一次。吴雁泽唱歌，陈钢弹曲，白淑湘和冯英跳舞，张贤亮吹牛，姜昆不断地用“现挂”撩起笑声。惟有老谢很少言语，从头到尾手端着酒杯，宽厚地笑着，享受着朋友们的欢乐。这时，他会用他很厚很热的手抓着我的手使劲地攥一下，无声地表达一种情意。最多说上一句：“你这家伙不给我写剧本。”

他心里想的、嘴里说的还是电影！

我的确欠他一笔债。90年代初他跑到天津要我为他写一部足球的电影。他说当年他拍了《女篮5号》之后，主管体育的贺龙元帅希望他再拍一部足球的影片。他说他欠贺老总一部片子。他这个情结很深。我笑着说，如果我写足球就从一个教练的上台写到他下台——足球怪圈的一个链环。他问我“戏”（影片）怎么开头。我说以一场大赛的惨败导致数万球迷闹事，火烧看台，迫使老教练下台和新教练上台——“好戏就开始了”。他听了眼睛冒光，直逼着我往下追问：“教练上台的第一个细节是什么？”我想一想说：“新教练走进办公室，一拉抽屉，里边一条上吊的绳子。这是球迷送给老教练的，现在老教练把这根上吊的绳子留给了他。”当时老谢使劲一拍我肩膀说，咱们合作了。在紧接着的亚运会期间，我和老谢一同坐在看台上看中国与泰国的足球赛，想找一点灵感，但那天中国队输了球，2：0，很惨。赛后，我和老谢去找教练高丰文想问个究竟，请高丰文一定说实话，到底输在哪里。没料到高丰文说：“还得承认人有个能力的问题。”

这句话给我很大的刺激，使我一下子抓不到电影的魂儿了。此后尽管老谢一个劲儿地催我写，但他也抓不住这部电影的魂儿了。合作就这样搁置。之后几年里，老谢一直埋怨我不肯为他出力，直到他看中我的一部中篇小说《石头说话》才算有了“转机”。我对他说：“第一，我把这部小说送给你，不要原作版权；第二，我免费为你改写剧本。但欠你的那笔‘足球债’得给我销账了。”我嘴上说是“还债”，心里却是想支持他。因为此时的谢晋拍电影已经相当困难。

谢晋无疑是中国当代电影史一位卓越的创造者。20世纪后半个世纪，电影在中国是最大众化的艺术。谢晋是这中间的一个奇迹。从《舞台姐妹》、《女篮五号》到《天云山传奇》、《牧马人》、《芙蓉镇》、《鸦片战争》，他每一部作品都给千家万户带来巨大的艺术震撼。可以说从他的电影创作中可以清晰地找到当代电影史的脉络。谢晋的电影美学是典型的现实主义。他注重时代的主题，长于正剧，致力以强烈的戏剧冲突有声有色地推动故事；他善于调动观众的情感参与，尽可能面对最广大的受众；个性而丰满的人物是他的至上追求。不管电影怎么发展，电影的观念和技术怎么更新，历史是已经被认定的现实。谢晋是那个时代耀眼的骄子。他是在当代电影史写过光辉一页的大师。

然而，从历史的站头下车的人是落寞又尴尬的。晚年的老谢，走出电影创作的中心，但他不改好强的本性，为了筹资和找选题四处奔波。他曾给我寄来《拉贝日记》，还想叫我去法国寻觅冼星海遗落在那里的一段美丽的爱情往事。这期间，我的那个一直未上马的《石头说话》，几次燃起希望随后又石沉大海。相信还有别人与老谢也有同样的交往。我不求那个电影拍成，只望他有事可做。一位友人对我说：“老谢简直是挣扎了。他应该学会放弃，因为他的时代已经过去了。电影已经从文学化走向视觉化。他那种故事没人看了。”

我说：“你不懂老谢。电影是他的生命，他活一天，就得活在电影中。他最佩服黑泽明，因为黑泽明是死在拍摄现场的。他说他也会这样。”

今天，老谢终于完成了他这个可怕又浪漫的理想。听说他正要去杭州为他的《大人家》去筹款呢。

一个把事业做到生命尽头的工作狂，一个用生命基奠艺术的艺术家。他用一生诠释了艺术家真正的定义。艺术家就是要把全部生命放在艺术里，而不是还留一些放在艺术外边。

原本开笔写此文之时，心中一片哀伤，隐隐发冷。然而，写到这里，已经浑身火辣辣地充满激情。这好，我愿用这样的文章结尾送一送老谢。

进天堂的吴冠中

吴冠中先生去了，我猜他去得一定心事苍茫。我这么说，来自我对他的感受。

自上世纪80年代我就深爱吴冠中先生的画，那时他画风正健，致力于将一股全新的艺术精神同时推入油画和水墨画两个领域。他属于那种在封闭的房间忽然打开一扇窗子的艺术家。然而，我已经弃画从文，从文坛侧目画坛，先生一直是我的关注点。

初识先生是在一年一度的政协会上。政协各小组的成员每届都有调换。90年代初我被调整到书画家较多的一组。那组有黄胄、朱乃正、董寿平、吴祖光、丁聪等。吴冠中先生是我很想接触的一位。然而头一眼看到的先生却是"一脑门官司"。那时他正陷入喧闹一时的"《炮打司令部》假画案"中。造假者为牟取暴利，顶着他的名义，硬把他编造成这幅历史谬误之作的作者。一时惹得众说纷纭。这桩荒唐又丑陋的事对他伤害很重。既亵渎了他心中的艺术，又伤及了他的人品。他显得焦灼、彷徨、愤懑和痛苦，表情紧张，花白的头发缭乱地竖着，逢人便解释个中的黑白。一个爱惜艺术和自己品格的人应当受人尊重。我便出面邀请一些画家与媒体记者，在政协会议休息的时候，开个小会，大家发言，为他分辨曲直，抱打不平。先生在这场官司中被折磨了长长的两年时间。在官司获胜而了结时候，他写了那篇著名的文章《黄金万两付官司》感动了我。他所说的黄金不是金钱，而是一个艺术家最宝贵的时间。他为什么执意与这强势的商业骗局抗争？我写了一文《为艺术的圣洁而战》，呼应了他。我说："这官司原是一场为艺术的圣洁与崇高的圣战。他打官司和毁画——他常常把自己不满意的作品毁掉，都为一个目的，即艺术的圣洁。这之中，容不得一点低劣，更容不得半点虚假。真善美，就是艺术家调色板上精神的三元素。艺术就靠着它绚丽迷人。"我在文章末尾还说，"谁也别再打扰这样一位艺术家了！"

吴冠中先生给我的印象是善良、单纯、自我、孤独。他处世低调，不善交际，生活上喜欢享"下等福"，推头习惯去找道边的理发摊。一眼看上去，就像房前屋后的老街坊。一次在北京的书市上为读者签名，他提着一个小塑料兜，里边放一瓶矿泉水，那天奇热，他便自带着饮水。他很少在热闹场合露面，所以没人认识他。待他挤进人群，在自己的座位中坐下来，人们一看桌签才知道这貌不惊人的小老头就是当代的绘画大师吴冠中。

他很少出头露面，偶尔出现在会场上，却很少发言讲话；他不善言谈，对绘画之外的任何话题兴趣都不大，谈起画却总是兴致勃勃。他曾对我讲述他一次油画写生归来，挤在长途公共车上，由于怕人挤蹭他的画，便把拎着画的胳膊伸出车窗，几小时过后，到了家，那条胳膊似乎不存在了，画却完好无损。

这段事他对我说过两次，可见画是他的生命。他家中那个画室，是我见过的最小的一间画室，只有六七平方米。他个子小，铺着毛毡的画案只有两尺高，更像一张单人床铺。桌上墙上沾满色点与墨渍。他那些惊世之作就是从这张再普通不过的画案上画出来的吗？就像最美的花最甜的果都是从泥土里长出来的。他告我别硬叫孩子学艺术，因为艺术是没有遗传的。我笑道："艺术家是天上掉下的林妹妹。"吴冠中就是从天上掉下来的。他脑袋里整天想的全是画，还有不停地冒出来的种种视觉的灵感——这话不是他说的，是他的画告诉我的。

他说我看过你的画册，你画画是不是不重复？我说从来不重复，并说我的不重复多半来自于文学，因为文学就是不重复的，也不能重复。作家怎么可能把写过的文章再写一遍，那不成抄稿子了吗？先生说，画重复的画我没有感觉，也没激情。这一点上，我受西方绘画的影响，西方绘画是不重复的，这可能与西方的文化“求异”有关。他这话给了我解读他的一把钥匙。

吴冠中一生的绘画都在不停顿地求异。老实说，我更喜欢他上世纪八九十年代的作品。在那一代学贯中西的艺术家中，中西融合是一个自动承担的艺术使命与文化使命，故而他提出“油画中国化”和“国画现代化”，并在这两个领域中建功立业。他在油画中注入了中国文人空灵的诗境，他的色彩也极具中国文人的气质，这一点很难；在水墨画中，他将复杂的物象解构，经过符号性的提炼，再艺术地重构起来——这就使传统水墨进入从来没有的境界。

吴冠中完全可以在这样的艺术成就中享受终生。他却偏偏还要改变自己。但要变就有风险，可能不被人接受。记得一次去方庄看望先生。他兴致勃勃的叫我看他的两幅新作——就是那种用油画形式来画的古画经典。一幅是韩滉《五牛图》，一幅是顾闳中《韩熙载夜宴图》。他说他要画许多这样的作品，并一口气说出一长串古典名画的画名。他要开创自己一个怎样的新时代？他问我对他这种画怎么看，我说我喜欢您挂在厅里的那幅彩墨。我回避回答，是因为我不喜欢他这种尝试。

还有一次——这大概是我最后见到他的一次，他叫我去沙滩中国美术馆外的一家画店看他的“书法”，我去看了。显然这并非真正的书法，而是被他作为一种新的另类的“试验绘画”，我却毫无感觉。我想晚年的吴冠中是不是感到自己的时间不多了，却更加渴望从已有的形态中蜕变出来，他显得很急切。他这种急切表现在缭乱无序的线条，波洛克式的铺天盖地的色点，东一榔头西一斧子互不关联的艺术思考；他过多地着力于表面视像的变异与张扬，而非源自心灵与深思。可是愈表象愈难走得太远。

然而，吴冠中毕竟才华与禀赋都非同凡人。在那些不成熟甚至不成功的试验性的作品中，依然不断涌现出一件件惊世骇俗的精品，显示他过人的创造力。更令人称奇的是，吴冠中这样全然自我的画作，在绘画市场上却始终被充分的认可。他的画价可谓“天价”。但他从不担心由于自己过分大胆地去试验，而失去原有的面貌与风格，并祸及“天价”，因为他眼中只有艺术，没有比艺术更高的东西。他不顺从市场，可媚俗的市场却偏偏顺从了他。这样的例子在当世不多。照理说，在市场经济社会中，作品的价格与其艺术价值往往是不同步的。但有几个人敢面对心灵而背对市场？

自从认识先生，正赶上那桩假画案，却因之得见艺术在他心中的位置。艺术在艺术家心中若不神圣，艺术家便很难走进艺术的天堂。先生为此一生，并建立了自己惟其独有、境界至高的艺术天地和审美世界，应说他已站在艺术的天堂里了。

吴冠中走了。我相信他是带着许多未完的艺术理想和遗憾走的，带着许多愤世嫉俗的心绪走的。晚年他对艺术环境以及相关的机制说过一些直接批评的话，不管这些尖锐的话在当时怎样说是道非，现在都静静地留给我们了，等待我们来思考，看我们有没有勇气回答。以我对他的感受，他上路之时，一定对自己对社会心怀重重缺憾。任何真正的有良心的艺术家不会是带着一堆亮晃晃的奖杯走的，总是把苍茫心事，一半带走，一半留在世上。

至于他的作品是否还是“天价”，我想，这与他生前无关，与他身后更无关。留下来的是他孜孜探求了一生的艺术。画价是写不进艺术史的，也放不进艺术天堂。放在那里的，还是深刻地记忆在人们心中的作品；以及他那小小又柔和的眼窝里执著、探索、倾注全心的目光。

谁能万里一身行？

昨天，摄影家郑云峰跑到天津来，见面二话没说，就把一本又厚又沉的画册像一块大石板压到我怀里。封面赫然印着沈鹏先生题写的三个苍劲的字：“三江源”。

夏天里，我在北洋美术馆为郑云峰先生举办“拥抱母亲河”摄影展时，他说马上就要出版这部凝聚他二十多年心血的大书，跟着又说他还要跑一趟黄河的中下游，把黄河拍完整了。干事的人总是不满足自己干过的事，总是叫你的目光盯在他正在全神贯注的明天的事情上。

在他的摄影展上，郑云峰感动了天津大学年轻的学子们。谁肯一个人拿出全部家财买一条船，抱着一台相机在长江里飘流整整二十年，并爬遍长江两岸大大小小所有的山，拍摄下这伟大的自然和人文生命每一个动人的细节？不单其艰辛匪夷所思，最难熬的是独自一人终岁行走在山川之间的孤寂。他为了什么——为了在长江截流蓄水前留下这条养育了中华民族的母亲河真正的容颜，为了留下李白杜甫等历代诗人曾经讴歌过的这条大江的死面相，为了给长江留下一份完整的视觉“备忘录”。多疯狂的想法，但郑云峰实实在在地完成了。他以几十万张照片挽留住长江亘古以来的生命形象。为此，我在他的摄影展开幕式讲道：“这原本不是个人的事，却叫他一个人默默却心甘情愿地承担了。我们天天叫嚷着要张扬自我，那么谁来张扬我们的山河和我们民族的文化？”

提起郑云峰，自然还会联想到最早发现“老房子”之美的李玉祥。他也是一位摄影家，是三联书店的特聘编辑。90年代初他推出一大套摄影图书《老房子》时，全国正在进行翻天覆地的“旧城改造”。李玉祥却执拗地叫人们向那些正在被扫荡的城市遗产投之以依恋的目光。21世纪初凤凰电视台要拍一部电视片“追寻远去的家园”，计划从南到北穿过数百个各个地域最具经典意义的古村落。凤凰电视台想请我做“向导”，可是我当时正忙着启动多项民间文化遗产的普查，便推荐李玉祥。我说：“跑过中国古村落最多的人是李玉祥。”

记得那阵子我的手机上常常出现一些陌生地区的电话号码，都是李玉祥在给电视剧组做向导时一路打来的。这些古村落都曾令李玉祥如醉如痴，这一次却不断听到他在话筒的惊呼：“怎么那个村子没了，十年前明明一个特棒的古村落在这里呀！”“怎么变成这样，全毁得七零八落啦！”听得出他的惋惜、痛苦、焦急和空茫。也许为此，多年来李玉祥一直争分夺秒地在和这些难逃厄运、转瞬即逝的古村落争抢时间。他要把这些经过千百年创造的历史遗容留在他相机的暗盒里。他是一介书生，他最多只能做到这样。然而他把摄影的记录价值发挥到极致，这些价值在被野蛮而狂躁的城市改造见证着。许多照片已成为一些城市与乡镇历史个性的最直观的见证。李玉祥至今没有停止他的自我使命，依然端着沉重的相机，在天南海北的村落间踽踽独行。古来的文人崇尚“甘守寂寞”和“不求闻达”，并视为至高的境界。然而在市场经济兼媒体霸权的时代，寂寞似与贫困相伴，闻达则与发达共荣，有几人还肯埋头于被闹市远远撇在一边冰冷的角落里？不都拼命在市场中争奇斗艳、兴风作浪吗？

前些天在北京见到李玉祥。他说他已经把江浙闽赣晋豫冀鲁一带跑遍。他想再把西北诸省细致地深入一下。我忽然发现站在面前的李玉祥有点变样，十多年前那种血气方刚的青年人的气息不见了，俨然一个带着些疲惫的中年汉子。心中暗暗一算，他已年过四十五岁。他把生命中最具光彩的青春岁月全支付给那些优美而缄默着的古村落了。

然而，很少有人知道他，因为他并不想叫人知道他本人，只想让人们留心和留住那些珍贵的历史精华。

由此，又联想起郭雨桥——这位专事调查草原民居的学者，多年来为了盘清游牧时代的文化遗存，也几乎倾尽囊中所有。背着相机、笔记本、雨衣、干粮和各种药瓶药盒，从内蒙到宁夏和新疆，全是孤身一人。他和郑云峰、李玉祥一样，已经与他们所探索的文化生命融为一体。记得他只身穿过贺兰山地区时，早晨钻出蒙古包，在清冽沁人的空气里，他被寥廓大地的边缘升起的太阳感动得流泪。他想用手机把他的感受告诉我，但地远天偏，信号极差。他一连打了多次，那些由手机传来的一些片断的声音最终才联结成他难以抑制的激情。上个月我到呼和浩特，他正在东蒙考察，听说我到了，连夜坐着硬席列车赶了几百公里来看我，使我感动不已。雨桥不善言辞，说话不多，但有几句话他反复说了几遍，就是他还要用三年时间，争取七十岁前把草原跑完。

他为什么非要把草原跑完？并没人叫他非这么做不可，再说也没有人支持他、搭理他。那些“把文化做大做强”的口号，都是在丰盛的酒席上叫喊出来的。他一心只是把为之献身的事做细做精。

然而，这一次我发现雨桥的身体差多了。他的腿因过力和劳损而变得笨重迟缓。我对他说再出远门，得找一个年轻人做伴，“能不能在大学找一个民俗学的研究生给你做做帮手？”他对我只是苦笑而不言。是呵，谁肯随他付出这样的辛苦？这种辛苦几乎是没有回报和任何实惠的。此次我们分手后的第三天，他又赴东蒙。草原已经凉了，今年出行在外的时间已然不多，他必须抓紧每一天。

随后一日，我的手机短信出现他发来的一首诗：“萧萧秋风起，悠悠数千里，年老感负重，腿僵知路迟。玉人送甘果，蒙语开心扉，古俗动心处，陶然胶片飞。”此时，在感动之中，当即发去一诗：

草原空寥却有情，
伴君万里一身行，
志大男儿不道苦，
天下几人敢争锋？

上边说到三个不凡的人。一个在万里大江中，一个在茫茫草原上，一个在大地的深处；当然还有些同样了不起的人，至今还在那里默默而孤单地工作着。

写作

夕照透入书房

我常常在黄昏时分，坐在书房里，享受夕照穿窗而入带来的那一种异样的神奇。

此刻，书房已经暗下来。到处堆放的书籍文稿以及艺术品重重叠叠地隐没在阴影里。

暮时的阳光，已经失去了白日里的咄咄逼人；它变得很温和，很红，好像一种橘色的灯光，不管什么东西给它一照，全都分外的美丽。首先是窗台上那盆已经衰败的藤草，此刻像镀了金一样，蓬勃发光；跟着是书桌上的玻璃灯罩，亮闪闪的，仿佛打开了灯；然后，这一大片橙色的夕照带着窗棂和外边的树影，斑斑驳驳投射在东墙那边一排大书架上。阴影的地方书皆晦暗，光照的地方连书脊上的文字也看得异常分明。《傅雷文集》的书名是烫金的，金灿灿放着光芒，好像在骄傲地说："我可以永存。"

怎样的事物才能真正的永存？阿房宫和华清池都已片瓦不留，李杜的名句和老庄的格言却一字不误地镌刻在每个华人的心里。世上延绵最久的还是非物质的——思想与精神，能够准确地记忆思想的只有文字。所以说，文字是我们的生命。

当夕阳移到我的桌面上，每件案头物品都变得妙不可言。一尊苏格拉

夕阳透入书房（1981）。

底的小雕像隐在暗中，一束细细的光芒从一丛笔杆的缝隙中穿过，停在他的嘴唇之间，似乎想撬开他的嘴巴，听一听这位古希腊的哲人对如今这个混沌而荒谬的商品世界的醒世之言。但他口含夕阳，紧闭着嘴巴，一声不吭。

昨天的哲人只能解释昨天，今天的答案还得来自今人。这样说来，一声不吭的原来是我们自己。

陈放在桌上的一块四方的镇尺最是离奇。这个镇尺是朋友赠送给我的。

它是一块纯净的无色玻璃，一条弯着尾巴的小银鱼被铸在玻璃中央。当阳光彻入，玻璃非但没有反光，反而由于纯度过高而消失了，只有那银光闪闪的小鱼悬在空中，无所依傍。它瞪圆眼睛，似乎也感到了一种匪夷所思。

一只蚂蚁从阴影里爬出来，它走到桌面一块阳光前，迟疑不前，几次刚把脑袋伸进夕阳里，又赶紧缩回来。它究竟畏惧这奇异的光明，还是习惯了黑暗？黑暗总是给人一半恐惧，一半安全。

人在黑暗外边感到恐惧，在黑暗里边反倒觉得安全。

夕阳的生命是有限的。它在天边一点点沉落下去，它的光却在我的书房里渐渐升高。短暂的夕照大概知道自己大限在即，它最后抛给人间的光芒最依恋也最夺目。此时，连我的书房的空气也是金红的。定睛细看，空气里浮动的尘埃竟然被它照亮。这些小得肉眼刚刚能看见的颗粒竟被夕阳照得极亮极美，它们在半空中自由、无声和缓缓地游曳着，好像徜徉在宇宙里的星辰。这是惟夕阳才能创造的境象——它能使最平凡的事物变得无比神奇。

在日落前的一瞬，夕阳残照已经挪到我书架最上边的一格。满室皆暗，只有书架上边无限明媚。那里摆着一只河北省白沟的泥公鸡。雪白的身子，彩色的翅膀，特大的黑眼睛，威武又神气。这个北方著名的泥玩具之乡，至少有千年的历史，但如今这里已经变为日用小商品的集散地，昔日那些浑朴又迷人的泥狗泥鸡泥人全都了无踪影。可是此刻，这个幸存下来的泥公鸡，不知何故，对着行将熄灭的夕阳张嘴大叫。我的心已经听到它凄厉的哀鸣。这叫声似乎也感动了夕阳。一瞬间，高高站在书架上端的泥公鸡竟被这最后的阳光照耀得夺目和通红，好似燃烧了起来。

命运的驱使

这是我踏上文学之路时最初的足迹。它一片凌乱、深深浅浅、反反复复，仿佛带着那样多的不情愿、被迫和犹豫不决……这究竟为了什么？

1966年的大狂乱到来之前，我的世界有如风暴前的海面，它没有丝毫预感，没察觉任何先兆，在一片出奇的静谧里，暖意的阳光躺在我柔软的、层层褶皱一般的、有节奏的生活波浪上。那时我才二十多岁！我热爱着艺术。我是肖邦、柴可夫斯基、贝多芬最驯顺的俘虏；我常常一个人在屋里高声背诵《长恨歌》、《蜀道难》和普希金的《致大海》；最后，我终于以一种为美丽而献身的精神，决意把一生的时光，都融进调色盘里。那雨中的船、枝上的鸟、泥土中的小花小草、薄暮溟濛中一张张模糊而有生气的脸，把我牢牢地固定在画架前，再也没有想到与它分开。

然而，1966年那场突如其来的大动乱就像一个无法抗拒、从天而降的重锤，把我的世界砸得粉碎。一夜之间，千万人的命运发生骤变；千万个家庭演出了在书本里都不曾见过的怪诞离奇的悲剧。对于我，平时所留意的人的面容、姿态、动作变得毫无意义；摆在眼前的，是在翻来覆去的政治风浪里淘洗出来的一颗颗赤裸裸的心。它们无形地隐藏在人身上最不易发现的地方。有的比宝石还美，有的比魔怪还丑，世上再没有人与人、心与心的差距更为遥远的了。为了在这刀丛般的人事纠葛中间生存，现实逼着我百倍地留意、提防、躲闪；于是，往日那些山光水色、鸟语花香，美梦一般流散了。

天津海河边有个地方叫做挂甲寺。夏天里，偶然会有人游泳不慎淹死了，就被拖到岸边，等家人来认领。但在这期间，几乎天天都有人投河自尽，给人们用绑着铁钩的长竿钩上来，一排排陈列着。原有的两张席不够用，有的便露着不堪一睹的面孔。有老者，有青年，有腰间捆着婴儿一同殉难的妇女。我直怔怔望着这些下狠心毁掉自己的人，心想他们必有许多隐忍在心、难以抗拒的苦痛。还有一次，我看到一个悬梁自尽的人蹬倒的椅面上留着很多徘徊不定的脚印，我的心战栗了…… 每每此时，我便不自觉地虚构起他们生前的故事；当然这可能是与他们完全无关的虚构，但我平日在生活中的所见所闻、万千感受却自然而然地向虚构的故事中聚拥而来。当故事形成，在心里翻腾不已时，我便有一种强烈的表现欲。

开始，我只是把这些故事讲给至亲好友们听。为了安全，我把故事中的人物、地点、社会背景全换成外国的，当做一个旧的外国小说或电影故事。我的许多亲友听过这些故事。在文化一片空白的当时，他们以听我的故事为快事。我却以讲故事来发泄表现欲，排遣郁结心中的情感。我哪里知道，这就是我后来一些作品的雏形。

一个夜晚，外边刮着冷风。一位许久未见的老朋友突然跑到我家来。他不等我说什么，便一口气讲了他长长一段奇特的遭遇。我听着，流下泪，夹在手指间的烟卷灭了也不知道。这位朋友讲述他的遭遇时，带着一种神经质的冲动，我真担心他回去后会做出什么不够冷静而可怕的事来。他讲完了，忽然用激动得发颤的声音问我：

“你说，将来的人会不会知道咱们这种生活？这种处境？如果总这样下去不变，再过几十年，现在活着的人都死了，这不就得靠后来的作家瞎编？你说，现在有没有人把这些事写下来？那就得冒着生命的危险呀！不过，这对于将来的人总是有价值的……”

那是怎样一个时代呀！

我们都沉默了。烟碟里未熄的烟蒂冒着丝一般的烟缕，在昏黄的灯光里萦回缭绕。似乎我俩都顺着他这番话思索下去……从此，我便产生了动笔写的念头。

我把自己锁在屋里，偷偷写起来，只要有人叩门，我立即停笔，并把写了字的纸东藏西掖。这片言只语要是被人发现，就会毁了自己，甚至家破人亡，不堪设想。每每运动一来，我就把这些写好的东西埋藏在院子的砖块下边、塞在楼板缝里，或者一层层粘起来，外边糊上宣传画片，作为掩蔽，以便将来有用时拿温水泡了再一张张揭出来……但藏东西的人总觉得什么地方都不稳妥。一度，我把这些稿子卷成卷儿，塞进自行车的横梁管儿里。这车白天就放在单位里，单位整天闹着互相查找"敌情线索"。我总觉得会有人猛扑过去从车管儿里把稿子掏出来。不安整天折磨着我。终于我把稿子悄悄弄出来，用火点着烧了。心里立刻平静下来，跟着而来的却是茫然和沮丧。以后，我一发有了抑制不住的写的冲动时，便随写随撕碎，扔在厕所里冲掉；冬天我守着炉子写，写好了，轻轻读给自己听，读到自己也受感动时便再重读几遍，最后却只能恋恋不舍地投进火炉里。当辗转的火舌把一张张浸着心血的纸舔成薄薄的余灰时，我的心仿佛被灼热的火舌刺穿了。

在望不见彼岸的漫长征途上，谁都有过踌躇不前的步履。这是无效劳动，滥用精力啊！写了不能发表，又不能给任何人看，还收留不住，有什么用？多么傻气的做法！多么愚蠢的冲动！多么无望的希望！而我最痛苦的就是在这种忽然理智和冷静下来，否定自己行为的价值的时候。

我必须从自己身上寻找力量充实自己。于是，我发现，我是有良心的，我爱自己的祖国和人民，我是悄悄地为祖国的将来做一点点事呀！我还是有艺术良心的，没有为了追求利禄而去写迎合时尚、违心的文字。我珍爱文学，不会让任何不良的私欲而玷污了它……这样，我便再不毁掉自己笔下的每一张纸了。我下了决心，我干我的。不管将来如何，不管光明多么遥远，不管路途中间会多么艰辛和寂寞，会有多大的阻障，会出现怎样意外的变故。我至今还保存一首诗，是当时自己写给自己的。诗名叫《路》：

这些纸片差点使我家破人亡，但这些纸片使我走上了文学之路。

人们自己走自己的路，谁也不管谁，
我却选定这样一条路——

一条时而欢欣、时而痛苦的路，
一条充满荆棘、布满沟堑的路。
一条宽起来无边、窄起来惊心的路，
一条爬上去艰难、滑下去危险的路。

一条没有尽头、没有归宿的路，
一条没有路标、无处询问的路。
一条时时中断的路，
一条看不见的路……
但我决意走这条路，
因为它是一条真实的路。

现在回想起来，这便是我走向文学之路最初的脚步了。

前年我在滇南，亚热带风情的大自然使我耳目一新。那些哈尼族人的大茅屋顶、傣族人的竹楼、苗族妇女艳丽的短裙，混在一片棕榈、芭蕉、竹丛、雪花一样飘飞的木棉和蓝蓝的山影之中，令我感动不已。不知不觉又唤起我画画的欲望。我回到家，赶忙翻出搁放许久的纸笔墨砚，待在屋里一连画了许多天，还拿出其中若干幅参加了美术展览。当时，一些朋友真怀疑我要重操旧业了。不，不，这仅仅像着了魔似的闹了一阵子而已。跟着，潜在心底的人物又开始浮现出来，日夜不宁地折磨我了。我便收拾起画具，抹净桌面，摆上一叠空白的稿纸……

是啊，我之所以离开至今依然酷爱的绘画，中途易辙，改从写作生涯，大概是受命运的驱使吧！这不单是个人的命运，也是民族、祖国、同时代人共同的命运所致。至于“命运”二字，我还不会解释，而只是深深感到它罢了。

终结“文革”

今年，我们面对着两个纪念日：一个是“文革”发端的三十周年，一个是“文革”崩溃的二十周年。这两个纪念日给我们的感受迥然不同。前一个有如死亡，沉重、压抑、苦涩，充满着哀悼的气息；后一个纪念日如同再生，然而它并不轻松。前一个纪念日是理性的、警觉的、反省和追究的；后一个纪念日则是情感的，但这又是一种百感交集。就在这两个纪念日之间，中国人走过一条比蜀道还要艰难百倍的心灵历程。

在这个日子里，我将“文革”受难者的心灵史——《一百个人的十年》最后的篇章完成，画上了终结的句号。这是一束带血的花，我把它放在曾经埋葬了一代人理想与幸福的“文革”坟墓上，并站在这冷冰冰的墓前沉默不语，耳朵里却响着我采访过的那些人如泣如诉的述说，这声音愈来愈响，顷刻变成那时代如潮一般巨大而悲凉的轰鸣。

大约八年前，我说我要为普通中国人记载他们的“文革”经历，直到今日，大约有四千人通过写信和电话方式要求我成为他们的代言人。一个为人民代言的作家常常享受不到自我宣泄的快乐，却能感受到引天下为己任的高尚与庄严。在写作中，我一直遵循真实至高无上的原则，如今我深信自己完成了“记录‘文革’”的使命。

无情的岁月表明，“文革”已是一个历史概念。但灾难性的历史从来就有两个含义，即死去的历史和活着的历史。死去的历史徒具残骸而不能复生，活着的历史则遗害犹存。活着的历史属于现实，死去的历史才是一种永远的终结。但终结的方式，不是遮掩，不是忘却，不是佯装不知；而是冷静的反省与清明的思辨。只有在灾难的句号化为一片良药时，我们才有权利说“文革”已然终结了。

本书附录了二十一名非“文革”经历者——即1976年以后出生的人——对“文革”印象和看法的短语。它足以引起我们的警惕。悲剧总是在无知中反复，但不会在觉醒者中间重演。这也是我坚持要把这本书完成的深刻的缘故。

在本书即将出版之际，我还要留出数页篇幅，以寻求一位忏悔者的自白。尽管我说过“一个没有忏悔的民族是没有希望的”，我还说过“纯洁的人生从忏悔开始，丑恶的人生自负疚结束”；尽管我也倾听过一些良心难安的忏悔内容，但是我真正期望的那种不折不扣勇敢的忏悔者，还没有碰到。何日何时，一个被良心驱动的人来叩响我的门板？我想，只有这种时候到来，我才深信不疑良知与文明已经全然返回——无论是个人，还是整个社会。

当然，我不是责怪无辜的人民。歌德在谈起他的德国民族时，曾经说过这样的话：“一想起德国人民，我常常不免黯然神伤；他们作为个人来说，个个可爱，作为整体来说，却又那么可怜。”我觉得我们中华民族恰恰相反，作为个人来说，人人都有弱点和缺陷，但作为整个中华民族却是那么可爱！

而“文革”，不仅调动了人性的弱点，如人的自私、贪欲、怯弱、妒嫉、虚荣，连人的优点，如忠诚、善良、纯朴、勇敢，也化为“文革”的力量。人性的两极都被利用，才是中国人最大的悲哀。然而，这样忠勇善良的人民，如果良性地发挥起来，会焕发多么宏大的创造力？这样的希望不是已经从今天的现实中看到了吗？因此，在终结“文革”的日子里，我们不是唤醒仇恨，展示悲苦，揪住历史的辫子去和一个政治的尸体较量，而是勇敢地面对自己，清醒地面对过去，去从廓清的晨昏中，托出没有云翳的属于明天的太阳来。

一句话，终结“文革”的方式，惟有彻底真实地记住“文革”。

灵魂的巢

——《冯骥才的天津》序

对于一些作家，故乡只属于自己的童年；它是自己生命的巢，生命在那里诞生；一旦长大后羽毛丰满，它就远走高飞。但我却不然，我从来没有离开过自己的家乡。我太熟悉一次次从天南海北甚至远涉重洋旅行归来而返回故土的那种感觉了。只要在高速路上看到“天津”的路牌，或者听到航空小姐说出它的名字，心中便充溢着一种踏实，一种温情，一种彻底的放松。

我喜欢在夜间回家，远远看到家中亮着灯的窗子，一点点愈来愈近。一次一位生活杂志的记者要我为“家庭”下一个定义。我马上想到这个亮灯的窗子，柔和的光从纱帘中透出，静谧而安详。我不禁说：“家庭是世界上惟一可以不设防的地方。”

我的故乡给了我一切。

父母、家庭、孩子、知己和人间不能忘怀的种种情谊，我的一切都是从这里开始，无论是咿咿呀呀地学话还是一部部十数万字或数十万字的作品的写作；无论是梦幻般的初恋还是步入茫茫如大海的社会。当然，它也给我人生的另一面，那便是挫折、穷困、冷遇与折磨，以及意外的灾难，比如抄家和大地震，都像利斧一样，至今在我心底留下了永难平复的伤痕。我在这个城市里搬过至少十次家。有时真的像老鼠那样被人一边喊打一边轰赶。

我还有过一次非常短暂的神经错乱，但有如神助一般地被不可思议地纠正回来。在很多年的生活中，我都把多一角钱肉馅的晚饭当做美餐，把那些帮我说几句好话的人认做贵人。然而，就是在这样的困境中，我触到了人生的真谛。从中掂出种种情义的分量，也看透了某些脸后边的另一张脸。我们总说生活不会亏待人。那是说当生活把无边的严寒铺盖在你身上时，一定还会给你一根火柴。就看你识不识货，是否能够把它擦着，烘暖和照亮自己的心。

写到这里，很担心我把命运和生活强加给自己的那些不幸，错怪是故乡给我的。我明白，在那个灾难没有死角的时代，即使我生活在任何城市，都同样会经受这一切。因为我相信阿·托尔斯泰那句话，在我们拿起笔之前，一定要在火里烧三次，血水里泡三次，碱水里煮三次。只有到了人间的底层才会懂得，惟生活解释的概念才是最可信的。

然而，不管生活是怎样的滋味，当它消逝之后，全部都悄无声息地留在这城市中了。因为我的许多温情的故事是裹在海河的风里的；我挨批挨斗就在五大道上。一处街角，一个桥头，一株弯曲的老树，都会唤醒我的记忆，使我陡然“看见”昨日的影像，它常常叫我骄傲地感觉到自己拥有那么丰富又深厚的人生。而我的人生全装在这个巨大的城市里。

更何况，这城市的数百万人，还有我们无数的先辈的人，也都把他们人生故事书写在这座城市中了。一座城市怎么会有如此庞博的承载与记忆？别忘了——城市还有它自身非凡的经历与遭遇呢！

最使我痴迷的还是它的性格。这性格一半外化在它的形态上，一半潜在它地域的气质里。这后一半好像不容易看见，它深刻地存在于此地人的共性中。城市的个性是当地的人一代代无意中塑造出来的。可是，城市的性格一旦形成，就会反过来同化这个城市的每一个人。我身上有哪些东西来自这个城市的文化，孰好孰坏？优根劣根？我说不好。我却感到我和这个城市的人们浑然一体，我和他们气息相投，相互心领神会，有时甚至不需要语言交流。我相信，对于自己的家乡就像对你真爱的人，一定不只是爱它

年年春节都要悬挂祖先画像，焚香礼拜。

的优点。或者说，当你连它的缺点都觉得可爱时——它才是你真爱的人，才是你的故乡。

一次，在法国，我和妻子南下去到马赛。中国驻马赛的领事对我说，这儿有位姓屈的先生，是天津人，听说我来了，非要开车带我到处跑一跑。待与屈先生一见，情不自禁说出两三句天津话，顿时一股子惟津门才有的热烈与义气劲儿扑入心头。屈先生一踩油门，便从普罗旺斯一直跑到西班牙的巴塞罗那。一路上，说得尽是家乡的新闻与旧闻，奇人趣事，直说得浑身热辣辣，五体流畅，上千公里的漫长的路竟全然不觉。到底是什么东西使我们如此亲热与忘情？

家乡把它怀抱里的每个人都养育成自己的儿子。它哺育我的不仅是海河蔚蓝色的水和亮晶晶的小站稻米，更是它斑斓又独异的文化。它把我们改造为同一的文化血型，它精神的因子已经注入我的血液中。这也是我特别在乎它的历史遗存、城市形态乃至每一座具有纪念意义的建筑的缘故。我把它们看做是它精神与性格之所在，而决不仅仅是使用价值。

我知道，人的命运一半在自己手里，一半还得听天由命。今后我是否还一直生活在这里尚不得知。但我无论到哪里，我都是天津人。不仅因为天津是我的出生地——它绝不只是我生命的巢，而是灵魂的巢。

传统文化的惰力和魅力

——我为什么写《三寸金莲》

泰昌：

你出这个倒霉题目还加劲催我写，真有点逼供味道。我迟迟不写的原因是——轮到作者自己出来说话，是评论的悲哀。若不是你逼我，我真不愿加重这悲哀。

我承认，这是我作小说以来争议最多的作品。在西德讲演，总有汉学家提出它和我讨论。在香港见到一些评论，褒贬皆有，反对者到了冒火动肝气吹胡子瞪眼的地步，说我就差写被阉过了的太监了，不知人家怎么琢磨出来的，愈想愈好玩儿。在国内，我似乎还得了“莲癖”的雅号。幸亏我是80年代写的，若倒退到世纪初，真会被当做嗜弄小脚的狎邪男人。当然我还听到一种严肃的规劝，仿佛我由“现实主义”堕落下来，从紧皱眉头的忧国忧民忧吃忧穿忧分房忧不正之风，沉沦到为有闲者解闷解乏找乐写一种赚钱盈利沽名哗众的玩意儿。

其实这么闹闹并不错。过去我总巴望作品出来，赢得齐声叫好。现在改了，一些人激烈反对，一些人激烈赞成，反使我得劲上劲来劲。因为我终于把这东西撂在不同人不同认识层次不同审美标准的交叉点上，终于拿作品发起挑战。我事先看准了，没避开，而是迎上去。尽管有人并不自觉，我却十分自觉。所以我不怕误解曲解臭骂隔靴搔痒，却怕讨论只停在“他是不是展览大便”这种“见与儿童邻”的表层上。我等着强有力的反挑战，高明或至少不糊涂的对手，一直等了半年，不幸不巧不走运不知为什么没遇上。

说这小说要说它产生的背景。

这两年文化热闹得快开锅。在大文化含义上看，文化是无所不在的，思想信仰道德风俗环境建筑服饰饮食语言乃至心理等等。无文化也是一种文化。我们无时无刻无处不受自己创造的文化所影响所限定所制约，然而老祖宗给我们留下的不完全是美德美食美服美文。这文化长期处在封闭状态中，好像一个裹得紧紧又死沉死沉的包袱从来不曾打开。历史上我们有过几次同化入侵民族因而盲目深信自己文化的强大。同化主要是文化的力量，其实这是我们的本土文化强于入侵民族文化的缘故。可是1840年后就不同了。西方入侵者的文化带着猛烈的冲击力，古老中华帝国的稳定感受到从未有过的震撼与威胁，从万古不移万古不变万古长存的酣梦中惊醒。具有系统性完整性顽固性的传统文化的第一反应是排外。自成体系的都具有排它性。排外心理就自然纳入我们民族心理结构中，就成了“五四”以来社会变革的巨大障碍。一百年来先进的知识分子，一方面致力于介绍西方文化，一方面致力于对民族文化进行反省反思批判。在文学上，鲁迅先生最早把敏锐的思维触角深入到文化深层。他主要通过对民族文化心态（当时称做国民性）的剖析与揭示，作出对当时中国社会痼疾的本质性解释。这就使中国文学达到前所未有的深刻的现实性，同时使“五四”以来新文学的内涵，远远超出维新运动时期文学直露地反传统地呼叫变革的浅显的思想层次。

新时期文学发展到近两年，作家们文化意识的自觉，正由于我们再次经历重创与巨变，再次吞食传统文化的恶果，再次感受传统文化压抑下密不透气的悲剧氛围，再次面临社会生活的需要大变革，所以，必然要对社会的深层结构（特别是文化结构）进行比鲁迅先生更进一步的反省和反思。这是文学趋向成熟的表现，是文学与改革事业同步在更高层次的表现，也是作家对这场广泛深刻的社会变革的一种积极配合意识的表现。文化反思是带有强烈社会性和现实性的，是对社会问题开掘的再深入，绝不是回避疏离逃跑。

现实问题不是皮肤病。

同时，我不同意把“寻根文学”归入文化反思。尽管寻根文学常常去表现某一历史时期某一地域的文化状态，但它只是迷醉于再现这一文化状态辄止，应属于复古思潮。当然，复古与守旧不同。守旧是担心恐惧拒绝现代文明，复古则是现代人充分享受现代文明之后，回过身向历史寻求精神弥补；是在现实眼花缭乱的疾进中，回过身向历史文化寻找重心。因此在“寻根”热潮中，传统文化重新显示它无穷的魅力。可是这个含有文化复归意味的思潮，是现代人心理的一种走向，是时代的一种必然。所以我把“寻根”归为现代思潮。寻根文学和新潮小说是一张脸上左右两个耳朵。

文化反思与寻根不同，它是另一种眉眼容颜骨架魂灵脉搏脾气。自打鲁迅开端以来，它有三个特点。第一点是注重宏观地把握民族文化特征。比如写鲁镇，不为鲁镇的地域文化状态所囿，不止于把这种状态升华为一种审美内容。地域文化特点只是作为他艺术个性的要素。民族文化特征才是要牢牢抓住的。作品的思想是超地域的。第二点是注重紧紧对准现实。用刨祖坟的法子给予彻底的批判，对传统文化有强烈的批判性，无情撕掉“子不嫌母丑”、“家丑不可外扬”的遮羞布。从民族文化心态中寻找阻碍前进的心理因素，这一切都尖锐针对世态世人，以唤醒民族的自我反省，推动民族的自我拯救。第三点是注重写“文化人”。即塑造特有文化铸成的特有性格。“文化人”强调性格中的文化因素，以使人物的灵魂投射，对历史对民族对文化有深广的思想覆盖。应该说这是鲁迅先生对中国乃至世界文学的特殊贡献。在我国古典小说中，贾政、薛宝钗、贾宝玉、宋江、范进等形象都含有文化因素。鲁迅先生对“文化人”形象的创造却更明确更自觉更具有目的性，更推向性格极端，更注重对现实的参照价值，比如阿 Q 等。新时期文学中，我以为陈奂生、那五、朱自治、周姜氏等都是作家有意塑造并获成功的文化人形象。可惜还没见到哪位高人打这角度给予评价。大概都忙着朦胧虚幻荒古怪诞晦涩现代意识和神经错乱去了。

《三寸金莲》英译本在美国波士顿书展上的资料（1995）。

在上述这个状态中，我为自己设计一套大致用六部至八部中篇构成的一组文化反思小说。总名叫做《怪世奇谈》。《神鞭》是打头的一部。关于这部小说的思想把握，曾写过一篇长文发表在《光明日报》上，这文章你肯定读过了。《神鞭》仍是沿着鲁迅先生对民族劣根性批评的路子走。我称之为文化的堕力，辫子是个象征。30年代以来文化反思小说大多着眼着意着力于这点。可是打这儿再往前探一步，问题就出来了：既然民族文化深层有这样的劣根这样的堕力，为什么如此持久顽固，"五四"新文化的洪流非但不能涤荡，反而在60年代恶性大爆发，并成为今天开放的坚固难摧的屏障？我看这不是单纯一种堕力，传统文化有种更厉害的东西，是魅力。它能把畸形的变态的病态的，全变为一种美，一种有魅力的美，一种神奇神秘令人神往的美。你用今天的眼光不可理解不可思议，你看它丑陋龌龊恶心绝难接受甚至忍受，但当初确确实实是人们由衷遵从，奉为至高无上的审美标准。就像将来人对“文革”的荒诞愚昧疯狂难以理解，当时千千万万人却感到辉煌崇高伟大壮美激动万分。一个美国女人在西湖看盆景，面对一株盘根错节扭曲万状的古柏，忽然大哭，叫着：“痛苦死了。”可是经我们的园艺家头头是道地一讲，讲神讲气讲势讲高低讲繁简讲刚柔讲枯荣讲苍润讲动静讲争让讲虚实讲抑扬讲吞吐讲险夷讲阴阳，照样见傻。中国文化高就高在它能把清规戒律变成金科玉律，把人为的强制的硬扭的酿成化成炼成一种公认的神圣的美的法则。当人们浸入这美中，还会自觉不自觉丰富和完善它，也就成为自觉自愿发自内心而不再是外来强加的东西了。由外加的限定变为自我限定，由意念进入潜意识，文化的力量才到极限。在一所大学讨论这部小说时，有位学生问我，你写众莲癖谈小脚时，有没有卖弄学问的意思？我说，你知道“评头论足”一词的由来吗？那时小脚是要“论”的。“论”就是小脚的文化。它包含着小脚赖以在中国大地长存千年的文化依据。没有土，哪来的土豆？审美价值一旦被确立，便是一种价值观念的形成。换一种价值观念，一种审美，一种文化，谈何容易？人们很难咬破紧套在自己生命之躯的这结实的厚茧，挣脱出去。从清末到北伐，缠足和放足经过怎样痛苦激烈反复殊死的斗争。直到拒不缠足的一代天足者长大，这斗争的程度才渐渐消淡。单靠缠足者放足，无法战胜缠足。传统文化堕力之强，正因为它融进去魅力。这堕力与魅力好像一张纸的两面，中间无法揭开；它们是一对孪生子。今天社会变革遇到的困难，更关键更难突破的实际在我们自身，在我们内心。纵横的锁链都是彩带，花墙柳岸全是栅栏。真正可怕的是我们对这种文化制约并无自省。真正的文化积淀是在我们心中。我称之为：中国文化的自我束缚力。我必须打开文化的这一层。

你知道，当我找到“三寸金莲”时多得意！上面那些长久积存心中的思索

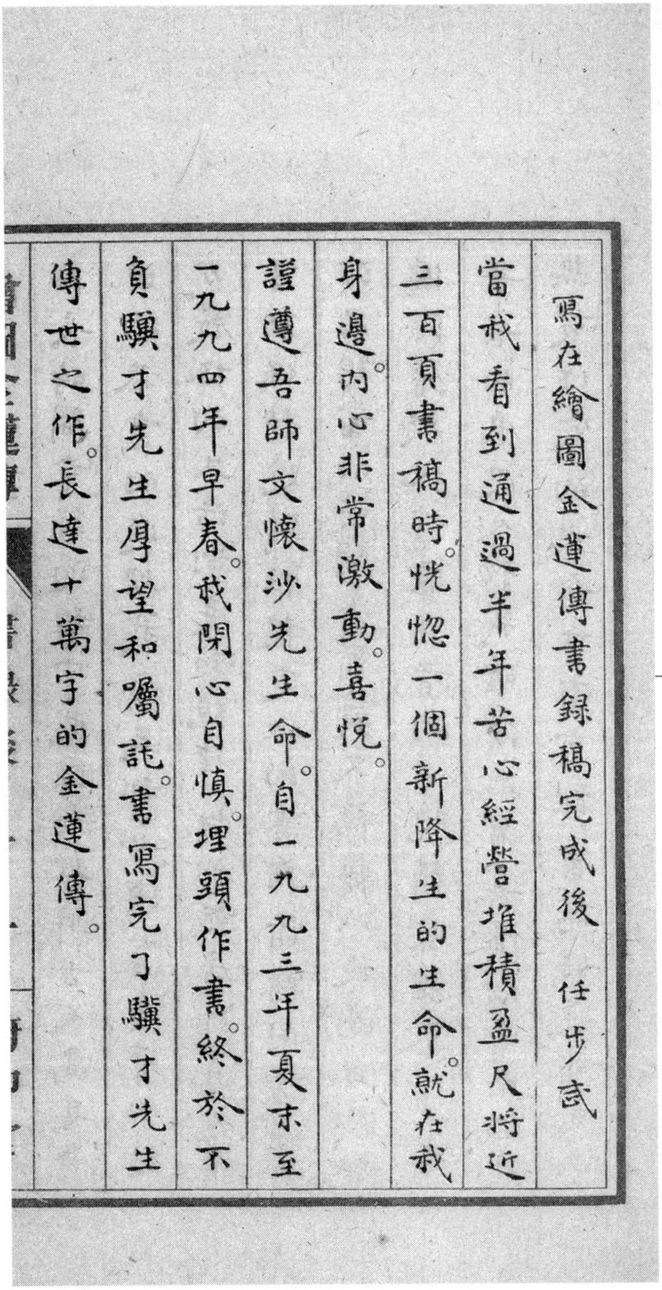
寫在繪圖金蓮傳書録稿完成後　任步武

當我看到通過半年苦心經營堆積盈尺將近三百頁書稿時。恍惚一個新降生的生命。就在我身邊。內心非常激動。喜悅。

謹遵吾師文懷沙先生命。自一九九三年夏末至一九九四年早春。我閉心自慎。埋頭作書。終於不負驥才先生厚望和囑託。書寫完了驥才先生傳世之作。長達十萬字的金蓮傳。

任步武书录《绘图舍莲传》书影（1995）

突然找到一个奔泻口。大脑里的雾一下子凝聚起来，就变成这一对对怪异寻常丑陋绚丽腐臭喷香奇诡的形象，它的繁缛拖沓压抑绞结华美神秘，它神圣的自戕，它木乃伊式僵死的永恒，它含泪含血含脓的微笑，它如山压顶般的悲剧感，正是我对传统文化和中国社会的全部感觉。即使感觉最深最细最微妙而难以形诸文字的部分，也被它轻快鲜活一带而出。在老祖宗留下的遗产里，我再找不到别的更适合我藉以打开文化内涵的这一层面，即上述的那种自我束缚力。当我写起来，进入状态氛围情景形象创造时，不断发现还有那么多东西可供挖掘象征比喻影射。创造的快乐是过程中的冲动。这你深知，还记得你写短篇《月亮会照亮路的》时半夜叽哇喊叫给我打电话来吗？

有位记者问我，你是不是有赞美和鼓吹小脚的意图？我说，如果哪位女人看了拙作开始裹脚，算我鼓吹；至于赞美，我想反问一句，如果我不写小脚的"美"，只写丑写苦，年轻人会问我，这么苦这么丑，中国妇女为什么裹了一千年？我正是要写这个问题。反对裹脚，这已经不是我们这代作家的职责。《黄绣球》那时代早写过了，中国人不再是放脚，而是放脑子。因此我只是借用小脚而已。正像《神鞭》中借了辫子。这书开章明义，我就说"小脚里头，藏着一部历史"，你拿这路子悟悟去。还有人问我，你为什么写"国耻"？我笑着说，你再来一部写"国荣"不就平衡过来了？再说小脚算什么"国耻"？它是种文化现象。一个民族特征的文化发展到某一地步，就会有某种特产出来。三寸金莲正是中国文化某一特性发展到极端的表现。要说"国耻"应当说是"文化大革命"。

算你看透了——这是一部外表写实，实则荒诞的小说，与《神鞭》刚好相反，《神鞭》是外表荒诞，内里写实。小脚内含的荒谬正是中国文化的荒谬。我故意含而不露地用了荒谬象征隐喻变形，把冷酷的批判挖苦嘲弄影射，透入一片乱花迷眼的外观。这么写，因为内涵复杂，说明了，就全没了。还因为中国小说审美有个经验，就是靠读书人去悟。这就看读者的能耐了。这次看来，有趣的是对这个小说深层内涵有所悟者更多则是大学生和肯思考的青年。也许他们与小脚的生活距离远，反而会无牵无挂站在另一思考角度看作品。你是评论家，我也给你出个题目——《三寸金莲》出笼后，那么多不同乃至相反的意见。不少“家”照老习惯只盯作品，不盯读者。读者一乱起来，是研究社会心理结构变化的大好机会。我们研究问题为什么总是一个角度，为了一致的结论？

关于这小说的手段招数文字津味等，这里全不想说，也不是你出这个题目和逼供的内容。惟一想说的，是我极自觉清醒地想创造一个新的样式。既写实荒诞浪漫寓言通俗黑色幽默，又非写实非荒诞非浪漫非寓言非通俗非黑色幽默。来个四不像模样。接受传统又抗拒传统，拿来欧美又蔑视欧美。我既不想转手舶来品也不想卖古董卖遗产卖箱子底儿，只想自己种自己吃。我又并非硬造出这东西，依据是出于对历史对现实对文化对人也对小脚外在和内在的一种总体的异样的感觉。我致力做的是把这感觉变成艺术。不知何故，总觉得评论家们对我这玩意儿“无处下嘴”。一部作品的产生带着它专有特有独有的审美尺度。大概寻这尺度需要点眼力功夫能耐学问时间，不如拿朦胧谈朦胧，拿云山雾罩谈云山雾罩，拿梦谈梦更省劲。现在评论界的现代派的水平真高过了创作界的现代派，就不知谁比谁更清楚，或者更糊涂了。可是如拿我这玩意儿当做一般历史小说，当做中国妇女苦难史来读，再生气愤怒冒火就不干我事了。

我把《怪世奇谈》头两部——《神鞭》所写的文化的堕力和《三寸金莲》所写的文化的自束缚力，合起来叫做可知文化。下一部正在着手，叫《阴阳八卦》，写中国文化不可知的部分，即民族文化黑箱，或即神秘性。我已经谋到一招法，想把这玩意儿玩绝。待这部脱手，就该写东西方文化碰撞问题了。其实这些问题还都是当今的现实问题。表皮看不出的放到大背景上透视而已。作为朋友，我对你泄露这盘计划只能止于此。当然这只是我创作规划中的一条路，我说我至少有三条路。一边还在写什么高女人矮男人，写《一百个人的十年》。我从来不打算在一棵树上吊死，或吊得够劲儿了再换一根绳子一棵树一个地界儿。作家一方面要敞开自己的世界，一方面别叫人摸到底，随随便便被划分到哪一派去。总得引着读者走进一个又一个独自打开的新的艺术空间。

当然这挺费事儿，可是没这空间先憋死自己。艺术这东西好比十字架，扛起来就得一直走到死，累死完事，别想安生。

今儿算跟你把《三寸金莲》的底儿泄了。好在这东西是已经完成的，撂在人们眼皮子底下，无秘密可言。相信不少东西你也早看破。你是能人，我也不笨就是了。

我写信，向来不白写，或是得换来感情或是得换来意见。这封信只要换你些有见地的话就心满意足，你可别亏了我。

此祝

笔健

大冯

文学的生命

——《冯骥才·中国当代作家选集丛书》序

一个作家选择结集或选集的方式重印自己的作品，无非是想使它保留得长久。这是种再生的方式，但再生不一定长命。如果作品发表时受到冷遇，这一次依然没有唤起注视，反而落得真正的淘汰。于是我想到作品的生命力问题。这对于任何作家，都像对待本人生命那样，不能避免也不能超脱。

作品问世后，社会的反应真是不可预料。我忽然想起在科罗拉多大峡谷往那深不可测的谷底丢石块的情景——有时挺大一块石头扔下去，期待着悦耳的回响，往往却听不到半点动静，仿佛扔进弥漫在深谷的浓雾里；有时小小一块石片丢下去，不知碰到或惹到什么，砰砰哐哐，连锁地引发，愈来愈大，终于扩展为一派激越的轰鸣。读者的世界要比大峡谷浩繁深广，而且它看不见，它变幻无穷，它充满激情又冷酷无情。

你有时确实抓住了他们的心。你一呼喊，就得到一片震耳欲聋的应答。你自以为赢得了文学的一切，过后……却不知不觉、无缘无故地被淡漠了。那些曾经无数直对你的烁烁发亮的眼睛，掉转过去，化成千篇一律碑石般冷冰冰的后背。你的书像被封禁了，没人再肯打开它瞧上一眼。然而，有时你只不过从内心深处生发出一种不吐不快的渴望，借助抖颤的笔尖诉说出来，

《雪地上的阳光》
60 × 66cm
2006年

一时并没有雪片似飞来的灼热的信，可是日久天长，不知从什么地方，或近在身旁或远在天边，一个陌生的人忽然把他深深的感动写给你，他把你当做这世上惟一可以倾吐衷肠的朋友。哦，你的书还在活着！

也许向你倾诉衷肠的只是这一个、两个，到此为止。也许就这样断断续续延绵下去，你作品的生命也就如此不可知地蔓延。更多被感动的读者未必为你所知，在这茫茫的读者世界里，你知道你作品的生命是在何时何地结束的？

一部当时没引起注意的作品，过后大多不会再惹起炽烈的兴趣；一部轰动一时的作品，过后可能只作为某种文学现象留在文学史上。今天的少男少女不会再为《少年维特之烦恼》而殉情，也不会唱答“窈窕淑女，君子好逑”来表达爱恋。历史上有几部文学作品能像秦始皇墓前的兵马俑那样两千年后才闪耀光华？有人说，愈有社会性的作品生命愈短暂，因为读者总是关心自己所处时代的社会现实。但倘若文学没有社会性，也就失去当代读者。不必为此苦恼吧！对于文学，无论喧闹一时还是长久经响的，都是富于生命的。生命就是包括正在活着的、依然活着的和曾经活着的。

生命是一种真实。只要真实，不被发现、不被注目、不被宠爱，都不必自怨自悔和自暴自弃。只要真实地爱了、恨了、写了、追求了，就是人生和艺术最大的收获。我不相信有所谓永恒的文学，这可能是对那些投机、劣质、浮浅和虚伪作品的一种警告，或是对执著地忠实文学的人一种“伟大的鼓励”。长命的作品也有限度，迟早会被衍变不已的人类所淡忘，成为一种史迹。作品的寂寞，是包括在文学这个巨大的寂寞事业之中的。

本书收集的中短篇小说与散文，都是我在所谓“新时期十年”中的作品。有的发表后成了热门货，有的至今被冷淡着。哪种更好？我说不好，只敢说它们全是我内心深刻的冲动时真切的记录。

写到这里，才知道自己写了一篇非常规的序言，赶紧停笔，以免一误再误。

《散花集》序

有人问我如今在奔波于四方的文化抢救中，如何写作，有没有固定的写作时间，是怎样一种写作习惯与方式。我想了想，说：散花。

我心中最优美、最浪漫的动作是天女散花。她以最好的心情，最大的爱意，最优雅的姿态把缤纷的花随手抛撒，五彩缤纷的花朵裹同衣袂飘带一同飞举；芬芳的花雨纷纷扬扬落向人间。欣赏天女这样做，只是表达一种心愿与情怀，并不刻意于其他。

我的写作终于也尝到这种滋味。不管人在哪里，在忙什么，只要心有触动，笔有情致，就会从心中飘出一朵花来，落到纸上。时间虽少，但时间是最灵活的，到处可以找到，也随时可以安排。我喜欢托尔斯泰在《复活》篇首所写的春草从城市的砖缝里拼命钻出来的感觉。写作是心灵的渴望。作品是生命的花朵。它是不可抑制的。它随时随地产生。只要放开手脚，信由着它，就会随时开花，随手抛撒，像我一直神往的天女散花。

本集所收篇目，乃是近三年中所写上百篇作品之自选。其中小说三篇，从2006年到2008年，每年一篇。这样做并非我刻意延长个人的“小说创作史”，而是短的小说尚可为之，长的小说不可为之。

其余则是两大类，一是散文，无论写人写物，大都是有感而发，抒写一己情怀；另一是随笔，一概是对文化时弊真刀真枪的火拼。这两类截然不同的文字正符合我的两种写作主张：一是心灵写作，一是思想写作。

还有一部分是与画相关的散文化的文字，这种另类的文体我随手写了不少。是思绪或情绪的片段，也是散文的片段。其实无论于人于文，片段才是精粹。我作画总是缘自一种特别的心境，或把过多情思投入其中。可能出于我的另一种——作家的习惯，每每画过，还会把作画的缘由和种种心理写出来。作家的天性是挖掘内在的精神与深在的心灵，于是这种写作已成我专有的一种文本。

再有，我把这本集子取名为“散花”，主要是表明我现在的写作方式。我不再像年轻时候把写作当做一种攻尖，我已经没有写作之外的任何追求了；换句话说，写作是我纯粹的心灵和思想的随心所欲。

如果谁能体会到我这种写作的本质，我便视谁为知己。

行间笔墨

在终日四处的奔波中，常常不能拒绝的事便是应人家请求，提起毛笔写几句话。想想看，人家盛情陪同，尽其所能地招待和照顾，而这些景物本来又都是自己切切关心的，待到告别之时，人家备好纸笔墨砚，请你留下“墨宝”，怎好把脸一板推掉？故而这些行间的笔墨大多在来去匆匆之间，凭着的是一时的情意与兴致，很是即兴。比方，在四川绵竹考察年画，被那里独有的“填水脚”所震惊。所谓“填水脚”，乃是每逢年根，画工们干完活要回去过年，顺手将颜料渣子混上水色，涂抹在印了线版的纸上。画工们人人都是才艺精绝，故而这些看似率意为之的几笔，很像中国画的大写意，立笔挥扫，神气飞扬。绵竹年画本来就像川剧，高亢辛辣，这“填水脚”更是将川地年画独有的地域气质发挥到极致。特别是绵竹年画博物馆中一对清代中期“填水脚”的门神，不过七八笔，人物跃然而生。我看得如醉如痴，不停地说：“这简直是民间的八大！”

从博物馆出来，便被主人引入一间小室。桌上已摆上文房四宝。不用去想，心中已有两句话冒出来，挥笔先写道：“土中大艺术”。这上一句写过，忽觉心中的下一句不甚好。下边一句应当更妙才是。此刻扭头看到窗台上有个剑南春的酒瓶。绵竹也是名酒剑南春的故乡。这一瞬，老天爷亲吻了我的脑门，妙语倏忽而至，接下去便写出来：“纸上剑南春”。这一句叫主人高兴非常。

再一次更有趣的是在乐山。仰观大佛之后，在席间主人说：“你总得留点纪念给我们。”我想，乐山大佛是天下佛窟中至美至上之宝。我已经是千里迢迢第二次来看大佛了，应当在这里留一幅字。有了这想法，却像得到神助那样，心中首先出现的两个字“大佛”，倒过来便是“佛大”，由是而下，一佳句油然而生——“佛大大于大佛”。下边还应有一句，自然想到“乐山”和“山乐”等……于是两句绝妙好词装入胸中。待展纸书写之时，我对主人说，这幅字很难写。主人说为什么。我说其中两个字要重复两次，还有两个字要重复三次。便是：

佛大大于大佛
山乐乐似乐山

待写过这幅，放下笔一看，居然竖着读奇妙，横着读也通也奇妙，更觉得这两句不是自己脑袋想出来的，好像谁告诉我的。此种乐趣，还有谁知？

这行间的笔墨并非总是灵感迭出，若有神助。有时人马劳顿，情思壅滞，而文人书法偏偏要“言必己出”，又不能落笔平庸，往往就被盛情的主人逼入绝境。逢到此时，只好请主人留下姓名地址，回去补写后再寄来，绝不勉强自己。

即使是这样，也常常会留下遗憾。比如，前些天在如皋，参观水绘园。此园曾是文人学士荟集之所，又是明代名姬董小婉栖隐之处。园中景物相映，玲珑曲折，气息幽雅，世称文人图。游园时，因景生情，因情生句，待主人相邀题字时，捉笔便写了“园如书卷卷捲，景似画轴当垂”两句。主人颔首称好。可是自己心里总感觉有些不妥。题字，字比词更为重要。但是，词要思量，字须推敲，时间这样仓促，被人又请又拉，怎好从细斟酌？从水绘园出来后，坐在车上，把刚刚的题词放在心中来回一折腾，忽觉应该改两个字，应是：

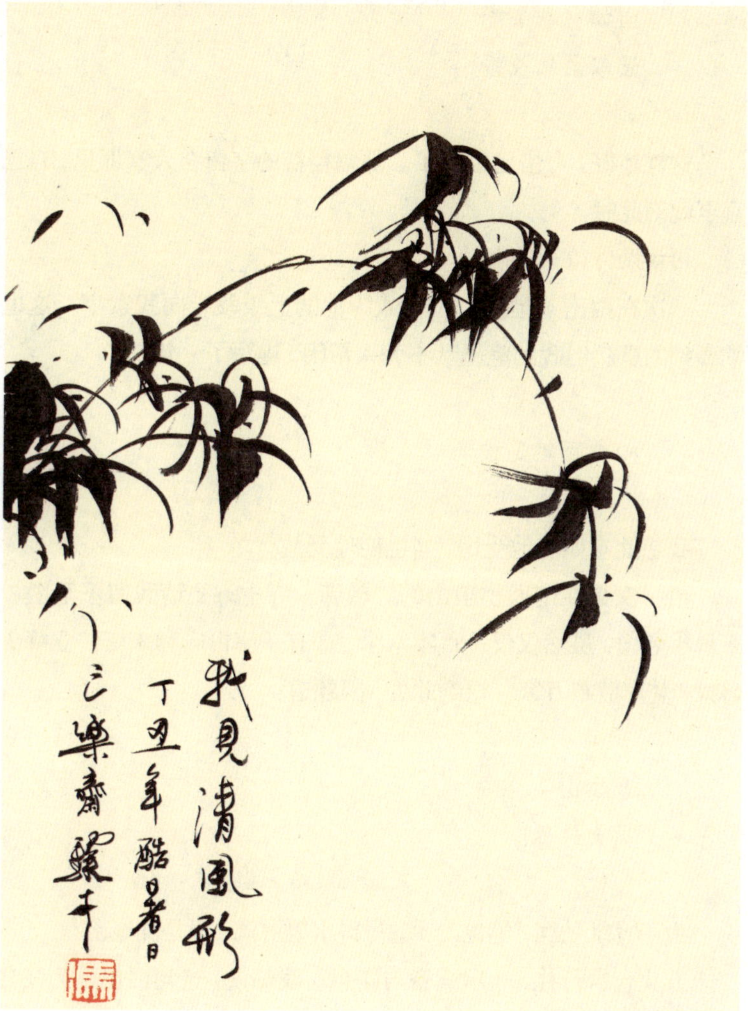

信笔拈来
1997年

园如书卷半捲
景似画轴长垂

这样才好，可惜已经晚了。那幅糟糕的字留在人家那里，自己却带着遗憾直至此刻此时。

再说两件得意的事。

一次在西南某地。一位主人为他的上级领导向我索字。这也是在各地常常碰到的事。但我的笔墨从不为人帮闲，遂写了一句：

心中百姓是神仙

我想此句如使他受用，当也使他受益。

再一次是在南通小狼山的广教寺。寺中方丈请我留下笔墨。小狼山为天下最小名山，虽然仅仅一百零八米，却有一座古庙和宋塔伫立峰尖。日日晨钟暮鼓，梵声散布万家。想到此处，因题道：

最小山头，
顶大佛界。

由于宣纸劲润，笔也凑手，写得水墨淋漓，极是酣畅。

方丈合掌行礼，表示满意与谢意。我却说，这句话也是为我自己写的。此我世间的追求是也。

因之可谓，行间笔墨，其乐无穷。

艺术

灵感忽至

凌晨时分被一种莫名的不安扰醒，这不安可不是什么焦虑与担心，而是有种兴致在暗暗鼓动，缘何有此兴奋我并不知道。随后想到今天是元月元日。这一日像时间的领头羊，带着一大群时光充裕的日子找我来了。

妻子还在睡觉，房间光线不明。我披衣去到书房。平日随手堆满了书房的纸页和图书在迷离的晨色里充满了温暖和诗意。这里是我安顿灵魂的地方。我的巢不是用树枝搭起来而是用写满了字的纸和书码起来的。我从中抽出一页素纸，要为今天写些什么。待拿起笔，坐了良久，心中却一片茫然。一时人像浮在无际无涯的半空中，飘飘忽忽，空空荡荡。我便放下笔，知道此时我虽有情绪，却无灵感。

写作是靠灵感启动的。那么灵感是什么，它在哪里，它怎么到来？不知道。似乎它想来就来，不请自来，但有时求也不来，甚至很久也不露一面，好似远在天外，冷漠又悭吝；没有灵感的艺术家心如荒漠，几近呆滞。我起身打开音乐。我从不在没有心灵欲望时还赖在桌前。如果毫无灵感地坐在这里，会渐渐感觉自己江郎才尽，那就太可怕了。

音响里散放出的歌是前几年从俄罗斯带回来的，一位当下正红的女歌手的作品集。俄罗斯最时尚的歌曲的骨子里也还是他们固有的气质，浑厚

《思绪如烟》
44 × 52cm
2009年

而忧伤。忧伤的音乐最容易进入心底，撩动起过往的岁月积存在那里的抹不去的情感。很快，我就陷入这种情绪里。这时，忽见画案那边有一块金黄色的光。它很小，静谧，神秘；它是初生的太阳照在对面大楼的玻璃幕墙反射下来，落在画案那边什么地方。此刻书房内的夜色还未褪尽，在灰蒙蒙、晦暗的氤氲里，这块光像一扇远远亮着灯的小窗。也许受到那忧伤歌声的感染，这块光使我想起四十年间蛰居市廛中那间小屋，还有炒锅里的菜叶、破烂的家什、混合在寒冷的空气中烧煤的气味、妻子无奈的眼神……然而在那冰天雪地时代，惟有家里的灯光才是最温暖的。于是此刻这块小小的光亮变得温情了。我不禁走到画案前铺上宣纸，拿起颤动的笔蘸着黄色和一点点朱红，将这扇明亮的小窗子抹在纸上。随即是那扰着风雪的低矮的小屋。一大片被冷风摇曳着的老槐树在屋顶上空横斜万状，说不清那些苍劲的枝桠是在抗争还是兀自地挣扎。在通幅重重叠叠黑影的对比下，我这亮灯的小屋反倒显得更加温馨与安全。我说过，家是世界上最不必设防的地方。

记得有一年，特大的雪下了一夜，我的矮屋门槛太低，早晨推不开门，门外挡着的积雪足足有两尺厚。我从这小窗户跳出去，用木板推开门外的雪才把门打开。当时我们从家里走出来，站在清冽的冻耳朵的空气里，多么像雪后从洞里钻出来的野兔……于是我把矮屋前大块没有落墨的纸当做白雪。我用淡淡的水墨渲染地上厚厚而柔软的白雪时，还得记起那时常有的一种盼望——有朋友来串门和敲门。支撑我们走过困境与苦难的不是人间种种的情与义吗？我便用笔在雪地上点出一串深深的脚窝渐渐通进我的小屋。这小屋的灯光顿时更亮，黄色的光影还透射到窗外的雪地上。

没想到，就这样一幅画出来了。温情又伤感，孤寂又温馨。画中的一切都是我心底的景象。我写过这样一句话："人为了看见自己的内心才画画。"而心中的画多半是它们自己冒出来的。这是一种长久的日积月累，等待着有朝一日的升华；就像冬日大地上的万物，等待着春风吹来，一切复活；又如高高一堆干枝干柴，等待着一个飞来的火种。这意外出现的火种就是灵感。

灵感带来突然之间的发现、突破、超越与升腾。它是上天的赐予。是上天对艺术家的心灵之吻。是对一切生命创造的发端与启动。那么我们只有束手等待它吗？当然不是。正如无上的爱总是属于对它苦苦的追求者的。在你找它时，它一定也在找你。当然它不一定在你规定的时间和地点到来。就像我在书房原本是想写点什么，灵感没有来，可是谁料它竟然化做一块灵性的光降临到我的画案上？它没有进入我的钢笔，却钻进我的毛笔。

记得前些年访问挪威时，中国作协请我写一幅字赠送给挪威作家协会。我只写了两个字：笔顺。挪威的作家朋友不明其意。我解释道："这是中国古代文人间相互的祝词。笔顺就是写作思路顺畅，没有障碍的意思。"对方想了想，点点头，似乎还没弄明白我写这两个字的含义。中国的文字和文化真是很深，对外交流时首先要把自己解释明白。我又换了一种说法解释道："就是祝你们写作时常常有灵感。"他听了马上咧开嘴，很高兴地谢谢我，也祝我常有灵感。看来灵感对于全球的艺术家都是"救世主"了。

新年初至，灵感即降临我的书房画室，这于我可是个好兆头。当然我明白，只要我守住自己的信仰与追求及其所爱，灵感会不时来吻一吻我的脑门。

作画

今日早起，神清目朗，心中明亮，绝无一丝冗杂，惟有晨光中小鸟的影子在桌案上轻灵而无声地跳动，于是生出画画的心情。这便将案头的青花笔洗换上清水，取两只宋人白釉小盏，每盏放入姜思序堂特制的轻胶色料十余片，一为花青，一为赭石，使温水浸泡；色沉水底，渐显色泽。跟着，铺展六尺白宣于画案上，以两段实心古竹为镇尺，压住两端。纸是老纸，细润如绸，白晃晃如蒙罩一片月光，只待我来纵情挥洒。

此刻，一边开砚磨墨，一边放一支老柴的钢琴曲。不觉之间，墨的幽香便与略带伤感的乐声融为一体。牵我情思，迷我心魂。晃晃忽忽，一座大山横在面前。这山极是雄美，却又令人绝望。它峰高千丈，不见其顶，巅头全都插入云端。而山体皆陡壁，直上直下，石面光滑，寸草不生，这样的大山谁能登临？连苍鹰也无法飞越！可它不正是我执意要攀登的那种高山吗？

这时，我忽然看见极高极高的绝壁上，竟有一株松树。因远而小，小却精神。躯干挺直，有如钢枪铁杵，钉在坚石之上；枝叶横伸，宛似张臂开怀，立于烟云之中。这兀自一株孤松，怎么能在如此绝境中安身立命，又这般从容？这绝壁上的孤松不是在傲视我，挑战我，呼唤我吗？

不觉间，画兴如风而至，散锋大笔，连墨带水，夹裹着花青赭石，一并奔突纸上。立扫数笔，万山峥嵘；横抹一片，云烟弥漫。行笔用墨之时，将心中对大山的崇仰与敬畏全都倾注其中。没有着意的刻画与经营，也没有片刻的迟疑与停顿，只有抖动笔杆碰撞笔洗与色盏的叮叮当当之声。这是画人独有的音乐。随同这音乐不期而至的是神来之笔和满纸的灵气。待到大山写成，便在危崖绝壁处，以狼毫焦墨去画一株松树——这正是动笔之前的幻境中出现的那棵孤松。于是，将无尽的苍劲的意味运至笔端，以抒写其孤傲不群之态，张扬其大勇和无畏之姿。画完搁笔一看，哪有什么松树，分明一个人站在半山之上，头顶云雾，下临深谷。于是我满心涌动的豪气，俱在画中了。这样的作画不比写一篇文章更加痛快淋漓？

有人问我，为什么有时会停了写作的笔，画起画来。是消遣吗？休闲吗？自娱吗？

我笑而不答，然我心自知。

水墨文字

一

兀自飞行的鸟儿常常会令我感动。

在绵绵细雨中的峨嵋山谷，我看见过一只黑色的孤鸟。它用力扇动着又湿又沉的翅膀，拨开浓重的雨雾和叠积的烟霭，艰难却直线地飞行着。我想，它这样飞，一定有着非同寻常的目的。它是一只迟归的鸟儿？迷途的鸟儿？它为了保护巢中的雏鸟还是寻觅丢失的伙伴？它扇动的翅膀，缓慢、有力、富于节奏，好像慢镜头里的飞鸟。它身体疲惫而内心顽强。它像一个昂扬而闪亮的音符在低调的旋律中穿行。

我心里忽然涌出一些片段的感觉，一种类似的感觉；那种身体劳顿不堪而内心的火犹然熊熊不息的感觉。

后来我把这只鸟，画在我的一幅画中。

所以我说，绘画是借用最自然的事物来表达最人为的内涵。这也正是文人画的首要的本性。

二

画又是画家作画时的心电图。画中的线全是一种心迹。因为，惟有线条

秋苇如花
44 × 52cm
2007年

才是直抒胸臆的。

心有柔情，线则缠绵；心有怒气，线也发狂。心境如水时，一条线从笔尖轻轻吐出，如蚕吐丝，又如一串清幽的音色流出短笛。可是你有情勃发，似风骤至，不用你去想怎样运腕操笔，一时间，线条里的情感、力度乃至速度全发生了变化。

为此，我最爱画树画枝。

在画家眼里树枝全是线条；在文人眼里，树枝无不带着情感。

树枝千姿万态，皆能依情而变。树枝可仰，可俯，可疏，可繁，可争，可倚；惟此，它或轩昂，或忧郁，或激奋，或适然，或坚韧，或依恋…… 我画一大片木叶凋零而倾倒于泥泞中的树木时，竟然落下泪来。而每一笔斜拖而下的长长的线，都是这种伤感的一次宣泄与加深，以致我竟不知最初缘何动笔？

至于画中的树，我常常把它们当做一个个人物。它们或是一大片肃然站在那里，庄重而阴沉，气势逼人；或是七零八落，有姿有态，各不相同，带着各自不同的心情。有一次，我从画面的森林中发现一棵婆娑而轻盈的小白桦树。它娇小，宁静，含蓄；那叶子稀少的树冠是薄薄的衣衫。作画时我并没有着意地刻画它。但此时，它仿佛从森林中走出来了。我忽然很想把一直藏在心里的一个少女写出来。

三

绘画如同文学一样，作品完成后往往与最初的想象全然不同。作品只是创作过程的结果。而这个过程却充满快感，其乐无穷。这快感包括抒发、宣泄、发现、深化与升华。

绘画比起文学有更多的变数。因为，吸水性极强的宣纸与含着或浓或淡水墨的毛笔接触时，充满了意外与偶然。它在控制之中显露光彩，在控制之外却会现出神奇。在笔锋扫过之地方，本应该浮现出一片沉睡在晨雾中的远滩，可是感觉上却像阳光下摇曳的亮闪闪的荻花，或是一抹在空中散步的闲云？

有时笔中的水墨过多过浓，天下的云向下流散，压向大地山川，慢慢地将山顶峰尖黑压压地吞没。它叫我感受到，这是天空对大地惊人的爱！但在动笔之前，并无如此的想象。到底是什么，把我们曾经有过的感受唤起与激发?

是绘画的偶然性。

然而，绘画的偶然必须与我们的心灵碰撞才会转化为一种独特的画面。

绘画过程中总是充满了不断的偶然，忽而出现，忽而消失。就像我们写作中那些想象的明灭，都是一种偶然。感受这种偶然是我们的心灵。将这种偶然变为必然的，是我们敏感又敏锐的心灵。

因为我们是写作人。我们有着过于敏感的内心。我们的心还积攒着庞杂无穷的人生感受。我们无意中的记忆远远多于有意的记忆；我们深藏心中的人生的积累永远大于写在稿纸上的有限的素材。但这些记忆无形地拥满心中，日积月累，重重叠叠，谁知道哪一片意外形态的水墨，会勾出一串曾经牵肠挂肚的昨天?

然而，一旦我们捕捉到一个千载难逢的偶然，绘画的工作就是抓住它不放，将它定格，然后去确定它、加强它、深化它。一句话：

艺术就是将瞬间化为永恒。

四

纯画家的作画对象是他人；文人(也就是写作人)作画对象主要是自己，面对自己和满足自己。写作人作画首先是一种自言自语、自我陶醉和自我感动。

因此，写作人的绘画追求精神与情感的感染力；纯画家的绘画崇尚视觉与审美的冲击力。

纯画家追求技术效果和形式感，写作人则把绘画作为一种心灵工具。

五

一阵急雨沙沙有声落在纸上，那是我洒落在纸上的水墨。江中的小舟很快就被这阵濛濛雨雾所遮翳，只有桅杆似隐似现。不能叫这雨过密过紧，吞没一切。于是，一支蘸足清水的羊毫大笔挥去，如一阵风，掀起雨幕的一角，将另一只扁舟清晰地显露出来，连那个头顶竹笠、伫立船头的艄公也看得分外真切。一种混沌中片刻的清明，昏沉里瞬息的清醒。可是，跟着我又将一阵急雨似淋漓的水墨洒落纸上，将这扁舟的船尾遮蔽起来，只留下这瞬息显现的船头与艄公。

我作画的过程就像我上边文字所叙述的过程。我追求这个过程的一切最终全都保留在画面上，并在画面上能够体验到，这就是可叙述性。

写作的叙述是线性的，过程性的，一字一句，不断加入细节，逐步深化。

这里，我的《树后边是太阳》正是这样：大雪后的山野一片洁白，绝无人迹。如果没有阳光，一定寒冽又寂寥。然而，太阳并没有隐遁，它就在树林的后边。虽然看不见它灿烂夺目的本身，但它无比强烈的光芒却穿过树干与枝桠，照射过来，巨大的树影无际无涯地展开，一下子铺满了辽阔的雪原。

于是，一种文学性质需要说明白，就是我这里所说的叙述性。它不属于诗，而属于散文。那么绘画的可叙述也就是绘画的散文化。

六

最能寄情寓意的是大自然的事物。

比如前边所说树枝的线条可以直接抒发情绪。

再比如，这种种情绪还可以注入流水。无论它激扬、倾泻、奔流，还是流淌、潺湲、波澜不惊，全是一时的心绪。一泻万里如同浩荡的胸襟；骤然的狂波好似突变的心境；细碎的涟漪中夹杂着多少放不下的愁思？

至于光，它能使一切事物变得充满生命感，哪怕是逆光中的炊烟，一切逆

《期待》
90×61cm
1990年

光的树叶都胜于艳丽的花。这原因，恐怕还是因为一切生命都受惠于太阳，生命的一切物质含着阳光的因子。比如我们迎着太阳闭上眼，便会发现被太阳照透的眼皮里那种血色，通红透明，其美无比。

还有秋天的事物。一年四季里，惟有秋天是写不尽也画不尽的。春之萌动与锐气，夏之蓬勃与繁华，冬之萧瑟与寂寥，其实也都包括在秋天里。秋天的前一半衔接着夏天，后一半融入冬天。它本身又是大自然最丰饶的成熟期。故此，秋的本质是矛盾又斑斓，无望与超逸，繁华而短促，伤感而自足。

写作人的心境总是百感交集的。比起单纯的情境，他们一定更喜欢惟秋天才有的萧疏的静寂，温柔的激荡，甜蜜的忧伤，以及放达又优美的苦涩。

能够把一切人生的苦楚都化为一种美的只有艺术。

在秋天里，我喜欢芦花。这种在荒滩野水中开放的花，是大自然开得最迟的野花。它银白色的花有如人老了的白发，它象征着大自然一轮生命的衰老吗？如果没有染发剂，人间一定处处皆芦花。它生在细细的苇秆的上端，在日渐寒冽的风里不停地摇曳。然而，从来没有一根芦苇荻花是被寒风吹倒吹落的！还有，在漫长的夏天里，它从不开花，任凭人们漠视它，把它只当做大自然的芸芸众生，当做水边普普通通的野草。它却不在乎人们怎么看它，一直要等到百木凋零的深秋，才喷放出那穗样的毛茸茸的花来。没有任何花朵与它争艳。不，本来它的天性就是与世无争的。它无限的轻柔，也无限的洒脱。虽然它不停在风中摇动，但每一个姿态都自在，随意，绝不矫情，也不搔首弄姿。尤其在阳光的照耀下，它那么夺目和圣洁！我敢说，没有一种花能比它更飘洒、自由、多情，以及这般极至的美！也没有一种花比它更坚韧与顽强。它从不取悦于人，也从不凋谢摧折。直到河水封冻，它依然挺立在荒野上。它最终是被寒风一点点撕碎的。

在这永无定态的花穗与飘逸自由的茎叶中，我能获得多少人生的启示与人生的共鸣？

七

绘画的语言是可视的。

绘画的语言有两种。一是形式的，一种技术的。中国人叫做笔墨；现代人叫做水墨。

我更看重笔墨这种语言。

笔作用于纸，无论轻重缓急；墨作用于纸，无论浓淡湿枯——都是心情使然。

笔的老辣是心灵的枯涩，墨的溶化是情感的舒展；笔的轻淡是一种怀想，墨的浓重是一种撞击。故此，再好的肌理美如果不能碰响心里事物，我也会将它拒之于画外。

文学表达含混的事物，需要准确与清晰的语言；绘画表达含混的事物，却需要同样含混的笔墨。含混是一种视觉美，也是我们常在的一种心境。它暖昧、未明、无尽、嗫嚅、富于想象。如果写作人作画，便一定会醉心般地身陷其中。

八

我习惯写散文时，放一些与文章同种气质的音乐做背景。

那天，我在写一只搁浅于湖边的弃船在苦苦期待着潮汐。忽然，耳边听到潮汐之声骤起。当然这是音乐之声，是拉赫马尼诺夫的音乐吧！我看到一排排长长的深色的潮水迎面而来。它们卷着雪白的浪花，来自天边，其速何疾！一排涌过，又一排上来，向着搁浅的小船愈来愈近。雨点般的水点溅在干枯的船板上，扬起的浪头像伸过来的透明而急切的手。音乐的旋律一层层如潮地拍打在我的心上。我紧张地捏着笔杆，心里激动不已，却不知该怎么写。

突然，我一推书桌，去到画室。我知道现在绘画已经是我最好的方式了。

我把白宣纸像月光一样铺在画案上，满满地刷上清水。然后，用一枝水墨大笔来回几笔，墨色神奇地洇开，顿时乌云满纸。跟着大笔落入水盂，笔中的余墨在盂中的清水里像烟一样地散开。我将一笔极淡的花青又窄又长地抹上去，让阴云之间留下一隙天空。随即另操起一支兼毫的长锋，重墨枯笔，捻动笔管，在乌云压迫下画出一排排翻滚而来的潮汐……笔中的水墨不时飞溅到桌上手背上；笔杆碰在盆子碟子上叮当有声。我已经进入绘画之中了。

待我画完这幅《久待》，面对画面，尚觉满意，但总觉还有什么东西深藏画中。沉默的图画是无法把这东西"说"出来的。我着意地去想，不觉拿起钢笔，顺手把一句话写在稿纸上：

"人生的大部分时间就像钓者那样守着一种美丽的空望。"

跟着，我就写了下去：

"期望没有句号。"

"美好的人生是始终坚守着最初的理想。"

"真正的爱情是始终恪守着最初的誓言。"

"爱比被爱幸福。"

于是，我又返回到文学中来。

我经常往返在文学与绘画之间，然而这是一种甜蜜的往返。

绘画是文学的梦

我曾经使用这个题目做过一次演讲，是在美国旧金山我的画展期间。我相信那一次大多数人没有弄懂我这个题目里边非常特殊的内涵。因为多数听众只是单纯对我的绘画有兴趣，抑或是我的文学读者。只有极少的人是专业人士。

我这个话题的题目听起来美，但内容却很专业，范围又很褊狭。它置身在绘画与文学两个专业之间，既非绘画的中心，又非文学的腹地。我身在两个巨大高原中间一个深邃的峡谷里。站在高原上的人无法理解我独有的感受。但我偏偏时常在这个空间里自由自在地游弋；我很孤独，也满足。现在，我就来挖掘这个空间中深藏的意义。

我之所以说“绘画是文学的梦”，却不说“文学是绘画的梦”，正表示我是站在文学的立场上来谈绘画的。一句话，我是表达一个写作人（古代称文人）的绘画观。

一

文人在写作时，使用单一的黑墨水，没有色彩。色彩都包含在字里行间；而且，他们是通过抽象的文字符号来表达心中的想象与形象。这时，文字的使命是千方百计唤起读者形象的联想，唤起读者的画面感，设法叫读者“看见”作家所描述的一切，也就是契诃夫所说的“文学就是要立即生出形象”。但是这是件很难的事。怎么才能唤起读者心中的画面？这是一个大题目，我会另写一篇大文章，来描述不同作家文字的可视性。而此时此刻，另一种艺术一定令写作人十分地向往和崇尚——这就是绘画。

所以我说，人为了看见自己的内心才画画。

我相信古代文人大都为此才拿起画笔的。

但是，一旦拿起笔来，西方与东方却大不相同。

对于西方人来说，绘画与写作的工具从来不是一种。他们用钢笔和墨水写作，用油画颜料与棕毛笔作画。如果西方的写作人想画画，他起码先要学会把握工具性能的技术和方法。尽管普希金、歌德、萨克雷、雨果等都画得一手好画，但毕竟是凤毛麟角。在西方人眼中，他们属于跨专业的全才。

可是在古代东方，绘画与写作使用的同样是纸笔墨砚。对于一个东方的写作人，只要桌有块纸，砚中余墨，便可乘兴涂抹一番。自从宋代的苏轼、米芾、文同等几位大文人挥手作画之后，文人们的亦诗亦画成了一种文化时尚。乃至元代，文人们在画坛集体登场，翻然一改唐宋数百年来院体派和纯画家的面貌，展现出前所未有的文人画风光奇妙的全新景观。

我对明人董其昌、莫是龙、孙继儒等关于文人画和“南北宗”的理论没有兴趣，我最关心的是究竟文人画给绘画带来什么？如果从表面看，可能是令人耳目一新的笔墨情趣、技术效果，还有在院体派画家笔下绝对看不到的将文字大片大片写到画面上的形式感。但文人画的意义于不止这些！进而再看，可能是文学手段的使用。比如象征、比喻、夸张、拟人。应该说，正是由于从文学那里借用了这些手段，才确立了中国画高超的追求“神似”的造型原则。但文人画的意义也不止于此！

文人画的意义主要是两个方面：

一是意境的追求。意境这两个字非常值得琢磨。依我看，境就是绘画所创造的可视的空间，意就是深刻的意味，也就是文学性。意境——就是把深邃的文学的意味，放到可视的空间中去。意境二字，正是对绘画与文学相融合的高度概括。应该说，正是由于学养渊深的文人进入绘画，才为绘画带进去千般意味和万种情怀。

二是心灵的再现。由于写作人介入绘画，自然会对笔墨有了与文字一样的要求，就是自我的表现。所谓“喜气与兰，怒气与竹”，“逸笔草草，不求形似，聊发胸中之逸气耳”，都表明了写作人要用绘画直接表达他们主观的情感、心绪与性灵。于是个性化和心灵化便成了文人画的本质。

绘画的功能就穿过了视觉享受的层面，而进入丰富与敏感的心灵世界。

如果我们将马远、夏圭、范宽、许道宁、郭熙、刘松年这些院体派画家们放在一起，再把徐渭、梅清、倪瓒、金农、朱耷、石涛这些文人画家放在一起，相互对照和比较，就会对文人画的精神本质一目了然。前者相互的区别是风格，后者相互的区别是个性；前者是文本，后者是人本。

在中国绘画史上，文人画兴起不久，便很快就成为主流。这是西方所没有的。正为此，中国画最终形成了自己独有的艺术体系与文化体系。过去我们常用南北朝谢赫的“六法论”来表述中国画的特征，这其实是很荒谬的。在南北朝时代，中国画尚处在雏形阶段；中国画的真正成熟，是在文人画成为主流之后。

因为，文人画使中国画文人化。

文人化是中国画的本质。

在绘画之中，文人化致使文学与绘画的结合；在绘画之外，则是写作人与画家身份的合二而一。

西方的写作人作画，被看做一种跨专业的全才；中国文人的“琴棋书画，触类旁通”，则是理所当然的。因而中国人常把那种技术高而文化浅的画家贬为画匠。

这是中国画一个很重要的传统。

然而，这个传统在近百年却悄悄地瓦解了。其中最重要的原因，是书写工具的西方化。我们用钢笔代替了毛笔。这样一来，写作人就离开了原先的纸笔墨砚；绘画的世界与写作人渐渐脱离，日子一久竟有了天壤之别。当然，从深远的背景上说，西方的解析性思维一点点在代替着东方人包容性的思维。西方人明晰的社会分工方式，逐渐更换了东方人的兼容并蓄与触类旁通。于是，近百年的画坛景观是文人的撤离。不管这样是耶非耶，但这是一种被人忽略的画坛史实。这个史实使得近百年中国画的非文人化。

正因为非文人化的出现，才有近十年来颇为红火的“新文人画”运动。但新文人画并非是写作人重新返回画坛，而是纯画家们对古代文人画的一种形式上的向往。

二

我本人属于一个另类。

我在写作之前画了十五年的画。我的工作是摹制古画，主要是摹制宋代院体派的作品。恰恰不是文人画。

平山郁夫曾一语道出我有过“宋画的磨炼”，这说明他很有眼光。我的画里没有黄公望与石涛的基因，只有郭熙与马远的影子。正像我的小说没有昆德拉和赛林格，只有巴尔扎克、屠格涅夫、蒲松龄、冯梦龙、鲁迅，还间接有一点马尔克斯。

我自70年代末与绘画分手，走上文坛，成为第一批“伤痕文学”作家。在80年代，我几乎把绘画忘掉。那时，我曾经在《文艺报》上发表过一篇文章叫做《命运的驱使》，写我如何受时代责任所迫而从画坛跨入文坛。但当时，人们都关心我的小说，没人关心我的画。我的脑袋里也拥满了那一代人千奇百怪的命运与形象。就这样，我无名指上那个常年被画笔的笔杆磨出的硬茧也不知不觉地消退了。

到了90年代初期，我重新思考自己下一步的创作道路，陷入苦闷。在又困惑又焦灼的那一段时间里，无意中拿起画笔，只想回到久别的笔墨天地里走一走。忽然我惊呆了。我不是发现了久违的过去，而是发现了从未见过的世界。因为，我发现心灵竟然可以如此逼真并可视地呈现在自己的面前。

但是，现在来认识自己，我并没有什么重大突破和发现，我只不过又回到文人画的传统里罢了。

三

我与古代一般的文人不同的是，我写过大量的小说。每篇小说都有许多人物。小说家总是要进入他笔下每一个人物的心中，就像演员进入角色，体验不同情境中特定的情感与心境。我相信任何小说家的内心都是巨大的情感仓库。他们对情感的千差万别都有精确入微的感受。比如感伤，还有伤感、忧虑、忧郁、忧愁、愁闷、惆怅等，它们内涵、分量、给人的感觉，都是全然不同的。它们不是全可以化为画面吗？一旦转为画面，相互便会大相径庭。

我现在作画，已经与我二十年前作为一个纯画家作画完全不同了。以前我是站在纯画家的立场上作画；现在我是从写作人的立场出发来作画。

尽管现在，我作画中也有愉悦感，但我不是为自娱而画。绘画对于我，起码是一种情感方式或生命方式。我的感受告诉我，世界上有一些东西是只能写不能画的，还有一些东西是只能画不能写的。比如，我对“三寸金莲”的文化批判，无法以画为之；比如我在《思绪的层次》中对大脑的思辨中那种纵横交错、混沌又清明的无限美妙的状态，只有用画面才能呈现。

尽管我对画面上水墨的感觉，对肌理效果，对色彩关系的要求，也很严格甚至苛刻，但这一切都像我的文字，必须服从我的心灵，而不是为了水墨或肌理的本身。

我之所以这么注重心灵，还是写作人的观念。因为文学最高的职责是挖掘心灵。

《林边小屋》
68×68cm
2005年

四

关于绘画的文学性。我明确地不把诗作为追求目的。

绘画是静止的瞬间，是瞬间的静止与概括；诗用一滴海水来表现整个大海，诗是在“点”上深化与升华。所以诗与画最容易结合。在古人中，最早这样做的是王维。故此苏轼说“味摩诘之诗，诗中有画；观摩诘之画，画中有诗”。诗是中国绘画与文学的结合点与交融点。

但我不是诗人，我写散文。我的散文非常强烈地追求画面感，那么我也希望我的画散文化。尤其是对于现代人，更接近于散文而不是诗。

散文与诗的不同是，散文是一段一段，是线性的。但线性的描述可以一点点地深化情感和深化意境。同时使绘画的意境具有可叙述性。诗的意境是静止的。散文的意境是一个线性的过程。但这不是我创造的，最初给我启发的是林风眠先生，林风眠先生的画就是散文化的，还有东山魁夷的画。

说到这里，我应该承认，我的画不是纯画家的画，我在当今应是一个“另类”。应该说，在写作人基本撤离出画坛的时代，我反方向地返回去，皈依文人画的传统。我愿意接受平山郁夫对我的评价，我是一种“现代文人画”。

五

现在我从梦里醒来，回到很现实的一个问题里。

今年一次在北京参加会议，忽然接到一个电话，声称是我的铁杆读者，心里憋口气，想骂骂我；为此他喝了两大杯酒，酒劲上头，乘兴把电话打来。我便笑道：“你想说什么，尽管说吧。批评也好，骂也无妨，都没关系。”

他被酒扰昏了头，有的话来来回回说了好几遍。我却听明白了，他说我亦文亦画，又投入城市文化保护，又搞民间文化遗产抢救工程。他说：“你简直是浪费自己。除去写小说，那些事都不是你干的！不写小说还称得上什么作家！你对读者不负责！”他挺粗的呼吸通过电话线阵阵撞在我的耳膜上。我只支应着，笑着，一再表示接受他的意见。我没作任何表白，因为此时不是交流的时候。

我常常遇到这样的读者，他们对我不满。怎么办？

不久前，我为既是作家又是画家的雨果写了一篇文章，叫做《神奇的左手》。里边有几句话，正是我想对我的读者说的：

“你看到过雨果、歌德、萨克雷等人的绘画吗？只有认真地读他们的书又读他们的画，你才能更整体和深刻地了解他们的心灵。我所说的了解，不是指他们的才能，而是他们的心灵。”

文人的书法

文人书法的历史要比文人画的历史长。

文人用毛笔、墨和宣纸写文章，很容易就对书写的审美有了兴趣。书法的艺术便蕴寓其中。

文人以文章抒发心志，其书法天生具有挥洒情感、一任心灵的性质，故此文人书法是以个性为其特征。文人性格彼此迥异，有一千个擅长书法的文人，就有一千个相去千里的书法面貌。故此文人书法风格都不是刻意追求的。

但是，在篆隶时代，字体规范严格，限制了个性的发挥，文人书法未能形成。到了行草时代，字体走向自由，张扬个性的文人书法便应运而生。此后文人书家所写的篆隶，也就融进了个人的意蕴与性情了。

文人的书法，向例是不拘法矩。情之所至，笔墨奋发。文字原本是表达与宣泄心灵的工具。工具缘何反过来要限制心灵？故此文人进入书法，天地突然豁朗；一无牵绊，万境俱开。

同时，文人不屑于书写别人的话语。言必己出，乃是书法之根本。每每心有难捺之语，或有灵性之句，捉笔展纸，书写出来。笔笔自然都是发自性灵的心迹，字字都是情感乃至情绪的形态。这样的书法，才是有魂的艺术。

历史地看，文人涉入书法，乃是文化的注入。于是，瀚墨的世界，不仅奇花异卉争相开放，书法的底蕴更是走向雄厚深邃。但如今，文人著书立说的工具已经改成钢笔和圆珠笔，很多文人撤离书坛，亦文亦书者毕竟不多。文人书法该向何处去？我以为，文人书法已然历史地落到书家身上。

然而今之书家，是否亦有这般所思所想？

书法
2002年

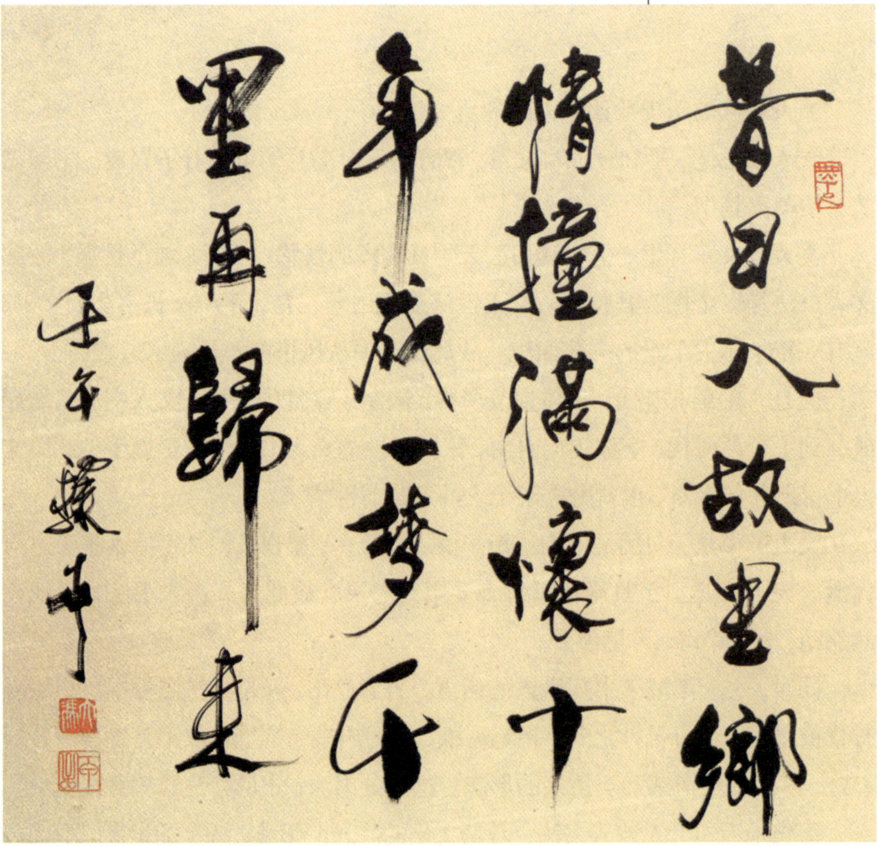

我与《清明上河图》的故事

冥冥中我感觉《清明上河图》和我有一种缘分。这大约来自初识它时给我的震撼。一个画家敢于把一个城市画下来，我想古今中外惟有这位宋人张择端。而且它无比精确和传神，庞博和深厚，他连街头上发情的驴、打盹的人和犄角旮旯的茅厕也全都收入画中！当时我二十岁出头，气盛胆大，不知天高地厚，居然发誓要把它临摹下来。

临摹是学习中国画笔墨技术的一种传统。我的一位老师惠孝同先生是湖社的画师，也是位书画的大藏家，私藏中有不少国宝；他住在北京王府井的大甜水井胡同。我上中学时逢到假期就跑到他家临摹古画。惠老师待我情同慈父，像郭熙的《寒林图》和王诜的《渔村小雪图》这些绝世珍品，都肯拿出来，叫我临摹真迹。临摹原作与印刷品是绝然不同的，原作带着画家的生命气息，印刷品却平面呆板，徒具其形——此中的道理暂且不说。然而，临摹《清明上河图》是无法面对原作的，这幅画藏在故宫，只能一次次坐火车到北京故宫博物院的绘画馆去看，常常一看就是两三天，随即带着读画时新鲜的感受跑回来伏案临摹印刷品。然而故宫博物院也不是总展出这幅画。常常是一趟趟白跑腿，乘兴而去，败兴而归。

我初次临摹是失败的。我自以为习画从宋人院体派入手，《清明上河图》

上的山石树木和城池楼阁都是我熟悉的画法，但动手临摹才知道画中大量的民居、人物、舟车、店铺、家具、风俗杂物和生活百器的画法，在别人画里不曾见过。它既是写意，也是工笔，洗练又精准，活脱脱活灵活现，这全是张择端独自的笔法。画家的个性愈强，愈难临摹，而且张择端用的笔是秃锋，行笔时还有些“战笔”，苍劲生动，又有韵致，仿效起来却十分之难。偏偏在临摹时，我选择从画中最复杂的一段——虹桥入手，以为拿下这一环节，便可包揽全卷。谁料这不足两尺的画面上竟拥挤着上百个人物。各人各态，小不及寸，手脚如同米粒。相互交错，彼此遮翳；倘若错位，哪怕差之分毫，也会乱了一片。这一切只有经过临摹，才明白其中无比的高超。于是画过了虹桥这一段，我便搁下笔，一时真有放弃的念头。

我被这幅画打败了！

重新燃起临摹《清明上河图》的决心，是在“文革”期间。一是因为那时候除去政治斗争，别无它事，天天有大把的时间；二是我已做好充分准备。先自制一个玻璃台面的小桌，下置台灯。把用硫酸纸勾描下来的白描全图铺在玻璃上，上边敷绢，电灯一开，画面清晰地照在绢上，这样再对照印刷品临摹就不会错位了。至于秃笔，我琢磨出一个好办法，用火柴吹灭后的余烬烧去锋毫的虚尖，这种人造秃笔画出来的线条，竟然像历时久矣的老笔一样苍劲。同时对《清明上河图》的技法悉心揣摩，直到有了把握，才拉开阵势，再次临摹。从卷尾始，由左向右，一路下来，愈画愈顺，感觉自己的画笔随同张择端穿街入巷，游逛百店，待走出城门，自由自在地徜徉在那些人群中……看来完成这幅巨画的临摹应无问题。可是忽然出了件意外的事——

一天，我的邻居引来一位美籍华人说要看画。据说这位来访者是位作家。我当时还没有从事文学，对作家心怀神秘又景仰，遂将临摹中的《清明上河图》抻开给她看。画幅太长，画面低垂，我正想放在桌上，谁料她突然跪下来看，那种虔诚之态，如面对上帝，使我大吃一惊。像我这样的在计划经济中长大的人，根本不知市场生活的种种作秀。当她说如果她有这样一幅画，就会什么也不要。我被深深打动，以为真的遇到艺术上的知己和知音，当即说我给你画一幅吧。她听了，那表情，好似到了天堂。

艺术的动力常常是被感动。于是我放下手中画了一小半的《清明上河图》，第二天就去买绢和裁绢，用红茶兑上胶矾，一遍遍把绢染黄染旧，再在屋中架起竹竿，系上麻绳，那条五米多长的金黄的长绢，便折来折去晾在我小小房间的半空中。我由于对这幅画临摹得正是得心应手，画起来很流畅，对自己也很满意。天天白日上班，夜里临摹，直至更深夜半。嘴里嚼着馒头咸菜，却把心里的劲儿全给了这幅画。那年我三十二岁，精力充沛，一口气干下去，到了完成那日，便和妻子买了一瓶通化的红葡萄酒庆祝一番，掐指一算居然用了一年零三个月！

此间，那位美籍华人不断来信，说尽好话，尤其那句“狠不得一步就跨到中国来”，叫我依然感动，期待着尽快把画给她。但不久唐山大地震来了，我家被毁，墙倒屋塌，一家人差点被埋在里边。人爬出来后，心里犹然掂着那画。地震后的几天，我钻进废墟寻找衣服和被褥时，冒险将它挖出来。所幸的是我一直把它放在一个细长的装饼干的铁筒里，又搁在书桌抽屉最下一层，故而完好无损。这画随我又一起逃过一劫。这画与我是一般寻常关系吗?

此后，一些朋友看了这幅无比繁复的巨画，劝我不要给那位美籍华人。我执意说：“答应人家了，哪能说了不算？”

待到1978年，那美籍华人来到中国，从我手中拿过这幅画的一瞬，我真有点舍不得。我觉得她是从我心里拿走的。她大概看出我的感受，说她一定请专业摄影师拍一套照片给我。此后，她来信说这幅画已镶在她家纽约麦哈顿第五大街客厅的墙上，还是请华盛顿一家博物馆制作的镜框呢。信中夹了几张这幅画的照片，却是用傻瓜机拍的，光线很暗，而且也不完整。

1985年我赴美参加爱荷华国际笔会，中间抽暇去纽约，去看她，也看我的画。我的画的确堂而皇之被镶在一个巨大又讲究的镜框里，内装暗灯，柔和的光照在画中那神态各异的五百多个人物的身上。每个人物我都熟悉，好似“熟人”。虽是临摹，却觉得像是自己画的。我对她说别忘了给一套照片做纪念。但她说这幅画被固定在镜框内，无法再取下拍照了。属于她的，她全有了；属于我的，一点也没有。那时，中国的画家还不懂得画可以卖钱，无论求画与送画，全凭情意。一时我有被掠夺的感觉，而且被掠得空空荡荡。它毕竟是我年轻生命中整整的一年换来的！

现在我手里还有小半卷未完成的《清明上河图》，在我中断这幅而去画了那幅之后，已经没有力量再继续这幅画了。我天性不喜欢重复，而临摹这幅画又是太浩大、太累人的工程。况且此时我已走上文坛，我心中的血都化为文字了。

写到这里，一定有人说，你很笨，叫人弄走这样一幅大画！

我想说，受骗多半源自于一种信任或感动。但是世上最美好的东西不也来自信任和感动吗？你说应该守住它，还是放弃它？

我写过一句话：每受过一次骗，就会感受一次自己身上人性的美好与纯真。

这便是《清明上河图》与我的故事。

民间审美

那些出自田野的花花绿绿的木版画，歪头歪脑、粗拉拉的泥玩具，连喊带叫、土尘蓬蓬的乡间土戏，还有那种一连三天人山人海的庙会，到底美不美?

自古文人大多是不屑一顾的。认为都是粗俗的村人的把戏，难入大雅之堂。故而这些大多为文盲所创造的民间文化一边自生自灭，一边靠着口传心授传承下来。

当然，在古代也有一些文人欣赏纯朴天然的民间文化，大多是些诗人。他们的诗中便会流淌着溪流一般透彻的民歌的光和影。从李白到刘禹锡都是如此。但是，古代画家则不然，他们崇尚文人画，视民间画人为画匠，很少有画家肯瞧一眼民间绘画的。美术界学习民间的潮流还是在近代受到了西方的影响。西方的绘画没有“文人画”，所以从米开朗基罗到毕加索一直与民间艺术是沟通的。在他们的心里，精英的绘画是“流”，而民间艺术却是一种“源”。

在人类的文化中，有两种文化是具有初始性的源。一种是原始文化，一种是民间文化。但在人类离开了原始时代之后，原始文化就消失了。民间文化这个“源”却一直活生生地存在。

精英文化是自觉的，原始文化与民间文化是自发性的。“自觉”来自于思维，而“自发”直接来自生命本身。它具有生命的本质。所以，西方画家总是不断地从原始与民间这两个“源”中去吸取生命的原动力与生命的气质。

所以说，生命之美是民间审美的第一要素。

可是，民间文化从来都只是被使用的，被精英文化作为一种审美资源来使用。它的本身并没有被放在与精英文化同等的位置。

在近代，人们对民间文化所接受的一部分，也都是靠近“雅”的一部分。比如戏剧中的京戏，由于趋向文雅而能够受宠，而许多土得掉渣的地方戏仍然被轻视着，因而如今中国一些地方戏种已经到了濒死的边缘。再比如在民间木版年画中，比较城市化而变得精细雅致的杨柳青年画容易被接受，一些纯粹的乡土版画很难被城市人看出美来。

民间文化有自己独特的审美体系，包括审美语言、审美方式与审美习惯。陕北的那些擅长剪纸的老婆婆在用剪子铰那些鸡呀猫呀虎呀娃娃呀的时候，一边铰一边会咧开嘴笑。她们那种无声的“艺术语言”会使自己心花怒放。民间文化与精英文化的另一个不同是，民间文化是非理性的，纯感性的，纯感情的。这种感情是一种鲜活的生命和生活的情感，有生命的冲动，也有生活理想；有精神想象，也有现实渴望。他们这种语言在广大的田野与山间人人能懂。一望而知，心有同感，互为知音。

因此民间审美又是一种民间情感。懂得了民间的审美就可以感受到民间的情感，心怀着民间的情感就一定能悟解到民间的审美。我们为什么只学英语，与洋人交流；偏偏不问民间话语，与自己乡民村人交谈，体验我们大地上这种迷人的情感？何况这是一种优美而可视的语言。这种语言坦白、快活、自由、一任天然。没有任何审美的自我强迫，全是审美的自发。它们不像精英文化那样追求深刻，致力创新，强调自我。它们不表现个性，只追求乡亲们的认同；它们追求的实际上是一种共性。至于某些民间艺人的个性表露也纯粹是一种自然的呈现，他们使用的是代代相传的方式。纵向的历史积淀的意义远远超过个人超群的价值，它们最鲜明的个性是地域性，它们的审美语言全是各种各样的审美方言。所以民间审美的重要特点是地域化，也就是审美语言的方言化。这便使民间审美具有很浓厚的文化含量。

写到这里，我便弄明白了——过去我们判断民间艺术美不美，往往依据的是精英文化的标准。这样，我们不但只接受了民间艺术很小的一部分，而且看不到民间艺术中的文化美，也就是民间审美的文化内涵。

今天，我们正处在农耕文明时代向工业化的现代文明的转型期。农耕时代的一切创造渐渐成为历史形态。我们应该从昔时的看待民间文化的偏见性视角与狭义的观念中超越出来，从更广更深的文化角度来认识民间文化，感受民间独特的审美。从而将先人的创造完整地变为后世享用的财富。

关于敦煌样式

——为纪念藏经洞发现百年而作

一

在我中华博大和缤纷的壁画宝库中，敦煌壁画特立独行，风格殊异，举世无双。它既与中原壁画，无论是寺观还是墓室壁画的面貌迥然殊别；亦与西域各窟的画风相去甚远。这区别不仅是文化意蕴的不同，地域风情的相背，更是一种极具个性的审美创造。只要我们的目光一触到敦煌的画面，心灵即刻被它这种极其强烈的独特的审美气息所感染！从艺术上说，敦煌壁画是东方中国乃至人类世界一个独有的样式，这便是敦煌样式。如果我们确定这一个概念，我们就会更清晰地看到它特有的美，更自觉地挖掘其无以替代的价值，并甘愿被征服地走入这种惟敦煌才富有的艺术世界中去。

然而，敦煌样式源自何处？它经历怎样的形成过程？哪些是它的审美特质？谁又是它的缔造者？

写到这里，我便感到自己已然置身在一千年前茫茫戈壁滩那条响着驼铃的丝绸古道上了。

二

在海上丝路开通之前，中国面向外部世界的前沿在西部，其中一扇最宽阔的大门便是敦煌。博大精深的中华文明自神州腹地中原喷涌而出，经由河西走廊这条笔直的千里通道，穿过敦煌，向西而去，光芒四射地传布世界。同时，源自西方的几大文明，包括埃及文化、希腊文化、西亚文化，以及毗邻我国的印度文化，亦在同一条路线上源源不绝地逆向地输入进来。东西文化的交汇与碰撞，便在这里的大漠荒滩上撞出一个光华灿烂的敦煌。

然而，敦煌却不是东西方文化的混合物与化合物，也不是多种文化相互作用后自然而美丽的呈现。它有一个主体，就是中华文化。我们可以从莫高窟壁画史清晰地看到外来文化——主要是佛教文化和希腊化的佛教艺术渐次中国化的奇妙过程。但是中华文化只是一个大主体。它中间还有一个具体的强有力的地域性的文化主体，便是敦煌一带的历史主人——北方少数民族。

北方民族在中国历史上一直扮演着非凡的角色。从秦代到清代，统一的王朝总共有七个朝代，其中有两个朝代——蒙古族建立的元朝和满族建立的清朝就是北方民族政权。这两个朝代在中国历史上共占据了429年。但这还只是少数民族入主汉地建立的政权。如果再算上一些少数民族在北方割据性的地方性政权，他们在中国历史上发挥重要作用的时间至少六个半世纪。如果单说敦煌，它可从来就是北方民族专用的历史舞台了。

敦煌内外，除去祁连山和天山两大山脉，余皆一马平川的荒漠与渺无人迹的沙海；这里，骄阳似火，寸草不生，了无生息，寂寥万里；然而强烈的阳光却融化了山上的积雪，晶莹地渗入山脚的荒滩与沙碛，形成一个个鲜亮耀眼、充满生气的绿洲。这便成了游牧民族生息与传衍的地方。自先秦的戎、羌、氐、大夏，到两汉时期的塞人、氐人、匈奴人、乌孙人，都曾轮流地称霸于此。在莫高窟的开凿期，柔然鲜卑和铁勒突厥就是在这里当家的主人。而整个莫高窟的历史中，吐蕃、党项、回鹘、蒙古，都曾做过敦煌的统治者。

考察榆林窟的一行人，有翟小松（左一）、孙曾田（左三）、李陀（右二）、顾同昭（右一），拍照的是我（1996）。

中国的古城很少有敦煌这样的多民族都唱过主角的斑斓的经历。艺术是生活最敏感的显影屏。我们自然可以从莫高窟的壁画上找到这些昔日的主人们形形色色奇特的音容笑貌，精神气质，以及他们独有的文化。

首先是洞窟惟一的写实人物——供养人，照例一律都是当时流行的装束与打扮。于是，我们便能看到这些北方各族虔诚的信徒，侍立在他们所敬奉的神佛一侧最真切的模样。倘若仔细端详，在不同民族称雄敦煌的时代，那些神佛的形象也微妙地发生了变化。人们信手画出的人物，总是与自己所熟悉的民族的、国家的乃至地域人的容貌相似。故此，这些神佛的面孔往往也带着自己民族的印记。比如西夏时代那些长圆大脸、高鼻细眼、身材健硕的菩萨，倘若换上凡人衣履，干脆就是纵马狂奔的强悍刚猛的党项族的壮汉。

这样，无论是鲜卑、吐蕃、党项，还是回鹘与蒙古，都曾给敦煌带来一片崭新的风景，注入新的活力以及独具的文化内涵。习惯于绕行礼佛的吐蕃人，不仅带来一种在佛床后开凿通道的新型窟式，带来《瑞象图》，带来了日月神、如意轮观音和十一面观音，更带入藏传的佛教文化；党项人不单给敦煌增添神秘的西夏文字、龙凤藻井和绿壁画，而是注入了一种带着女真族和契丹族血型的西夏文化；在敦煌听命于蒙古人的时代，窟顶上布满的庄重肃穆的曼陀罗只是一种异族风情的表象，关键是这一时期，忽必烈为莫高窟进一步引进了源自印度并被藏族发扬光大的密宗文化。

北方民族之所以都为莫高窟作出贡献，是由于他们全部信奉佛教。他们身在华夏之西端，最先接受外来的佛教并将其中国化。在酷烈和恶劣的自然环境里，这些游牧性质的民族，生命一如荒原上的飞鸟走兽，危险四伏，吉凶未卜。对命运的恐惧时时都在强化着他们对神灵的敬畏与企望，信仰便来得分外虔诚。这一份至高无上的心灵生活就被他们安放在莫高窟中。尽管敦煌的权位常常易主，莫高窟却永远是佛陀的天下。在这里，人最绝望的痛苦——死亡得到了最美好的解释，世间的折磨得到抚慰，不安的灵魂归宿于绝对的宁静。这佛陀的世界不是上古时代各族先民们共同的理想国吗？

同时，共同的理想也在融会着他们彼此相异的文化，而这最深刻的融会成果，是凝结成一种文化精神。

那么在这个层面上，我们所要注意的不再是壁画上各个民族特有的形象、方式与文化符号，而是他们共同的一种气质。不论他们各自是谁，他们全都在河西、西域，以至连同中亚的广阔而空旷的大地上奔突与驰骋。他们和他们拥有的马群与羊群混在一起，追逐着鲜美的青草与甘洌的溪水，以及丝绸之路上的种种机遇，从而获得生命的鲜活与民族的延续。他们彼此之间一直是一边友好交往，一边为夺取生存条件而相互厮杀；相互依存又相互对抗，相互学习又相互争夺；他们的精神彼此影响，性情彼此熏染，热辣辣并虎虎生气地混成一片。相异的历史形成他们各自的风习，相同艰辛的生活却迫使他们必备同样的气质，那就是：勇猛、进取、炽烈、浪漫、豪放，与自由自在。

就是这种北方各民族共有的精神气质与文化特征，形成了敦煌样式深在的文化主体。

三

北方民族的这种文化主体，不是一种实体性质的文化。它不具备中原的汉文化那样的系统性和完整性，也不像汉文化吸纳外来文化时，表现出那么清晰和有序的演变过程。但是作为北方民族一种共有的和整体的精神气质，却顽固地存在着。不管来自域外或中原的文化如何强劲，这种精神气质却依然故我。

从莫高窟历史的初期看，域外文化与中原文化的影响总是交替出现。有时是由西域石窟直接搬来的域外的面孔（如北魏和北周一些洞窟的彩塑与壁画），佛之容颜全是外来的“小字脸”；有时则是本地魏晋墓室壁画固有的那种中原作风（如西魏和隋代一些洞窟壁画），连佛本生的故事看上去都像中原的传说。但，即使在这一时期，我们也能看到两条脉络：一是中华文化主体的渐渐确立；一是西北民族的主体精神渐渐形成。若说中华文化，即是世俗化、情感化，审美的对衬性，雍容大度的气象，以及线描；若说西北民族的精神，则是浪漫的想象、炽烈的色彩、雄强的气质、辽阔的空间，还有动感。

敦煌样式的成熟与形成是在莫高窟的鼎盛期——也就是从初唐到盛唐。到了这个时期，中华文化的主体牢牢确立，西北民族精神气质从中成了敦煌的主调。

这首先应归功于大唐盛世。当大唐把它的权力范围一直扩展到遥远的中亚，客观上敦煌就移向了大唐的文化中心。唐代是中原的汉文化进入莫高窟的高潮，从儒家的入世观念到艺术审美方式，全方位地统治并改造了莫高窟的佛陀世界。

只有自己的文化处于强势，才能改造乃至同化外来文化。对于外来的佛教来说，中国化就是文化上的同化。所以佛教的中国化和佛教艺术的中国化，都是在大唐完成的。这个中国化的结果便是敦煌样式的形成。但关键的是，确立起来的敦煌样式极其独特，它与中原的大唐风格全然不同。如果把莫高窟第45窟的壁画与陕西乾县章怀太子墓和永泰公主墓的壁画相比较，竟如天壤之别，完全是两种不同的模样！这不仅是儒家和佛家境界的区别，绘画传统与审美习惯的差异，更是汉族与西北少数民族的精神气质的迥然不同。

应该说，在强盛的大唐文化熔化了莫高窟，并且进行再造的同时，西北民族把自己的精神溶液兑了进去。这样，如果我们再去看榆林窟3窟的《普贤变》与莫高窟3窟的《千手千眼观音》——这两幅标准的地道的中原风格的壁画，反觉得它们有些异样。尽管这两幅中原式的壁画当属超一流的杰作，但它们身在敦煌，却好似孤立在外，缺乏敦煌壁画一种特有的东西——那种独一无二的敦煌样式与敦煌精神，还有敦煌的冲击力和魅力。

四

在莫高窟作画的画工总共有多少人？从来无人计算，也无法计算。敦

莫高窟第3窟北壁千手千眼观音经变

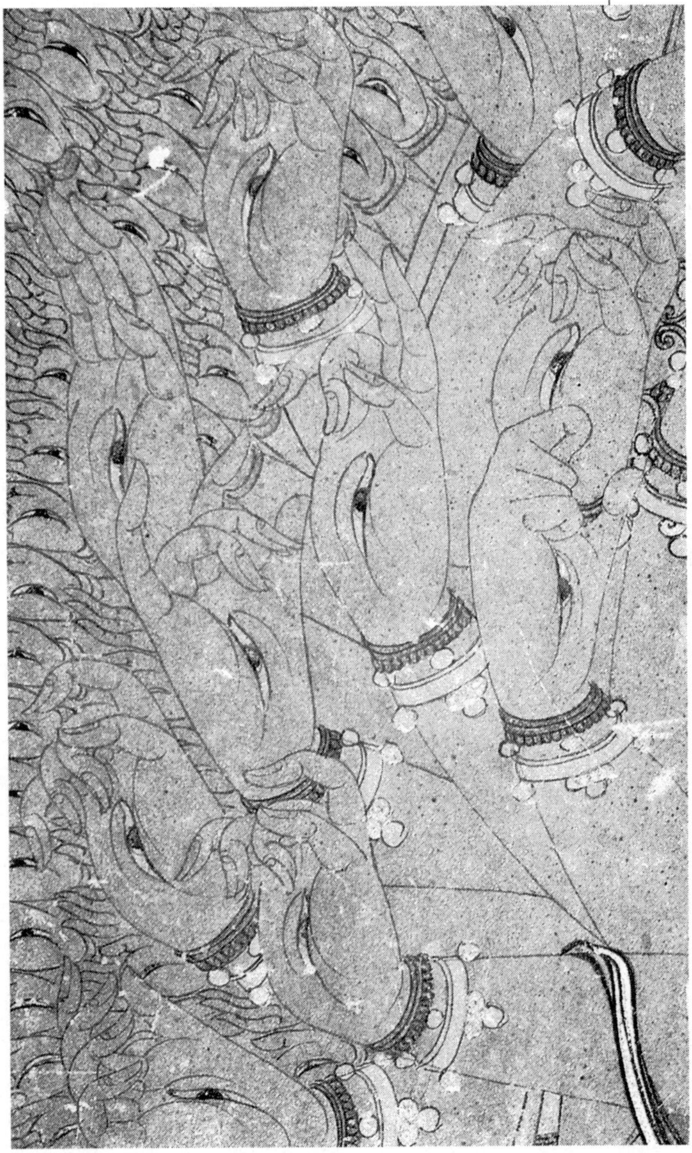

煌石窟的历史上下千年，壁画的面积四万五千平方米。历代画工的总数自然是成千上万。他们都是从哪里来的哪个族的画工？来自中原还是西域乃至遥远的印度，抑或是本地的丹青高手？回鹘族？党项族？藏族？蒙古族？还是汉族？在漆黑的洞窟中，偶然被我们发现到的写在壁画上的画工的名字，也不过十来个而已。从这些由画工们作画时随手写上去的自己的姓名看，如雷祥吉、温如秀、史小玉等，多半是汉族；但平咄子、汜定全等等显然是北方民族的画师了。这些奇特的姓氏在中原是绝对见不到的。

从河西到西域那么多石窟，壁画的需求量极其浩大，而且它们地处边远，绝少人迹。在那个最多只有驴马和骆驼代步的中古时代，决不会有大批中原画家来“支边”。故此敦煌的画工主力一定源自本土；既有汉族的，也有各少数民族的。北方民族的画工对于敦煌的意义，是他们亲手用画笔来把自己的人生梦想与审美追求形之于洞窟中。至于那些生活在当地的汉族画工，也自会去努力投合本地的窟主——那些富有的供养人的习惯与偏好。这在客观上，就与北方民族画工的精神风格“主动地”保持一致了。

然而，这个由始以来就处在东西方文化交汇处的敦煌，对外来的新事物一直保持着高度的敏感与好奇，很少保守和排斥。从不断进入莫高窟的东西方的两方面的画风看，来自西域乃至印度的风格一直是固定不变的，而来自中原的画风却常常随同时代的更迭而花样翻新。这些变化在洞窟中留下划时代的美的变迁。但是由于供养神佛的窟主往往是西北民族，画工常常又是西北民族，中原文化进入莫高窟的同时，便被改造了，变成一种“敦煌”味道的壁画。在文化的传播中，只有被当地改造并适应当地的文化的才能驻留乃至扎下根来。这便是敦煌样式形成的深层过程。

等到敦煌样式真正成熟之后，后代画工便会自觉或不自觉地依循这个样式来作画。即使是最优秀的中原的绘画技术，如唐代的大青绿画法，宋代山水技法以及唐宋人物画的线描技法等等，也不能取而代之，必须以迎合的姿态融会其中。至此，敦煌的样式才是真正的独立于天下。

五

我们若用西北民族的精神语言去破译敦煌，一切便豁然开朗。

敦煌艺术的冲击力，首先来自那些在大漠荒原上纵骑狂奔的西北人不竭的激情。这激情在洞窟内就化为炽烈的色彩和飞动的线条，以及四壁和穹顶充满动感的形象。比起山西永乐宫、河北毗卢寺、北京法海寺、蓟县独乐寺那些中原壁画，后者和谐雅丽，雍容沉静；前者浓烈夺目，跃动飞腾；神佛也都富于表情，个个神采飞扬，不像中原壁画中的那些面孔，大多含蓄与矜持。至于在敦煌的壁画上处处可见的飞天，则离不开西北人对他们头顶上那个无限高远的天空的想象。那里的天宇，比起中原内地，辽阔又空旷，浩无际涯，匪夷所思；在这中间，再加上他们自由个性的抒展，佛教中的乾闼婆和紧那罗，便被他们发挥得美妙神奇，变化万端。他们还把这神佛飞翔的天空搬到洞窟里来，铺满窟顶；世界任何石窟的穹顶也没有敦煌这样灿烂华美，充满了想象。西北人如此痴迷于这窟顶的创造，是否来自他们所居住的帐篷里的精神活动？反正那些源自印度健陀罗窟顶的藻井，早已成了西北民族各自心灵的图案了。

习惯于迁徙的西北民族，眼里和心中的天下都是恢宏又浩大。为此，在华夏的绘画史上，他们比中原画家更早地善于构造盛大的场面。兴起于隋代和初唐的《阿弥陀净土变》、《观无量寿经变》和《西方净土变》，展现的都是佛陀世界博大又灿烂的全貌。我们暂且不去为画工们的构图与绘画的杰出能力而惊叹。在此，我们应该看到的是，这种对理想天国热烈和动情的描绘，恰恰表现了在艰辛又寂寥的环境生存着的西北民族的精神之丰富和瑰丽！

饱满华美，境界宏大，充满激情，活力沛然，想象自由，情感浪漫，以及它无所不在的动感与强烈的装饰性，都是西北民族的整体个性的鲜明表现。它对外来文化的好奇与吸纳，表现了地处中华丝路前沿的人们文化的敏感性；它种种图案乃至花边与花饰，虽然各有特色，并都是各民族自己的文化符号，但在汉人眼里他们却是同一种异样的形象；至于敦煌壁画分外有力的流动感与节奏感，叫我们联想到那些响彻从中亚到我国西北的那些异域情调的胡乐。敦煌不是浓浓地浸透着这种西北民族独有和共有的文化吗？

一般看上去，西北民族比较分散，各有各的历史及民族特征，谁也没在敦煌石窟中形成自己的气候。而且它们又处在中原文化强势的笼罩中。这样，我通常只把敦煌艺术当做中华文化中的一部分，最多仅仅是带着一种地域风格而已。

现在应当确认，敦煌艺术是中华文化的一部分，但它不是一个派生的和从属的部分，而是其中一个独立的艺术样式与文化样式。对于丝路上东西方的文化交流，整体的中华文化是敦煌石窟的文化主体；对于中华文化范围内各个民族和各个地域之间的多元交流，西北民族是敦煌石窟的主体。只有我们确认这个主体及其独具的样式，我们才是真正读懂了艺术的敦煌。

元代的敦煌留下一块古碑，它刻于1384年（元至正八年）。名为“六字真言碑”。所谓六字真言碑即碑上所刻“唵、嘛、呢、叭、咪、吽”六字，分别为汉文、西夏文、梵文、藏文、回鹘文、八思巴文六种文字。这六种文字在当时都是通用的。

石头无语，文字含情。它无声却有形地再现了敦煌当时生动的文化景观，那就是西北民族在历史舞台上的活跃与辉煌。

站在这个意义上，我们就会更自豪地说敦煌艺术天下无双。

六

促使本文写作冲动的直接缘故，当是书中这些迷人而珍奇的照片。这些堪称佳作和力作的照片，全都出自摄影家吴健之手。穿过他那个“非常专业”的摄影镜头，我们强烈地感受到大西北雄奇的风物和灿烂的历史创造，并且不知不觉沿着他的摄影路线往下走去——我们始发于唐代故都西安，途经扶风天水，翻越崆峒六盘，直穿河西走廊，抵达安西敦煌，再出阳关玉门，远涉西域诸城……这样一路下来，已是满目璀璨；处处山水，别有奇丽，人文风景更是异变无穷。我忽有所悟，这路线不正是当年张骞、法显、朱士行和玄奘的西征之路吗？待要从中寻找上古先贤们那些英雄般的足迹时，又有所悟，吴健这一路所拍摄下来的遗址与石窟，不就是昔时东西文化交流留下的一个个清晰的见证吗？

在这些照片上，风物仅仅是自然环境，人文历史才是它的主题。稍稍留意，就会发现，吴健的摄影路线就是依循着千年之前东西文化往返传播的路线。当我们的想象在这条路线上缤纷地展开时，吴健才不慌不忙地为我们捧出了美丽的敦煌。没有辽阔的横向视野，就没有纵向深入的思维的穿透力。显然，吴健的镜头里有一种大气磅礴的历史观了。

也许由于我从事创作的习惯，画面形象最能调动我的灵感。我一看吴健这些表现西域和河西的空间浩博的照片，眼前即刻全是纵骑狂奔的西北民族轮廓坚硬的面孔。比起对敦煌样式的本质认识得更早，就已经从石窟中看到了那种属于西北民族的剽悍又浪漫的精髓了。

谁的摄影作品能启发出这种理论思考？

吴健首先是一位颇具才气的摄影家。他天性豪爽重义，又耽于思索。大西北这片无边无际的荒沙大漠，正契合了他放达又含蓄的天性。在这片天地里，没有复杂的构成，没有过多的细节累赘，没有暧昧的光线。它开阔、明朗、流畅，又宁静和清纯，有时还略带一点忧郁；这既是西部的风格，也是他作品的风格。两种风格的重合——也许正是这位出生内地的摄影家，偏偏定居在千里之外的边地敦煌的真正缘故。

然而，这位供职于敦煌研究院的摄影家，又是一位敬业的敦煌文化工作者，他那终日在壁画上流连的镜头，不仅是对美的寻觅和记录，更追求一种发现。这发现不仅仅停留在壁画表层，还进入思考的深层。这样，他才奔波万里，历尽辛苦，为我们拍摄下相关于敦煌的浩瀚的版图，使我们能从中来认识敦煌更巨大与深在的价值。

那么，读者从中是否也会另有心得与发现？吴健和我，都期待着。

文化

大雪入绛州

在禹州考察完钧瓷古窑出来，雪花纷纷扬扬，扑面而来，这雪花又大又密，打在脸上有种颗粒感。按计划要取道郑州和洛阳而西，经三门峡逾黄河北上，去新绛考察那里的年画。现今全国的十七个主要的年画产地中，就剩下晋南新绛一带的年画的普查还没有启动。晋南年画历史甚久，现存最早的年画就出自北宋时代晋南的平阳（临汾）。这一带很多地方都产年画。除去临汾，新绛和襄汾也是主要的产地。80年代末我在京津一带的古玩市场曾买到过一些新绛的古画版。历史最久的一块画版《和合二仙》应是明代的。这表明新绛的年画遗存在二十年前就开始流失了。它原有的历史规模究竟如何，目前状况怎样，有无活态的存在，心中毫无底数。是不是早叫古董贩子全折腾一空了？

车子行到豫西，没想到雪这么大，还在河南境内就遇到严重的塞车。大量的重型载重卡车夹裹着各色小车像漫无尽头的长龙，一动不动地趴在公路上。所有车顶都蒙着厚厚的白雪，至少堵了一天了吧。我们想出各种办法打算绕过这一带的塞车，但所有的国道和小路也全都堵得死死的。在大雪里我们不懈地奋斗到天黑，又冷又饿，直把所有希望都变成绝望，才不得已滞留在新安县一家旅店中。不知何故，这家旅店夜间不供暖气，在冰冷的被窝里我给同来的助手发了一个短信：“我有点钉不住了，再找机会去绛州吧！”然而，清晨起来新绛那边派人过来，居然还弄来一辆公路警车，说山西那边过来的路还通，要我跟他们戗着道儿去山西。盛情难却，只好顶着风雪也顶着迎面飞驰而来的车辆，逆行北上，车子行了五个小时总算到了新绛。

用餐时，当地主人要我先不去看年画，先去看光村。光村的大名早就听到过。还知道北齐时这村子忽生异光，因名光村。主人说，你只要去了就不会后悔，村里到处扔着极精美的石雕，还有一座宋代的小庙福胜寺，里边的泥彩塑是宋金时代的呢。我明白，他们想叫我们看看光村有没有保护价值，怎么保护和开发。而今年春天我们就要启动全国古村落的普查，听说有这样好的村落，自然急不可待要去，完全忘了脚底板已经快冻成“冰板”了。

雪里的光村有种奇异的美。但我想，如果没有雪，它一定像废墟一样破败不堪。然而此刻，洁白的雪像一张巨毯把遍地的瓦砾全遮了起来，连残垣断壁也镶了一圈白绒绒的雪，只有砖雕、木拱和雀替从中露出它们历尽沧桑而依然典雅又苍劲的面孔。令我惊讶的是，千形百态精美的石雕柱础随处可见。还有不少石础被雪盖着，看不见它的真容，却能看见它们一个个白皑皑、神秘而优美的形态。它们原是各类大型建筑坚实又华贵的足，现在那些建筑不翼而飞，只剩下这些石础丢了满地。光村原有几户颇具规模的宅院，从残余的一些楼宇中可见其昔日的繁华并不逊色于晋中那些大院。但如今损毁大半，而且毫无保护措施。连村中那座被列为国家文物保护单位的福胜寺中的宋金泥塑，也只是用塑料遮挡起来罢了。我心里有些发急，抢救和保护都是迫在眉睫了。根据光村的现状，我建议他们学习晋中王家大院和常家庄园在修复时所采用将散落的古民居集中保护的“民居博物馆”的方式。但这需要请相关专家进一步论证，当下急需的是不叫古董贩子再来“淘宝”了。因为刚刚从村民口中得知最近还有一些石雕的柱础与门狮被贩子买去了。近二十年来，那些懂得建筑文化的建筑师们大多在城里为开发商设计新楼，经常关心这些古建筑艺术的却是不辞劳苦和络绎不绝的古董贩子

在绛州光村考察古民居

们，这些古村落不毁才怪呢。

从光村回到新绛县城后，这里的鼓乐团的团长听说我来新绛，特意在一座学校的礼堂演一场“绛州鼓乐”给我们看。绛州鼓乐我心仪已久。开场的“杨门女将”就叫我热血沸腾，十几位杨氏女杰执槌击鼓，震天动地。一瞬间把没有暖气的礼堂中的凛冽的寒气驱得四散。跟下来每一场演出都叫人不住喊好。演出的青年人有的是当地的专业演员，有的是艺校学员。应该说这里鼓乐的保护与弘扬做得相当有眼光也有办法。他们一边把这一遗产引入学校教育，从娃娃开始，这就使“传承”落到实处；另一边将鼓乐投入市场，这也是促使它活下来的一种重要方式。目前这个鼓乐团已经在市场立住脚跟，并且远涉重洋，到不少国家一展风采。演出后我约鼓乐团的团长聊一聊，团长是位行家，懂得保护好历史文化的原汁原味，又善于市场操作。倘若没有这样一位行家，绛州古乐会成什么样？由此联想到光村，光村要是有这样一位古建方面的行家会多好呵！

相比之下，新绛的年画也是问题多多。

转天一早，当地的文化部门将他们保存的新绛年画的古版与老画摆满一间很大的屋子。单是古版就有近二百块。先前，新绛的年画见过一些，但总觉得它是古平阳年画的一个分支，比较零散。这次所见令我吃惊。不单门神、戏曲、风俗、婴戏、美人、传说等各类题材，以及贡笺、条幅、横披、灯画、桌裙、墙纸、拂尘纸、对子纸等各种体裁应有尽有，至于套版、手绘、半印半绘等各类制作手法也一应俱全。其中一种门神是《三国演义》中的赵云，怀里露出一个孩童——阿斗光溜溜的小脑袋，显然这门神具有保护儿童的含意。还有一块《五老观太极》的线版，先前不曾所见，应是时代久远之作。特别是十几幅美人图，尺寸很大，所绘人物典雅端庄，衣饰华美，线条流畅又精致，与杨柳青年画的“美人”有着鲜明的地域差异，富于晋商辉煌年代的华贵气质和中原文明的庄重之感。看画时，当地负责人还请来两位当地的年画老艺人做讲解。经与他们一聊，二位艺人都是地道的传人。所谈内容全是“口头记忆”，分明是十分有价值的年画财富，对其普查——尤其是口述史调查需要尽快来做的了。只有把新绛年画普查清楚，才能彻底理清晋南年画这宗重要的文化遗产。可是谁来做呢？当地没有专门从事年画研究的学者，没有绛州古乐团的团长那样的人物，正为此，至今它还是像遗珠一般散落在大地上。这也是很多地方文化遗产至今尚未摸清和整理出来的真正缘故。而一些宝贵的文化遗产在无人问津之时就已经消失了。

雪下得愈来愈大，高速公路已经封了。原计划再下一站去介休考察清明文化已经无法成行。在回程的列车上，我的心里真是五味杂陈。三晋大地文化遗存之深厚之灿烂令我惊叹，但这些遗存遍地飘零并急速消失又令人痛惜与焦急。几年来我们几乎天天为一问题而焦虑：从哪里去找那么多救援者和志愿者？到底是我们的文化太多了，专家太少了，还是专家中的志愿者太少了？

我望窗外，外边的原野严严实实，无声覆盖着一片冰雪。

细雨探花瑶

——隆回手记之二

不管雨里的山路多湿滑，不管不断有人说“你别把冯先生扯倒”，老后还是紧抓着我的手往山上拉，恨不得一下子把我拉到山顶，拉进那个花团锦簇的瑶乡。这个瑶乡有个可以入诗的名字：花瑶。

花瑶，得名于这个古老的瑶族分支对衣装美的崇尚。然而，隆回县政府为花瑶正式定名却是上世纪末的事。这和老后不无关系。

老后是人们对他的昵称。他本名叫刘启后。一位从摄影家跨越到民间文化保护领域的殉道者。我之所以用“殉道者”，不用“志愿者”这个词儿，是因为志愿多是一时一事，殉道则要付出终生。为了不让被声光化电包围着的现代社会，忘掉这个深藏在大山深处的原生态的部落，二十多年来，他从几百里以外的长沙奔波到这里，来来回回已经二百多次，有八九个春节是在瑶寨里度过的，家里存折的钱早叫他折腾光了。也许世人并不知道老后何许人，但居住在这虎形山上的六千多花瑶人却都识得这个背着相机、又矮又壮、满头花发的汉族汉子，而且没人把他当做外乡人。花瑶人还知道他们的“呜哇山歌”和“桃花刺绣”列入国家非物质文化遗产名录，老后是有功之臣，他多年收集到的大量的花瑶民歌和桃花图案派上了大用场！记得前年，老后跑到天津来找我，提着沉甸甸一书包照片。当时他从包里掏出照片

给古树保护神敬烟。

的感觉极是奇异，好像忽然一团团火热而美丽的精灵往外窜。原来照片上全是花瑶。那种闪烁在山野与田间的红黄相间火辣辣的圆帽与缤纷而抢眼的衣衫，还有种种奇风异俗，都是在别的地方绝见不到的。我还注意到一种神秘的“女儿箱”的照片。女儿箱是花瑶妇女收藏自己当年陪嫁的花裙的箱子，花裙则是花瑶女子做姑娘时精心绣制的，针针倾注对爱情灿烂的向往，件件华美无比。它通常秘不示人，只会给自己的人瞧。看来，老后早已是花瑶人真正的知己了。

老后问我：“我拉你是不是太用力了？”

我笑道：“其实我比你心还急呢。你来了多少次，我可是头一次来呵。”

这时，音乐声与歌声随着霏霏细雨，忽然从天而降。抬头望去，面前屏障似的山坡上，参天的古树下，站满了头戴火红和金黄相间的圆帽、身穿五彩花裙的花瑶女子。那种异样又神奇的感觉，真像九天仙女忽然在这里下凡了。跟着是山歌、拦门酒，又硬又香的腊肉，混在一大片笑脸中间，热烘烘冲了上来。一时，完全忘了洒在头上脸上的细雨。而此刻老后已经不再前边拉我，而是跑到我身后边推我，他不替我挡酒挡肉，反倒帮着那些花瑶女子拿酒灌我。好像他是瑶家人。

在村口，一个头缠花格布头布的老人倚树而立，这棵树至少得三个人手拉手才能抱过来。树干雄劲挺直，树冠如巨伞，树皮经雨一浇，黑亮似钢。站在树前的老人显然是在迎候我们。他在抽烟，可是雨水已经淋湿了夹在他唇缝间的半支烟卷，烟头熄了火。我忙掏出一支烟敬他。老后对我说："这老爷子是老村长。大炼钢铁时，上边要到这儿来伐古树。老村长就召集全寨山民，每棵树前站一个人。老村长喊道：'要砍树就先砍我！'这样，成百上千年的古树便被保了下来。"

古树往往是和古村或古庙一起成长的。它是这些古村寨年令尊贵的象征。如今这些拔地百尺的大树，益发葱茏和雄劲，好似守护着瑶乡，而这位屹立在树前的老村长不正是这些古树和古寨的守护神吗？我忙掏出打火机，给老人点燃。老人用手挡住火，表示不敢接受。我笑着对他说："您是我和老后的'师傅'呀！"

他似乎听不大懂我的话。

老后用当地的话说给他听。他笑了，接受我的"点烟"。

待入村中，渐渐天晚，该吃瑶家饭了。花瑶姑娘又来唱着歌劝酒劝吃了。她们的歌真是太好听了。听了这么好听的歌，不叫你喝酒你自己也会喝。千百年来，这些欢乐的歌就是酒的精魂。再看屋里屋外的花瑶姑娘们，全在开心地笑，没人不笑。

所有人都是参与者，没有旁观者，这便是民俗的本质。

老后更是这欢乐的激情的参与者。他又唱歌又喝酒又吃肉。唱歌的声音山响；姑娘们用筷子给他夹的一块块肉都像桃儿那么大，他从不拒绝；一时他酒兴高涨，就差跳到桌上去了。

然而，真正的高潮还是在饭后。天黑下来，小雨住了。在古树下边那块空地——实际是山间一块高高的平台上，燃起篝火，载歌载舞，这便是花瑶对来客表达热情的古老的仪式了。

亲耳听到了他们来自远古的呜哇山歌了，亲眼瞧见他们鸟飞蝶舞般的咚咚舞、“桃花裙”和“米酒甜”了，还有那天籁般的八音锣鼓。只有在这大山空阔的深谷里，在回荡着竹林气息的湿漉漉的山里，在山民有血有肉的生活中，才领略到他们文化真正的“原生态”。其他都是一种商业表演和文化做秀。人们在秋收后跳起庆丰收的舞蹈时，心中按捺不住喜悦的心情和驱邪的愿望是舞蹈的灵魂；如果把这些搬到大都市的舞台上，原发的舞蹈灵魂没了，一切的动作和表情都不过是作“丰收秀”而已，都只是自己在模仿自己。

今天有两拨人也是第一次来到花瑶的寨子里。他们不是客人，而是隆回一带草根的“文化人”。一拨人是几个来演“七江炭花舞”的老人。他们不过把吊在竹竿端头的一个铁篮子里装满火炭，便舞得火龙翻飞，漫天神奇。这种来自渔猎文明的舞蹈，天下罕见，也只有在隆回才能见到。还有一拨人，多穿绛红衣袍，神情各异，气度不凡。他们是梅山教的巫师，都是老后结交的好友。几天前老后用手机发了短信，说我要来。他们平日人在各地，此时一聚，竟有五十余人。诸师公没有施法，演示那种神灵显现而匪夷莫思的巫术，只表演一些武术和硬软气功，就已显出个个身手不凡，称得上民间的奇人或异人。

花瑶的篝火晚会在深夜中结束。

在我的兴高采烈中，老后却说：“最遗憾的是您还没看到花瑶的婚俗，见识他们‘打泥巴’，用泥巴把媒公从头到脚打成泥人。那种风俗太刺激了，别的任何地方也没有。”

我笑道：“我没看见什么，你夸什么。”

老后说：“我是想叫你看呀。”

我说："我当然知道。你还想让天下的人都来见识见识花瑶！"

这话叫周围的人大笑。笑声中自然有对老后的赞美。

如果每一种遗产都有一个"老后"这样的人守着它多好！

草原深处的剪花娘子

车子驶出呼和浩特一直向南，向南，直到车前的挡风玻璃上出现一片连绵起伏、其势凶险的山影，那便是当年晋人“走西口”去往塞外的必经之地——杀虎口。不能再往南了，否则要开进山西了，于是打轮向左，从一片广袤的大草地渐渐走进低缓的丘陵地带。草原上的丘陵实际上是些隆起的草地，一些窑洞深深嵌在这草坡下边。看到这些窑洞我激动起来，我知道一些天才的剪花娘子就藏在这片荒僻的大地深处。

这里就是出名的和林格尔。几年前，一位来自和林格尔的蒙族人跑到天津请我为他们的剪纸之乡题字时，头一次见到这里的剪纸，尤其是一位百岁剪纸老人张笑花的作品，即刻受到一种酣畅的审美震撼，一种率真而质朴的天性的感染。为此，我们邀请和林格尔剪纸艺术的后起之秀兼学者段建珺先生主持这里剪纸的田野普查，着手建立文化档案。昨天，在北京开会后，驰车到达呼和浩特的当晚，段建珺就来访，并把他在和林格尔草原上收集到的数千幅剪纸放在手推车上推进我的房间。

在民间的快乐总是不期而至。谁料到在这浩如烟海的剪纸里会撞上一位剪花娘子极其神奇、叫我眼睛一亮的作品。这位剪纸娘子不是张笑花，张笑花已于去年辞世。然而老实说，她比张笑花老人的剪纸更粗犷、更简朴，更具草原气息；特别是那种强烈的生命感及其快乐的天性一下子便把我征服。民间艺术是直观的，不需要煞费苦心地解读，它是生命之花，真率地表现着生命的情感与光鲜。我注意到，她的剪纸很少故事性的历史内容，只在一些风俗剪纸中赋予一些寄寓；其余全是牛马羊鸡狗兔鸟鱼花树蔬果以及农家生产生活等等身边最寻常的事物。那么它们因何具有如此强大的艺术冲击力？于是这位不知名的剪花娘子像谜一样叫我去猜想。

再看，她的剪纸很特别，有点像欧洲18、19世纪盛行的剪影。这种剪影中间很少镂空，整体性强，基本上靠着轮廓来表现事物的特征，所以欧洲的剪影多是写实的。然而，这位和林格尔的剪花娘子在轮廓上并不追求写实的准确性，而是使用夸张、写意、变形、想象，使物象生动浪漫，其妙无穷。再加上极度的简约与形式感，她的剪纸反倒有一种现代意味呢。

“她每一个图样都可以印在丁恤衫或茶具上，保准特别美！”与我同来的一位从事平面设计的艺术家说。

这位剪花娘子到底是怎样一个人，她生活在文化比较开放的县城还是常看电视，不然草原上的一位妇女怎么会有如此高超的审美与现代精神？这些想法，迫使我非要去拜访这位不可思议的剪花娘子不可。

车子走着走着，便发现这位剪花娘子竟然住在草原深处的很荒凉的一片丘陵地带。她的家在一个叫羊群沟的地方。头天下过一场雨，道路泥泞，无法进去，段建珺便把她接到挨近公路的大红城乡三犋夭子村远房的妹妹家。这家也住在窑洞里，外边一道干打垒筑成的土院墙，拱形的窑洞低矮又亲切。其实，这种窑洞与山西的窑洞大同小异。不同的是，山西的窑洞是从厚厚的黄土山壁上挖出来的，草原的窑洞则是在突起的草坡下掏出来的，自然也就没有山西的窑洞高大。可是低头往窑洞里一钻即刻有一种安全又温馨的感觉，并置身于这块土地特有的生活中。

剪花娘子一眼看去就是位健朗的乡间老太太。瘦高的身子，大手大脚，七十多岁，名叫康枝儿，山西忻州人。她和这里许多乡村妇女一样是随夫迁往或嫁到草原上来的。她的模样一看就是山西人，脸上的皮肤却给草原上

一同欣赏康枝儿的新作。

常年毫无遮拦的干燥的风吹得又硬又亮。她一手剪纸是自小在山西时从她姥爷那里学来的。那是一种地道的晋地的乡土风格，然而经过半个世纪漫长的草原生涯，和林格尔独有的气质便不知不觉潜入她手里的剪刀中。

和林格尔地处北方游牧文化与中原农耕文化的交汇处。在大草原上，无论是匈奴鲜卑还是契丹和蒙族，都有以雕镂金属皮革为饰的传统。当迁徙到塞外的内地民族把纸质的剪纸带进草原，这里的浩瀚无涯的天地，马背上奔放彪悍的生活，伴随豪饮的炽烈的情感，不拘小节的爽直的集体性格，就渐渐把来自中原剪纸的灵魂置换出去。但谁想到，这数百年成就了和林格尔剪纸艺术的历史过程，竟神奇地浓缩到这位剪花娘子康枝儿的身上。

她盘腿坐在炕上。手中的剪刀是平时用来裁衣剪布的，粗大沉重，足有一尺长，看上去像铆在一起的两把杀牛刀。然而这样一件“重型武器”在她手中却变得格外灵巧。一叠裁成方块状普普通通的大红纸放在身边。她想起什么或说起什么，顺手就从身边抓起一张红纸剪起来。她剪的都是她熟悉的，或是她想象的，而熟悉的也加进自己的想象。她不用笔在纸上打稿，也不熏样。所有形象好像都在纸上或剪刀中，其实是在她心里。她边剪边聊生活的闲话，也聊她手中一点点剪出的事物。当一位同来的伙伴说自己属羊，请她剪一只羊，她笑嘻嘻打趣说：“母羊呀骚胡？”眼看着一头垂着奶子、眯着小眼的母羊就从她的大剪刀中活脱脱地“走”出来。看得出来，在剪纸过程中，她最留心的是这些剪纸生命表现在轮廓上的形态、姿态和神态。她不用剪纸中最常见的锯齿纹，不刻意也不雕琢，最多用几个“月牙儿”（月牙纹），表现眼睛呀、嘴巴呀、层次呀，好给大块的纸透透气儿。她的简练达到极致，似乎像马蒂斯那样只留住生命的躯干，不要任何枝节。于是她剪刀下的生命都是原始的、本质的，膨脖又结实，充溢着张力。横亘在内蒙草原上数百公里的远古人的阴山岩画，都是这样表现生命的。

她边聊边剪边说笑话，不多时候，剪出的各种形象已经放满她的周围。这时，一个很怪异的形象在她的笨重的剪刀中出现了。拿过一看，竟是一只大鸟，瞪着双眼向前飞，中间很大一个头，却没有身子和翅膀，只有几根粗大又柔软的羽毛有力地扇着空气，诡异又生动，好似一个强大的生命或神灵从远古飞到今天。我问她为什么剪出这样一只鸟。她却反问我："还能咋样？"

于是她心中特有的生命精神和美感，叫我感觉到了。她没有像我们都市中的大艺术家们搜出枯肠去变形变态，刻意制造出各种怪头怪脸设法"惊世骇俗"。她的艺术生命是天生的、自然的、本质的，也是不可思议的。这生命的神奇来自于她的天性。她们不想在市场上创造价格奇迹，更不懂得利用媒体，千古以来，一直都是把这些随手又随心剪出的活脱脱的形象贴在炕边的墙壁或窑洞的墙上，自娱或娱人。没有市场霸权制约的艺术才是真正自由的艺术。这不就是民间艺术的魅力吗？她们不就是真正的艺术天才吗？

然而，这些天才散布并埋没在大地山川之间。就像契诃夫在《草原》所写的那些无名的野草野花。它们天天创造着生命的奇迹和无尽的美，却不为人知，一代一代，默默地生长、开放与消亡。那么，到了农耕文明在历史大舞台的演出接近尾声时，我们只是等待着大幕垂落吗？在我们对她们一无所知时就忘却她们？

我的车子渐渐离开这草原深处，离开这些真正默默无闻的人间天才，我心里的决定却愈来愈坚决：为这草原上的剪花娘子康枝儿印一本画册，让更多人看到她、知道她。一定！

贺兰人的唱灯影子

一个唐代的罐子放了上千年，如果不碰它，总还是那个样子不会变；可是一种戏一种舞一种民俗艺术就不一样了，甭说千年，就是经过百八十年，因时而变因人而变因习尚而变，就像女大十八变那样不断地改变，甚至会变得面目全非，你说京剧、时调、年画、清明节近百年有多大的变化？这便是物质与非物质文化遗产最大的不同。物质遗产是静态的，非物质遗产是动态的、传承的、嬗变的。在这动态的演变过程中，对其影响最直接的是传人。

传承人最大的特点是水平有高有低。如果这一代艺人秉赋高，悟性好，甚至还有创造性，家传的技艺便被发扬光大；如果下一代天赋低，悟性差，缺少才气，水准便一下子滑坡滑下来。有些地方的民间艺术尽管名气挺大，一看却颇平庸，便是此理。为此，看各种民间艺术当下的水准，也是我重要的考察点之一。由此而言，如今贺兰人的皮影——唱灯影子就叫我喜出望外了。

我国的皮影遍及各地，唱腔各异，材料不同，各有各的称呼。诸如北京的“纸窗影”、湖南的“影子戏”、福建的“皮猴戏”、甘肃陇原的“牛窑戏”、黄河流域的“驴皮影”等等；宁夏的贺兰人则叫它“唱灯影子”。这“唱灯影子”的叫法非常形象。首先是“唱”，戏是唱出来的，“唱”就演戏；然后是

“灯影子”，皮影戏不是人直接演的，而是借助灯光把羊皮或驴皮雕刻的戏人照在布单上的影子来演。瞧，贺兰人多干脆，用“唱灯影子”四个字儿就把它说得明明白白。

皮影的表演有在室内也有在室外。皮影要用灯光，在室外必须要等到天黑下来才能演；室内就好办了，不管什么时候，只要拿东西遮住窗子，再吊一条白被单（一称布幕，贺兰人称之为“亮子”），后边使光一照，便可开演。看戏的人坐在布幕前边，演戏的人在布幕后边。

演皮影戏的人不算少，拉弦、操琴、司鼓、吹号、碰铃、伴唱等等，至少得七八个人一同忙。但主角是站在布幕后边正中央的“师傅”。他主说主

耍灯影子的老艺人

后台一景

唱，两只手一刻不停地耍着皮影，同时兼演全戏所有角色。戏的好坏全看他的了。

我每次看皮影，都要跑到布幕后边瞧上几眼。因为那些在布幕上神出鬼没、又哭又笑的灯影子都是在后边耍弄出来的。严严实实的布幕后边总是充满了神秘感，给我以极大的诱惑。

今儿主演这台戏的师傅是贺兰县无人不知的金贵镇潘昶乡的张进绪，所演的戏目叫做《王翦平六国》，说的是秦代名将王翦辅助秦始皇横扫六国、统一天下的故事。这个故事现今很少有人知道，是张进绪从他父亲张维秀手里原原本本接过来的。张维秀在三十多年前就已去逝，如今张进绪也是六十开外；个子矮矮，灰衣皂裤，头扣小帽，神色平和，然而他往布幕后边一站，立时好像长了身个儿，一员大将似的，气度不凡。

布幕后边的地界挺小，不足一丈见方，叫拉琴击鼓的乐队坐得密不透风。布幕下边是一条长案，摆着各种道具；其余三面使竹竿扎成的架子，横杆上挂了一圈花花绿绿、镂空挖花的皮影人。张进绪这些皮影人儿和全套的乐器，都是祖上一代代传下来的老物件，摆在那儿，有股子惟老东西才有的肃穆又珍贵的气息。尤其这上百个皮影人，生旦净丑，一概全有。好似人间众生，都挂在那里等候出场。但它们不是被无序或随意挂在那里的，而是依照着出场的前后排次有序。别看他们面无表情，神色木然，只要给张进绪摘下来在布幕前一耍，再配上锣鼓唢呐，以及那种又有秦腔又有道情又有当地的山花的腔调，便立时声情并茂地活蹦乱跳，眉飞色舞，活了起来。

身材矮小的张进绪一旦入戏，便有股子霸气，好似天下事的兴衰，戏中人的祸福，全由他来主宰。后台是他的舞台。他略带沙哑的嗓子又唱又说又喊又叫，两只手把一桌子的皮影折腾得飞来飞去。看他的表情真像站在台上唱戏演戏一般，给我以强烈的感染。但在布幕那一边，却早化成戏中一个个性情各异的灯影子了。

当我回到布幕前边，坐下来细细品赏，便看出他演唱的高超。他不单唱得味儿如醇酒，大西北的苍劲中，兼有黄河滋育的柔和；那些灯影子的举手投足，则无不鲜活灵动，神采飞扬，而且居然能随着说唱和音乐的节奏，摇肩晃脑，挺胸收腹；甚至连同手指头也随之顿挫有致。一时觉得，这唱不是张进绪唱，分明是灯影子在唱。于是，灯影、乐声和剧情浑然一体。如今的贺兰还有多少人有这种功夫？

据说，此地的皮影是一百多年前由一位名叫赵小卓的满族人从陕西带到宁夏来的，后来由贺兰县几位颇具才情的村民接过衣钵，继承发扬，在皮影制作、演唱风格上融入本地的文化与气质，深受百姓热爱。昔时，交通不便，钱太少，戏班子很难深入到穷乡僻壤。老百姓便用这种简朴又优美的影戏自演和自娱。这应是一种原始的“影视艺术”。这种“唱灯影子”不单在贺兰县这一带扎下根，成了气候，影响还远及银南、隆德、盐池和内蒙鄂托克旗等地。据说，当时传承赵小卓皮影戏的有刘派（刘有子）和张派（张维秀）两家。但刘派后继无人，人亡而歌息；张派却传了下来。难得的是今儿的传人张进绪的秉赋依然很高，又深爱这门古艺，所有家传皮影和演奏器具都好端端保存至今。时下，逢到各乡各村举办节庆或喜事的时候，都会请他去演出助兴。届时，他弟弟、妹妹、孩子全是伴唱奏乐的成员。如今这种家庭化的影戏班子，已经非常罕见，传承人的水平又如此之高，真叫我们视如珍宝了。

于是，我扭头对坐在身边的贺兰县的县长低声建议，要全力保护好张家的皮影戏。一是要在经济上贴补传承人的后代，保证其薪火不断。二是设法将张家的老皮影保存起来。演出使用的皮影，可以到陕西华县按照本地的老样子订制一批新的。希望县里考虑给张氏皮影建个小小的博物馆，保存和见证贺兰人“唱灯影子”的传统。三是为张家皮影多创造一些演出机会，使其保持活态。四是把皮影送进当地学校，送进课堂，培养孩子们的乡土文化情感。

话说到这里，忽见白晃晃布幕上，秦将王翦向敌军首领掷出手中宝剑。这宝剑闪着寒光，在布幕上飞来飞去。一时，锣鼓声疾，唱腔声切，气氛颇是紧张与急迫，忽然哐的一响，飞剑穿透敌首脖颈，顿时身首异处，插着宝剑的首级在空中停了一下，然后“啪”地掉在地上。这一幕可谓触目惊心。满屋看客都不禁叫好。我忽想到：

这么好的贺兰人的唱灯影子，可千万别只叫我们这代人看到。

手抄竹纸

——隆回手记之三

随着隆回县委书记钟一凡乘车渐渐进入一片山林。湘木都像吃过激素一样，极其茂盛，车外边的树色把车厢照绿；青竹散发的清彻的气息已经充满我的肺叶。再看，四面的车窗全是画儿了。我问钟书记："你要把我带到哪儿去？"他笑了笑，不答。从他脸上的自信与得意可以读出，他一准会叫我惊喜的。就像昨天他把我导入那条名叫荷香桥的古街上。不仅许多老作坊是"活着"的，连出售的布鞋、油灯、首饰、纸笔，都是老样子，说明镇上的人还在使用这些东西。我称那条罕见的老街是"时光隧道"。这位书记怎么能把那条"破烂"的街看成了宝贝？如果在大城市里不早叫那些挂着"博士"头衔的官员们一声令下，给推土机一夜之间夷平？

马上要去的，又是一条时光隧道吗？

车子在一个小小的山口停住。不远的前边，一个新奇的场面把我吸引过去。山脚下一块平地上，几位山民在削竹皮，一棵棵刚砍下的修长而湛绿的"仔竹"，被放在三根竹竿捆成的三脚架上，山民们手执月牙般的弯刀，削竹皮的动作老练又畅快。被刮去竹衣的竹竿露出雪白的"身躯"。不等我问，钟书记就引我去看屋外一个个方形的水池，雪白的竹竿一排排躺卧其中。我忽有所悟，便问钟书记："是不是造纸？"

钟书记眉毛一扬："你怎么知道？"

我说："别忘了你们的《中国木版年画集成·滩头卷》是我终审的。那卷书上有一节专门介绍滩头年画使用自造的土纸，而且说你们这里至今还保持着从砍竹、沤料、抄纸和焙纸的全部流程与技艺，我正想看看你们的手工抄纸呢。现在原原本本的手工抄纸已经非常罕见了。"

我这几句话使钟书记更加得意。他引我往山上走，走不多远就钻进一间石头搭建的作坊里。这作坊正是抄纸房。十多平米的空间里，一边是踩料凼，一边是纸槽和木榨。原始的工具粗糙和简单得不可思议。所谓踩料，无非是把石灰沤过的碎竹倒进凼中，凼中斜放着一块竹笆，山民们靠着赤脚踩住料，用力在竹笆上摩擦，将料踩成泥状。可是光着脚和快如刀刃的竹片硬磨，不是很容易把脚划破吗？

下边的工序便是抄纸。抄纸看似容易。将泥状的料置入石质的水槽里搅匀，然后用一种细竹条编织的盘子在槽里一抄再一荡，提出来，翻过来一扣，便是一张薄如蝉翼的纸坯。一张张湿漉漉的纸坯叠在一起，直至千张，使木榨轧干水分，然后送到焙屋里，揭开烘干。于是，可写可画、金色的竹纸就诞生了。我问道："纸坯这么薄，相互不是很容易粘在一起吗？"

钟书记从身旁拿了一片绿叶给我。经问方知，原是当地野生的胡椒叶，用水煮后放入纸槽中，可使纸浆润滑，抄出来的纸坯彼此绝对不粘，当地人称之为滑叶。

奇怪，这滑叶的功效当初是怎么知道的？这就不能不佩服先人、古人了！

"可是——"我又问："木榨这么重，又使这么大劲儿，上千张纸紧紧轧在一起后，又怎么一张张揭开呢？从哪里来揭呢？"

我这问题竟然引出一则民间传说。钟书记说当地抄纸的人自古都知道一个神话传说：

一天抄纸房里人们正忙，忽然一位过路的老人进来讨茶讨烟。一个年轻人嫌这老人碍手碍脚，不给他烟和茶，轰他走，谁料这老人走后，榨好的纸成了一个大坨子。人们感到纳闷儿，怎么会忽然揭不开呢？于是开始疑惑，刚才那老人别是一位过路的神仙吧，待人家不客气，人家不高兴，施个法，纸就揭不开了呗！于是大家跑出去找那老人。找到后，让茶让烟，老人喝足茶抽足烟，站起身只说了一句话："去揭靠身子那个右角吧！"说罢扬长而去。经老人指点，回去一揭靠身子的右角，果然一张张纸轻易地揭开了。由此，滩头的手抄纸都是揭右下角，别的角是揭不开的。为什么呢？科学的道理没人问；这个含着尊老敬老的美丽的传说，却一直在坊间随同抄纸的手艺代代相传。

上边这个传说只是众多的版本之一。传说是广泛活着的生命，往往同一个故事，在不同人嘴里说出来会大不一样。可是传说中那个化身为老人的神仙，却有名有姓，叫做李佑。仙人李佑的故事个个生动有趣，并且都与造纸有关。沤料、踩料、抄纸的几个关键性诀窍也全有李仙人的影子。传说正是由于这位仙人的护佑，滩头造纸踩料时从没有划破脚的事情。可这位李佑的名字又是从哪儿来的呢？不得而知。这是滩头造纸的秘密，也是它的文化。

若说滩头的造纸文化可以追溯到隋代，及至元代此地已是长江以南的造纸中心。抗日战争期间，舶来纸的运输渠道不畅，国内用纸一时皆仰手土纸。滩头的纸作坊竟达到两千余家。如今，随着造纸的现代化和全球化，手工土纸衰落下来。中华大地上许多土纸作坊转瞬即逝，已经鲜见原真的手抄土纸了。然而，湘中这块大地的深处却奇迹般地"收藏"了这种原版的古老技艺。从原材料、工艺、程序，乃至相关传说都一丝不苟、郁郁葱葱地存活着。据说明代《天工开物》中记载着南方造纸的流程与方法，竟与今天滩头这里的手工抄纸不差分毫。这不是活化石、活的历史博物馆、活的文化生命吗？

回到镇里，人们铺开这种土纸，叫我题字。金黄的土纸上边刷了一道本地峡山口的一种石粉，其色泽在瓷白中微微泛青，宛如天青，十分优雅。待锋毫触纸，如指尖触到温润的肌肤，微觉弹性，那感觉异常美妙。我开玩笑说："这纸很性感。"在写字作画时，好笔好纸都会帮忙。写在这土纸上的字，竟分外显得饱满厚重，畅而不燥，笔痕墨迹，自生韵味，使我自己也十分满意。瞧着这纸，我忽想该为这珍罕的遗产做点什么吧。我叫一声："钟书记——"。

钟书记笑嘻嘻地说："我知道你想什么。我们已经开始对滩头造纸做普查。文化档案和数据库年底可以立起来。而且我们已经有了一个保护方案，一会儿向你请教。"

我笑道："你已经是专家了。"同时心想如果每个遗产都有这样一位懂文化、堪称知己的官员，我们还会焦急和发愁吗？

大理心得记

两团浓浓的文化迷雾安静地停在滇西大理一带的田野中，一动不动，绵密而无声，诱惑着我。这迷雾一团是甲马，一团是剑川石窟中那个不可思议的阿女央白。

我一次见到云南的甲马纸时，便感到神奇之极。一种巴掌大小的粗砺的土纸上，用木版印着形形色色、模样怪异的神灵。这些神灵只有少数能够识得，多数都是生头生脸不曾见过。其中一位"哭神"，披头散发，嚎啕大哭，浑身滚动着又大又亮的泪珠，使我陡然感受到一种独特又浓烈的人文习俗隐藏在这哭神的后边。这是怎样一样特异的风俗？怎样一种幽闭又虔诚的心灵生活？至于阿女央白——那个白族人雕刻的硕大的女性生殖器真的就堂而皇之置身在佛窟之中吗？两边居然还有神佛与菩萨侍立左右？能相信这只是一千年前白族雕工们的"大胆创造"？

虽然我的高原反应过强，超过两千米心脏就会禁不住地折腾起来，但对田野的诱惑——这些神秘感、未知数和意外的发现，我无法克制；它们像巨大的磁铁，而我只是一块小小的微不足道的铁屑。何况在大理还要召开一个学术性座谈会来启动甲马的普查呢。

4月16日我和中国民协一些专家由北京飞往滇西。其中杨亮才是专事民间文学研究的白族学者，精通东巴文字的白庚胜是一位纳西族专家。有他们引导我会很快切入到当地的文化深层。

甲马上的本主们

这种感觉不管再过多久也不会忘记——

车子停在路边，下车穿过一条极窄极短的巷子，眼睛忽然一亮，豁然来到一个异常优美的历史空间里。手表盘上的日历忽然飞速地倒转起来，再一停，眼前的一切一下子回到三百年前，而这一切又都是活着的。两株无比巨大的湛绿的大青树铺天盖地，浓浓的树阴几乎遮蔽了整个广场。这种被白族人奉为“神树”的大青树，看上去很像欧洲乡村的教堂——村村都有。但周城这两棵被称做“姐妹树”的大青树据说已经五百岁；围在小广场一周的建筑也不年轻。雕花的木戏台、窗低门矮的老店以及说不出年龄的古屋，全应该称做古董。广场上松散地摆放着许多小摊，看上去像一个农贸的小集。蔬菜瓜果花花绿绿，带着泥土，新鲜欲滴；日常的物品应有尽有。然而人却很少，无事可做的摊主干脆坐在凳子上睡着了，鸡在笼子里随心所欲地打鸣，一大一小一黄一白两条觅食的狗在这些菜摊中间耷拉着舌头一颠一颠走来走去；白族妇女的一双手是不会闲着的，用细细的线绳捆扎着土布。这是扎染中最具想象力和手工意味的一道工序。一些染好后出售的布挂在树杈上，在微风里生动地展示着那种斑斓和梦幻般的图案。在外人看来这些花布大同小异，但每一家的扎染都有着世代相传的独门绝技。只有她们相互之间才能看出门道，却又很难破解别人的奥秘与诀窍。

这儿，没有现代商场那种拥挤和喧嚣，也没有人比比画画、喝五吆六地招揽生意。似乎集市上的东西都是人们顺手从田野或家里拿来的，没人买便拎回去自已享受。一种随和的、近于懒散的气氛；一种没有奢望却自足的生活；一种农耕时代特有的缓如行云的速度；一种几乎没有节奏的冗长又恬静的旋律。

考察大理周庄地区的甲马店

一个意外的发现，使我几乎叫出声来。在广场西边一家小杂货铺的几个货架的顶层，堆满一卷卷粉红色和黄色的小小的木版画。要来一看，正是我此行的目标——甲马！这种在内地几乎消失殆尽的民俗版画，在这里居然是常销的用品，而且种类多不胜数！

店主是位老实巴交的姑娘，头扣小红帽，不善言辞，眼神也不灵活。我问她这铺子卖的甲马总共多少种，都怎么使用，哪种人来买等等。她一概说不好。只说一句："谁用谁就买呗。"

"这么多甲马是从哪里批发来的？"我问。姑娘说，是她父亲自己刻板印制的。她父亲是本村人，六十来岁，叫张庆生。大理的甲马历来都是本村人自刻自印。目前周城村还有三四家刻印甲马呢。我对她父亲发生兴趣，再问，不巧，她父亲有事外出去洱海了。

我决定每种甲马买两张。价钱低得很，每张只有三角钱。我边挑选边数数，最后竟有九十多种。这使我很惊讶。店铺里卖的东西必定是村民需要的。这周城人心中有如此众多的神灵吗？都是哪些神灵？

云南的甲马不同于内地的纸马，但它是从纸马演化或分化出来的一种。纸马源于远古人最深切的生活愿望——祈福与避邪。那时人们无力满足自己这种愿望，只有乞求神灵的帮助。在汉代人们是通过手绘的钟馗、门神、桃符以及爆竹来表达这种心理的，并渐渐地约定俗成。等到唐宋雕版印刷的兴起之后，这种广泛的民俗需求便被木版印刷的纸马承担起来。北宋时期的纸马就有钟馗、财马、钝驴、回头鹿马、天行帖子等等很多种了，《水浒传》中神行太保戴宗的靴子上不也贴着纸马吗？一些像开封这样的大城市还有专门销售纸马的铺子，就像此刻眼前周城这家卖甲马的小店铺。这难道是中古时代留下来的一块活灵活现的“活化石”？

一千年来，纸马的风俗流散全国。几乎各地都有这种小小的自刻自印而神通广大的纸马。纸马走到各地，称呼随之不同。河北内丘叫“神灵马”，天津叫“神马”，广州叫“贵人”，北京还有一种全套的神马，被称做“百分”；云南便称之为“甲马”、“马子”或“纸火”。所谓“纸火”，大概由于甲马在祭祀过后随即就要用火焚烧，但内丘的神灵马却任其风吹日晒，自然消失。各地纸马上的马多是神灵的坐骑，云南甲马的本身就是快速沟通凡世与天界的一种神灵了。

中国的地域多样，文化上都很自我，相互和谐的古老方式便是“入乡随俗”。纸马的随俗则是依从当地的心理。这就不单因地制宜地改变了纸马使用时的习俗，各地独有的神灵也纷纷登上这天地三界神仙的世界中来。

我拿起一张甲马。灰纸墨线，刀法老到。中间挺立一人，配刀执弓，颇是英武。上书二字：“猎神”。我问这是白族的神吗？

杨亮才挺神秘地微微一笑说：“这人叫杜朝选，我们就去看他。”

我像听一句玩笑，笑嘻嘻随着亮才走进一条蜿蜒的长街。这街又窄又陡，路面满是硌脚的碎石头，好像爬一座野山。走着走着便发觉街两边一条条极细的巷子全是寂寥深幽的古巷；临街上的窗子形制各异，有的方而拙，有的长而俊，古朴又优美，好似窗子的展览。一路上还有废弃已久的枯井，磨台，风化了的石门礅，老树，残缺的古碑，墙上插香用的小铁架以及浸泡着板蓝根的大染缸……我忙伸手从裤兜里掏出手机赶紧关掉，生怕这种全球化的物件打破我此刻奇异的如梦一般的感受。在一条深巷尽头，出现一座松柏和花木遮蔽的宅院，不知哪户人家。亮才推门进去，竟然是一座小庙。正房正中供奉一位泥塑大汉，威风八面，双目如灯。亮才说："这位就是猎神杜朝选，周城这村的本主。"我忽然明白，这是一座本主庙。正是那张传说可以接通神灵的甲马纸——猎神，把我引入白族奇异的本主文化中来。

我读过一些白族本主文化研究的书。我对这地远天偏的白族特有的民间崇拜好奇又神往，但没想到自己毫无准备，已然站在一座本主庙里。我向庙中各处伸头探脑，所有物品全都不懂不知没有见过。书本上的东西在现实中往往一无所用。只有历史文化的浓雾将我紧锁其间。

不管白族的本主是否上接原始的巫教，不管它从佛教和道教中接受多少祭祀的仪式，在直觉的感受上它并非宗教，分明还是一种纯朴的民间崇拜。在周城附近慧源寺中一座本主庙里，我看到当地的一个民间组织莲池会正在祭祀本主。头包各色头布的妇女与老婆婆们手敲长柄木鱼，齐声诵经；身边竹编的盘子上，恭恭敬敬地摆着茶壶、小碗、茶水、瓜果、干点、米酒、松枝与鲜花。没有铺张，只有真切；没有华丽，只有质朴的美；一句话，没有物质，只有精神。那种发自心灵的诵经之声宛如来自遥不可及的远古。什么原因使它穿过岁月的千丛万嶂来到眼前？

本主崇拜是以村为单位的。一般说，一个村庄一个本主。也有几个村庄供奉同一个本主，或者一个村庄同时敬祀两三个本主的。周城就有两个本主。南本主庙供赵本郎，北本主庙供杜朝选。本主又称本神，即"本境之主"或"本境福主"。用现代汉语解释就是"本村保护神"。按《本主忏经》的说法，本主可以给予人们"寿延绵，世清闻，兴文教，保丰年，本乐业，身安然，龄增益，泽添延，冰雹息，水周旋，安清吉，户安康"。故而，村民对本主信仰极虔，凡生活中生育、婚姻、疾病、生子、耕种、盖房、丧葬、远行等等，都要到庙中告知本主，求得吉祥。甚至连买猪买鸡或杀鸡宰猪，也要到本主面前烧几根香，直把心里的事都说给本主，方才心安。从生到死，一生都离不开本主的护佑与安慰。

这些独尊于一个个村落中的本主，彼此无关，没有佛教道教的神仙们那种“族群”关系。至于本主成分之庞杂，真是匪夷所思。大致可以分为七类。一是自然物本主，包括太阳、山、雪、古树、黄牛、灵猴、白马、鸡、马蜂、神鹰、壁虎等。有的村庄会把一块石头或一个大树疙瘩奉为本主，当然一定是“事出有因”。比如大理阳乡村的树疙瘩本主相传曾经阻挡洪水，为该村建立过功勋。二是抽象物本主。比如龙和凤。白族是崇拜龙的。即汪士桢说的“大理多龙”。龙是雨水的象征。但传说中龙的家庭十分庞大。比如龙王、龙母、黄龙、白龙、赤龙、母猪龙王、独脚龙王、温水龙王、马耳龙神等等，不胜枚举。不同的龙因为不同的原因成为本主，不一定都和雨水洪水有关。三是历史人物本主。其中不少是南诏国和大理国的帝王将相，爱国名将段宗牓和李宓都是著名的本主。人们敬重这些历史人物，甚至连李宓手下的爱将，还有大女儿和二女儿，也在不同的村子里被封为本主。四是英雄本主。他们是百姓敬仰的为民除害的英雄豪杰。由于年代久远，在民间已成为神话传说的主人公。周城的猎神杜朝选就是其中一位。其余如柏洁圣妃、洱海灵帝、海神段赤城、南海阿老、除邪龙木匠、赤崖老公、挖色秀才、药神孟优、独脚义士阿龙，等等，多不胜数。五是民间人士。这些人士曾经都是实有其人。或做过好事，或极有个性而令人羡慕，或品德高尚被视为楷模，因被立为本主。这种本主属于“人性神身”。六是为白族熟知的其他民族的人士，比如诸葛亮、韩愈、傅友德、忽必烈等等。七是佛道神祇。虽然本主中有佛道诸神，但本主的主流还是从白族自己的土壤中生出的令人崇敬的人物。只要全村的百姓普遍认可，便封为本主，立庙造像，烧香敬奉。由于本主曾是活人，每个本主的生日都要大事庆贺。

本主没有严格的教规，但在村内却有极强的凝聚力。他们的事迹村中百姓无人不晓。比如周城本主猎神杜朝选，谁都知道此地曾有一条巨蟒兴妖，掠去二女子，杜朝选与巨蟒血腥拼杀，最后斩蟒救女。这二女子知恩必报，一齐嫁给杜朝选。故而周城北本主庙杜朝选的神像旁，还有二位夫人以及孩子一家人的塑像。在白族的本主庙中人性和人间的味道极浓，这是其他宗教寺庙中没有的。特别是一些本主还带着“人性的缺欠”。比方邓川河溪口一位本主白官老爷，性喜招花惹草，人极风流，但后来翻然醒悟，改邪归正，村民不仅原谅他，将他封为本主，还在他身边塑了一个美女。另一位身居鹤庆的风流本主东山老爷，常与邻村小教场村的女本主白姐夜间幽会。由于贪欢，天亮返回时慌慌张张穿走白姐的一只绣鞋。人们便让这两位本主将错就错，神像上各有一只脚穿着对方的鞋子。洱源南大坪的本主曾因偷吃耕牛的肉，被人揪去一只耳朵。庙中他的神像也缺一只耳朵，便是尽人皆知的“缺耳朵本主”。从教化的层面说，这些故事具有告诫的意义。但从人类学角度看，它们表现出白族特有的宽容、亲和与自由。这一点对于我下边研究和认识阿女央白很有帮助。

白族的本主庙不像佛庙道观深藏于山林之中，它们全在村内老百姓的中间。村民心中有事，如同到邻居家一样，出门走几步，一抬腿就进了本主庙。用自己创造的神灵来安慰自己的心灵，便是古代人类最重要的精神生活的方式了。白族的本主与汉族的妈祖有些相似，每年都要把神像抬出庙宇，以示“接神到人间”，同时歌之舞之，既娱神也娱人，沟通人与神的联系，使心灵得到安全感和满足感。但比较起来，白族人与他们的本主之间更具亲情感。他们连本主的脾气、性情、爱好、吃东西的口味，全都一清二楚，并像关爱亲人一样照顾本主。每个本主都有一个传说，每个传说都是一篇美丽的口头文学，收集起来便是一部民间文学沉甸甸的大书。这些本主的“本生故事”，大多是曾经在人间的种种美德。白族人便以此来传承他们的生活准则、伦理模式、道德理想与价值观，以及审美。

白族人与本主沟通和祈求保护的另一种方式，是通过甲马。许多村庄的百姓把他们的本主刻印在灵便又灵通的甲马纸上。当白族的本主们登上甲马，我们就深知甲马纸的分量了。这也是云南甲马不同于其他地区纸马并具神秘感之关键。

我将云南甲马的神灵与白族的本主做比较，其结果告诉我，甲马上的神灵并不都是本主，本主也并没有全部登上甲马。其缘故有二：一是本主崇拜只有白族才有，而甲马遍及云南各族。二是甲马的精神本质源自原始崇拜的“万物有灵”。它超出本主范围。在“万物有灵”这一点上，甲马与全国各地的纸马又是一致的。

在甲马汪洋恣肆的世界里，除去大量的白族的本主之外，其他神灵大抵分为两部分。一是与物质生活相关，一是与心灵生活相关。

与物质生活相关的甲马，可以对生活——畜牧、农耕、狩猎、行路、家居、建屋、生育、健康、衣食、天气等施加全方位的保护。比如五谷神、水草大王、地母、风神、水神、树神、火神、猎神、井神、放羊哥、圈神、粪神、送生娘娘、河舶水神、金花银花、桃花夫人、土公土母、安龙奠土、张鲁二班等等，品类之多，难以穷尽。由于在人的祈望中避祸比得福更为深切，所以原始崇拜中对灾难神的祭拜要重于吉祥神。在这里，各种制约不幸与疾病的甲马应有尽有。比如二郎神（冰雹）、火神（火灾）、瘟司（瘟疫）、夜游神（噩梦）、巫蛊（神智迷乱）、虹神（小孩口吃）、哭神（小孩啼哭）、瘟哥（医神）、姑奶奶（生疮长疥）、罗昌阁大王（眼疾）、耗神（腰酸背疼）等等。比起河北省内丘的纸马，云南甲马要广泛得多。也可能内丘地处中原，生活较之开放，许多古纸马早已消失，于今存之无多。

较之与物质生活相关的甲马，另一部分与心灵生活相关的甲马就更加丰富了。这是甲马真正价值之所在。

从这一类甲马中，可以看到古代白族对大自然的亲和与崇敬（岩神、太阳神、山神等），对不可知的自然力量的畏惧（火龙、巫师、三木天王、太岁等），对人间祥和的向往与追求（匹公匹母、小人子、解冤结等），对意外不幸的担虑（命符、退扫、床神、平安大吉、六贼神和驱鬼等等）。还有很多甲马体现人们对死者灵魂安宁的企望，这一切使人想到原始祭祀中的招魂。这些甲马无疑都与博物馆里远古先人的祭器相关相连。

甲马几乎渗透到人们现实生活和心灵生活的所有角落！

在大理我邀集了一些本主文化与甲马的专家座谈。最令我吃惊的是，其中二位专家收藏的甲马都达到一千多种。他们展示其中的一小部分，已使我如醉如痴。那种神奇又神秘的气氛、怪异荒诞的形象和莫名的由来，使我感受到与其之间，一如大漠荒原，空荡旷远，无法计量。那种粗犷与野性，近乎原始。然而其中生命与灵魂的张力，犹然令人震撼。经他们介绍，其中不少是早已不再使用的古纸马。当我们了解到每种甲马都承载着一种古俗或一个使用的传统，更为白族文化的深厚和博大而震惊！

由此，回到本主文化来说，白族现存的本主庙有413座。而历来就有500神主之说。每一个本主后边都是一大片的背景；都有各自的故事传说和一整套特立独行的祭拜习俗，甚至连祭祀哪位本主的食品必须使用什么，禁忌什么，都有规定。这些习俗只在本村适用，互相绝不通用。我们常说的“五里不同风，十里不同俗”，在大理的本主文化中表现得非常突出。最珍贵的是，这一切都是活着的。前些年一位村长为人民做了好事，被本村人立为本主。他的庙和神像在村里，他本人如今也生活在村里。

可是，本主文化的另一面是悄悄的消解与中断。

在鹤庆的新华村，传统的银器工艺正在引发旅游热。村口的广场上停满了花花绿绿的大巴，游客们抱着亮闪闪的银器横冲直撞，东冒一头，西冒一头。我问一位年轻的干部该村的本主情况，他已经张口结舌说不出来，随后居然用港腔说一句：“不好意思。”在周城，南本主庙赵本郎的故事早就不为人们所知，更别提浩如烟海的甲马，一不留意，即刻随风飘去。

在文化遗产中，我更重视非物质的部分，因为它的口传性决定了它相当脆弱的命运。实际上所有物质文化遗产中都包含着非物质的内容。比如敦煌石窟中各朝各代画工们作画时的习俗和技法，谁还能说出？由于那些口头和非物质的内容中断了，剩下的只有洞窟中物质性的壁画和泥塑了。非物质遗产主要是人的内容，或是通过人传承的内容。它保留在口头记忆里。如果有一天，我们对甲马上的大量的灿烂的口传故事与习俗忘记了，那么白族留给未来的最多只是一大堆茫无头绪、百思不得其解的民俗图画而已。

所以，在启动甲马抢救和普查的会议上，我们特别强调，一定要把每一张甲马的身份、背景及承载的各种记忆性的信息调查清楚。说到这里，我忽然想到它既是民间艺术，又是民间文学和民俗呢。但是至今，我们对白族各村的本主并没有彻底摸清，对甲马更是如此，究竟它是一千多种、两千多种、三千多种还不得而知呢，更别提它无形地承载了多少历史与文化的信息了。这件事多么浩大与沉重！然而几位本地的研究甲马与本主文化的专家却说他们一定会做好这件事。他们没有慷慨激昂，点头承诺时却没有半点犹豫。我知道，承担的另一面一定是爱。而文化遗产只能在自觉的爱中才能保存下来。

解秘阿女央白

去剑川石窟看阿女央白真费了不少周折。本该从大理直抵剑川，由于鹤庆那边有事，下一站又是丽江，只能另走一条路，便与剑川擦肩而过。人在丽江时，心里仍放不下阿女央白。最终下决心放弃了泸沽湖之行，掉转头来，翻山涉水，来到剑川的石宝山。

在白族语言中，阿女央就是姑娘；白是掰开和裂缝的意思。阿女央白是姑娘开裂的地方，即女性的生殖器。但世界上还有哪个民族把它雕刻成一个巨大的偶象，赤裸裸一丝不挂地放在石窟中供人祭拜？前几年，世界妇女大会在北京召开，一些西方代表专门跑到剑川，来见识见识闻名已久的阿女央白。真的看到了，全都目瞪口呆。

说实话，我并没有这种好奇心。吸引我来的缘故，是我不相信那种通用的解释——它是云南佛教密宗思想的产物。甚至追根溯源，说它来自于印度教中具有性力崇拜的湿婆神。我第一次看阿女央白的照片时，照片拍得模糊，那阿女央白黑乎乎的，分明是一尊佛。

车子进石宝山，即入丛木密林。外边树木的绿色照入车窗，映得我的白衬衫淡淡发绿。还没来得及把我这奇异的发现告诉给同车的伙伴，沁人心肺的木叶的气息，已经浓浓地渗入并灌满车厢了，真令人心旷神怡。跟着，车子进入绿色更深的山谷。

陪同我的一位剑川的朋友说，每年的七八月，著名的石宝山歌会就在这里。到这时候，大理、洱源、鹤庆、丽江、兰坪一带的白族人，穿戴着民族服饰，手弹龙头三弦，聚汇到这里唱歌、对歌、比歌、赛歌，用歌儿一问一答，寻求臆想中的情侣。动听的歌声灌满这深谷幽壑，翠木绿林为之陶醉。一连几天纵情于山野，人最多时达到数万。这位朋友还说："在这期间，不少女子——有结了婚的，也有没结婚的，跑到山上阿女央白那里，烧香磕头，还用手把香油涂在阿女央白上，祈求将来生育顺当，不受痛苦。一会儿你就会看到，阿女央白给摸得黑亮黑亮，像一大块黑玉！"

剑川这位朋友的话，叫我在见到阿女央白之前，已经朦胧地理解到它的由来。

剑川石窟凡十六窟。石窟自道边石壁凿出，石质为红沙石，这颜色深绛的石头与绿草相映，颇是艳美。阿女央白为石钟寺第八号窟，窟形浅而阔，大大小小的造像与佛龛密布其间，都是浮雕和高浮雕，上敷五彩，斑斓华美。中开一洞形佛龛，就是阿女央白的所在地了。第一眼看上去，便让人起疑。龛外一左一右为一对巨大的执刀配剑的天王。难道阿女央白也需要天王守候吗？龛楣莲花宝盖上有墨书题记。年深日久，字迹漫漶，缺字颇多。所幸的是竟残留着建窟年代，为"盛德四年"，乃是大理国第十八代王段智兴的年号。这一年是宋淳熙六年（1179年）。值得注意的是，墨书题记中没有阿女央白及相关的记载，却有"观世音者"、"天王者"、"造像"等字样。那么洞内的雕像就应该是佛像，而非阿女央白了？

探头于洞中，中间即是阿女央白。一块巨石，上小下大，端"坐"石座上。此石极其粗砺，貌似自然石，中开一缝，缝沟深陷，两边隆起，如同花瓣，由于人们长期用手抹油，日久天长，亮如黑漆。这样一个巨大的女性生殖器立在这里，的确是天下的奇观！这样直观和直白的表现，亦是世上无二。

然而，细看龛内两边石壁上，浮雕着两组佛像。左为阿弥陀佛，右为毗卢佛。造型严谨，雕工精整，明显是汉传佛教艺术的风格。于是，问题就出来了：阿女央白的雕刻完全是另外一种方式，好似刀劈斧砍，极端的写意，既粗犷又粗糙，绝非雕工的手法。而从阿女央白上那一条条生硬的刻痕看，无疑是石匠之所为。这说明，阿女央白与龛内外的佛像完全是无关的两回事。绝不是同时雕刻出来的。那么阿女央白是怎么跑到佛龛上去的?

我忽然发现，阿女央白下边的石座是一个莲花座。莲花座前边的雕花已经剥落，但靠在里边的复瓣莲花却完好如初，刻得很好，打磨得也柔细和光滑，与龛内石壁上那两组佛像的浮雕属于同一种语言；但与莲花座上连为一体的阿女央白却风马牛不相及。

我已经明白了！于是，离开佛龛后退几步，再远观一下。这阿女央白分明是佛的形状。上小下大，稳稳坐在须弥座上。而阿女央白——女性生殖器的形状应该上大下小、上宽下窄才是。原来这里本是一座佛的坐像，是不是后来佛像残了，被后人改造成这个样子?

进一步再从历史和艺术上进行推论：

剑川石窟的兴建是在白族政权南诏国和大理国时代。按洞窟中的纪年，由公元850年至1179年，前后三百年。这期间，正是佛教大举进入云南的时期。白族人南诏和大理的政权和历史上西北的许多少数民族政权一样(如鲜卑的北魏，党项的西夏，蒙古的元朝等)，都曾利用佛教作为精神统治的器具。兴建寺庙与洞窟是普及佛教最重要的方式。南诏与大理都是“政教合一”，剑川石窟的兴建就是一种官方行为了。这也表明为什么石窟中会出现南诏大理王朝政治生活的浮雕画面。如此弘扬佛教的石窟无论如何也不可能出现“阿女央白”的形象。

再从剑川石窟的雕刻风格上看，从南诏到大理这几百年间，虽然有时代性的变化，但都是一脉相承，并明显地与四川大足、广元等地石刻如出一辙。这恐怕与南诏国多次对四川发动战争并掳掠大量艺人工匠有关，这在《通鉴》的“唐纪”中有许多记载。因此，无论造像的整体造型、形象特征，还是衣纹的刻法，剑川的石雕都像是出自大足的刻工之手。这种风格是严谨的写实主义的，决不可能从中冒出具有强烈象征意义的阿女央白。

剑川石窟的开凿终结于南宋，至今八百年。在漫长历史的磨难中，有自然消损也有人为破坏。窟中造像破损甚多，有的缺失佛首，有的臂断身残。许多造像上都有后代人修补时榫接的洞孔。这便是再造阿女央白的背景。没有疑问了，阿女央白是利用一尊残损的佛像改造和再造的。很清楚了，阿女央白不是云南佛教的密宗思想使然。不是佛教的创造，而是再造。那么是谁再造的？是民间；这再造的精神动力来自哪里？来自民间——一种民间的精神。

这民间的精神，在上一节关于白族本主文化的阐述已经说得很明白，那便是信仰选择的自由和对于人间情爱的宽容。而这种精神，在一年一度石宝山歌会如此浪漫而自由的天地里，更加无拘无束，恣意发挥。阿女央白的出现，势所必然。

然而，阿女央白可不是性崇拜，而是生殖和生命崇拜。

远古时代的人，无力抵挡各种灾难的伤害，生命的成活率很低，为了补充自身的缺失，生命的繁衍便是头等大事。人自身的生殖的器官变得至高无上，而渐渐演化为一种生命的图腾。几乎所有古老民族都出现过生殖——生命的崇拜。但这个具有原始意味的生命崇拜缘何一直保存到今天？每逢七八月，它依然被人们顶礼膜拜？人们抹在阿女央白上新鲜的香油使得这片山野飘动着奇特的芬芳。

从这个意义上说，阿女央白是个奇迹，是如今还活着的极古老的文化。它活着，不是指阿女央白这块不可思议的“石头”，而是人们对它的崇拜，是它亘古不变的灵魂。那就是对生命的热爱与虔诚。此外白族人还用一代代人传承下来的各种风俗——本主信仰、绕三灵、三月街、青姑娘节、火把节等等来诠释他们对生命的理解。同时又依靠风俗这种共同的记忆，把他们的民间精神像圣火一样传递下来。

别看我对阿女央白有一个“突破性“的发现，但它告诉给我的更多。那就是，如果我们遗弃了有关阿女央白的口头记忆，最终它留给后人的只是一块被误解的胆大妄为的疯狂的性的石头。

就像一些古村落，将其中的百姓全部迁出，改做商城。其中一切人文积淀和历史记忆随之消散。也许在建筑学者的眼中它风貌依存，但在文化人类学者的眼里，它们不过是一群失忆的、无生命的古尸而已。

有形的文化遗产可以作为旅游对象而被豢养，不能被消费的无形的文化遗产怎么存活？市场可以使没有市场价值的事物立足吗？纯精神的历史事物注定要被人们渐渐抛弃吗？

羌去何处？

羌，一个古老的文字，一个古老民族的族姓，早已渐渐变得很陌生了，最近却频频出现于报端。这因为，它处在惊天动地的汶川大地震的中心。

羌字被古文字学家解释为“羊”字与“人”字的组合，因称他们为“西戎的牧羊人”。在典籍扑朔迷离的记述中，还可找到羌与大禹以及发明了农具的神农氏的血缘关系。

这个有着三千年以上历史、衍生过不少民族的羌，被费孝通先生称之为“一个向外输血的民族”，曾经为中华文明史作出过杰出贡献。但如今只有三十万人，散布在北川一带白云迷漫的高山深谷中。他们居住的山寨被称做“云朵上的村寨”。然而这次他们主要聚居的阿坝州汶川、茂县、理县和绵阳的北川，都成了大灾难中悲剧的主角；除去少数一千羌民远居住在贵州省铜仁地区之外，其他所有羌民几乎全是灾民。

古老的民族总是在文化上显示它的魅力与神秘。羌族的人虽少，但在民俗节日、口头文学、音乐舞蹈、民居建筑、工艺美术、服装饮食以及民居建筑方面有自己完整而独特的一套。他们悠长而幽怨的羌笛声令人想起唐代的古诗；他们神奇的索桥与碉楼，都与久远的传说紧紧相伴；他们的羌绣浓重而华美，他们的羊皮鼓舞雄劲又豪壮，他们的释比戏《羌戈大战》和民俗节日“瓦尔俄足节”带着文化活化石的意味……而这些都与他们长久以来置身其中的美丽的山水树石融合成一个文化的整体了。近些年，两次公布的国家非物质文化遗产名录已经把其中六项极珍贵的民俗与艺术列在其中。中国民协根据这里有关大禹的传说遗迹与祭奠仪式，还将北川命名为“大禹文化之乡”。

在这次探望震毁的北川县城的路上，到处是大大小小的飞石，树木东倒西歪，却居然看到道边神气十足地竖着这样一块大禹文化之乡的牌子，可是羌族惟一的自治县的“首府”——北川已然化为一片惨不忍睹的废墟。

二十天前北川县城就已经封城了。城内了无人迹，连鸟儿的影子也不见，全然一座死城。湿润的空气里飘着很浓的杀菌剂的气味。我们凭着一张“特别通行证”，才被准予穿过黑衣特警严密把守的关卡。

站在县城前的山坡高处，那位靠着偶然而侥幸活下来的北川县文化局长，手指着县城中央堆积的近百米滑落的山体说，多年来专心从事羌文化研究的六位文化馆馆员、四十余位正在举行诗歌朗诵的“禹风诗社”的诗人、数百件珍贵的羌文化文物、大量田野考察而尚未整理好的宝贵的资料，全部埋葬其中。

我的心陡然变得很冲动。志愿研究民族民间文化的学者本来就少而又少，但这一次，这些第一线的羌文化专家全部罹难，这是全军覆没呀。

我们专家调查小组的一行人，站成一排，朝着那个巨大的百米“坟墓”，肃立默哀。为同行，为同志，为死难的羌民及其消亡的文化。

大地震遇难的羌民共三万，占民族总数的十分之一。

在擂鼓镇、板凳桥以及绵阳内外各地灾民安置点走一走，更是忧虑重重。这里的灾民世代都居住在大山里边，但如今村寨多已震损乃至震毁。著名的羌寨如桃坪寨、布瓦寨、龙溪川、通化寨、木卡寨、黑虎寨、三龙寨等等都受到重创。被称作“羌族第一寨”的萝卜寨已夷为平地。治水英雄大禹的出生地禹里乡如今竟葬身在堰塞冰冷的湖底。这些羌民日后还会重返家园吗？通往他们那些两千米以上山村的路还会是安全的吗？村寨周边那

震后的北川中学

些被大地震摇散了的山体能够让他们放心地居住吗？如果不行，必须迁徙。积淀了上千年的村寨文化不注定要瓦解吗？

在久远的传衍中，这个山地民族的自然崇拜和生活文化都与他们相濡以沫的山川紧切相关。文化构成的元素都是在形成过程中特定的，很难替换。他们如何在全新的环境找回历史的生态与文化的灵魂？如果找不回来，那些歌舞音乐不就徒具形骸，只剩下旅游化的表演了？

在擂鼓镇采访安置点的羌民时，一些羌民知道我们来了，穿着美丽的羌服，相互拉着手为我们跳起欢快的萨朗舞来。我对他们说："你们受了那么大的灾难，还为我们跳舞，跳得这么美，我们心里都流泪了。当然你们的乐观与坚强，令我们钦佩。我们一定帮助你们把你们民族的文化传承下去……"

不管怎么说，这次地震对羌族文化都是一次毁灭性的打击。它使羌族的文化大伤元气。这是不能回避的。在人类史上，还有哪个民族受到过这样全面颠覆性的破坏，恐怕没有先例。这对于我们的文化遗产保护工作，无疑是一个巨大的难题。

可是，总不能坐待一个古老的兄弟民族的文化在眼前渐渐消失。于是，这一阵子文化界紧锣密鼓，一拨拨人奔赴灾区进行调研，思谋对策和良策。

马上要做的是对羌族聚居地的文化受灾情况进行全面调查。首先要摸清各类民俗和文学艺术及其传承人的灾后状况，分级编入名录，给予资助，并创造传承条件，使其传宗接代。同时，对于地质和环境安全的村寨，经过重新修建后，应同意原住民回迁，总要保留一些原生态的村落——当然前提是安全！还有一件事是必做不可的，就是将散落各处的羌族文化资料汇编为集成性文献，为这个没有文字的民族建立可以传之后世的文化档案。

接下来是易地重建的羌民聚居地时，必须注意注入羌族文化的特性元素；要建立能够举行民俗节日和祭典的文化空间；羌族子弟的学校要加设民族传统文化教育的课程，以利其文化的传承；像北川、茂县、汶川和理县都应修建羌族文化博物馆，将那些容易失散、失不再来的具有深远的历史和文化记忆的民俗文物收藏并展示出来……说到这里，我忽想做了这些就够了吗？想到震前的昨天灿烂又迷人的羌文化，我的心变得悲哀和茫然。恍惚中好像看到一个穿着羌服的老者正在走去的背影，如果朝他大呼一声，他会无限美好地回转过身来吗？

废墟里钻出的绿枝

车子驶入绵竹，这里好像刚打过一场惨烈的战争。零星的炮声——余震还时有发生。到处残垣断壁，瓦砾成堆，大楼的残骸狰狞万状；多么强烈的地动山摇，能够把一座座钢筋水泥建筑摇得如此粉碎？由车窗透进来的一种气味极其古怪，灭菌剂刺鼻的气息中还混着酒香。一问才知，剑南春酒厂的老酒缸全碎了。存藏了上百年、价值几亿元的阵年老酒全部化成气体无形地飘散在震后犹然紧张的空气里。

这使我想起五年前来考察绵竹年画时，参观过剑南春酒厂。那次，我是先在云南大理为那里的木版甲马召开专家普查工作的启动会，旋即来到绵竹。绵竹不愧是西部年画的魁首，它于浑朴和儒雅中张显出一种辣性，此风惟其独有。绵竹人颇爱自己的乡土艺术。那时已拥有一座专门的年画博物馆了，珍藏着许多古版年画的珍品。其中一幅《骑车仕女》和一对“填水脚”的《副扬鞭》令我倾倒。前一幅画着一位模样清秀、衣穿旗袍、头戴瓜皮帽的民国时期的女子，骑一辆时髦的自行车，车把竟是一条金龙。此画所表达的既追求时尚又执著于传统的精神，显示出那个变革的时代绵竹人的文化立场。后一幅是“填水脚”的《副扬鞭》，“副扬鞭”是指一对门神；“填水脚”是绵竹年画特有的画法。每逢春节将至，画工们做完作坊的活计，利用残纸剩色，草草涂抹几对门神，拿到市场换些小钱，好回家过年。谁料无意中却将绵竹画工高超的技艺表现出来。简练粗犷，泼辣豪放，生动传神。这一来，“填水脚”反倒成了绵竹年画特有的名品。记得我连连赞美这幅清代老画《副扬鞭》是“民间的八大”呢！

那次在绵竹还做了几件挺重要的事：去探望年画老艺人，召开绵竹年画普查专家论证会；这样，对绵竹地区年画遗产地毯式的普查便开始了。普查做得周密又认真，成果被列入国家级文化工程《中国木版年画集成·绵竹卷》。其间，中国民协还将绵竹评为“中国木版年画之乡”。这来来回回就与绵竹的关系愈扯愈近。

大地震发生时，我人在斯洛文尼亚，听说震中在汶川，立即想到了绵竹，赶紧打电话询问年画博物馆和老艺人有没有问题，并叫基金会设法送些钱去。那期间，震区如战场，联系很困难，各种好消息坏消息都有，说不上哪个更可靠。回国后，便从四川省民协那里得知年画博物馆震成危楼，没有垮塌，两位最重要的老艺人都幸免于难，但一个画乡棚花村已被夷为平地。更具体和更确凿的情况到底怎样呢？

这次奔赴灾区，首先是到遵道镇的棚花村。站在村子中央，环顾四方，心中一片冰冷。整个村庄看不到一堵完整的墙。只有遍地的废墟和瓦砾，一些印着“救灾”二字的深蓝色小帐篷夹杂其间。村中百户人家，罹难十人。震后已有些天，村民心情渐渐平静下来，开始忙着从废墟里寻找有用的家当，但没人提年画的事。人活着，衣食住行是首要的，画画的事还远着的。

茫然中想到，最要紧的是要去看另外两个地方：一是年画博物馆，看看历史是否保存完好。二是看看两位重要的年画传承人——老艺人，现况到底如何？

年画博物馆白色的大楼已经震损。楼上的一角垮落下来，外墙布满裂缝。馆长胡光葵看着我惊愕的表情说：“里面的画基本上都是好好的，没震坏。”他这句话是安慰我。我问他：“可以进去看看吗？”眼见为实，只有看到真的没事才会放心。

打开楼门，里边好像被炸弹炸过，满地是大片的墙皮、砖块和碎玻璃，可怕的裂缝随处可见，有的墙壁明显已经震酥了。但墙上的画，尤其前五年看过而记忆犹新的那些画，都像老朋友贴着墙排成一排，一幅幅上来亲切地欢迎我。又见到《骑车仕女》和那对“填水脚”的《副扬鞭》了，只是玻璃镜面蒙上些灰土，其他一切，完好如昨。我高兴地和这些老相识一一“合影留念”，然后随胡馆长去看“古画版库”。打开仓库厚厚的铁门，里边两百多块古画版整齐地立在木架上，毫发未损。看到这些在大难中奇迹般地完好无缺的遗存，我的心熠熠地透出光来。

当我走进老艺人居住的孝德镇的射箭台村，心中的光愈来愈亮。当今绵竹最具代表性的两位老艺人，一位是李芳福，今年八十五岁。上次来绵竹还在他家听他唱关于年画《二十四孝》的歌呢。他的画风古朴深厚、刚劲有力，在绵竹享有北派宗师的盛名。地震时他在五福乡的老宅子被震垮了，现在给儿子接到湖南避灾，人是肯定没事的，灾后一准回来。另一位是南派大师陈兴才，年岁更长些，人近九十，身体却很硬朗。我见到老人便问：“怕吗？”他很精神地一挺腰板说：“怕什么，不怕。”大家笑了。他的画风儒雅醇厚，色彩秀丽，多画小幅，鲜活喜人。这几年，当地重视民间艺术，老人搬进一座新建的四合院。青瓦红柱，油漆彩画，当然都是自家画的。房子很结实，陈氏一家现在还住在房内。北房左间是陈兴才的画室；右间里儿子陈云禄正在印画；东厢房也是作画的作坊，陈兴才的孙子和邻家的女孩子都在紧张地施彩设色。这些天，全国各地来救灾或采访的，离开绵竹时都要带上两三幅年画作为纪念，需求量很大，在绵竹市大街上还有人支设帐篷卖年画呢。绵竹年画反变得更有名气。

如今陈家已是四世同堂。两岁的重孙儿在画坊里跑来跑去，时不时也去伸手抓画案上的毛笔，他将来也一定是绵竹年画的传人吧。

我说：“只要历史遗存还在——根还在，杰出的艺人和传人还在——传承在继续，绵竹年画的未来应该没有问题。”

民间艺术生在民间。民间是民间文化生命的土地。只要大地不灭，艺

看望震后的绵竹年画艺
人陈兴才一家

术生命一定会顽强地复兴的。

在受灾最重的汉旺镇那几条完全倾覆的大街上考察时，我端着相机不断把发现的细节摄入镜头。比如挂在树顶上的裤子，死角中一辆侥幸完好的汽车，齐刷刷被什么利器切断的一双运动鞋，带血的布娃娃，一盘被砸碎的《结婚进行曲》的录音磁带和被绕在一团钢筋中大红色的胸罩，时间正好定格在下午两点二十八分的挂钟……忽然我看到从废墟一堆沉重又粗硬的建筑碎块中钻出来一根枝条，上边新生出许多新叶新芽，新芽方吐之时隐隐发红，好似带血，渐而变绿，生意盈盈，继之油亮光鲜，茁壮和旺盛起来。它忽地唤起我刚刚在射箭台村陈家画坊中的那种感受，心中激情随之涌起，不自禁一按快门，咔嚓一声，记录下这一倔强而动人的生命景象

[思考]

“文革”进入了我们的血液

——《一百个人的十年》新版序言

历史的图景一页一页无情地翻过，不管它繁花似锦，还是鲜血淋淋。变幻无穷是历史也是生活的本质。但那些曾经在历史的黑夜里受苦受难——甚至死于非命的人们，注定只是一种可怜的牺牲品吗？

我们常常会感到，“文革”已成为历史——

在当今中国，已经看不到任何“文革”的景象。再没人去穿那种炫耀暴力的“文革”服装；曾经铺天盖地的小小红宝书已然了无痕迹；充满了荒唐感的光怪陆离的领袖像章也只有在古董市场里才能见到；“文革”话语几乎成了一种笑料。连那些面孔肃杀的“阶级斗争脸儿”和一直盘踞到80年代的“左”爷们儿，今儿一个都见不到了。而曾经千千万万的受难者呢，是不是正在笑容满面地享受着日益充裕的生活？

如果生活是公平的，理应补偿他们。

然而，“文革”真的消失得这么无影无踪？

如果悲剧真的结束得如此干净彻底，我们应该无比庆幸。

可是历史的大河在地面消失，往往会转为精神的暗流；思想的阴云扩散之后，渐渐化为心中的迷雾。

我们不是常常感到，当今中国社会一切难解的症结，都与“文革”深刻

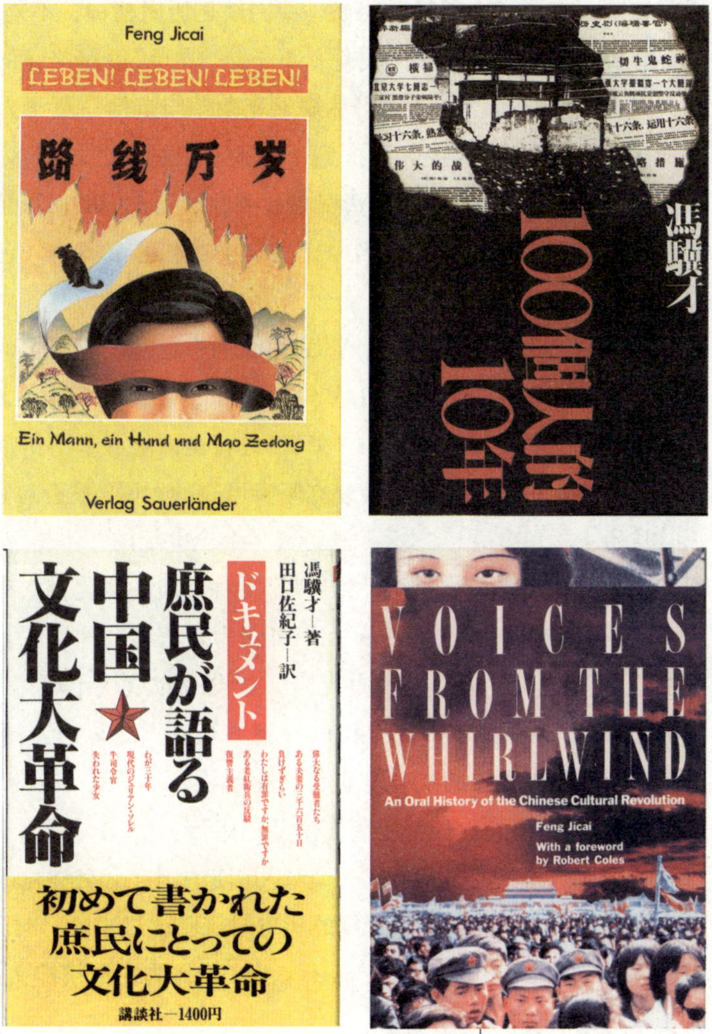
Feng Jicai
LEBEN! LEBEN! LEBEN!
路线万岁
Ein Mann, ein Hund und Mao Zedong
Verlag Sauerländer
馮驥才
100個人的10年
ドキュメント
庶民が語る
中国
文化大革命
馮驥才—著
田口佐紀子—訳
初めて書かれた
庶民にとっての
文化大革命
講談社—1400円
VOICES
FROM THE
WHIRLWIND
An Oral History of the Chinese Cultural Revolution
Feng Jicai
With a foreword
by Robert Coles

《一百个人的十年》的书影

地联系着，甚至互为因果。比如，我们缺乏历史精神，不是与“文革”灭绝传统有关？我们轻贱自己的文化，不正是“文革”践踏文化的直接结果？为此，至今我们对自己的文化仍然缺乏光荣感与自信。至于人本精神的低迷则由于“文革”把封建主义发挥到了极致。更别提“文革”对中国人朴素的人性本质的破坏！“文革”将猜疑与敌意注射到人们的血液里，如果我们没有将它彻底地清除出去，在当今充满现实功利的市场中，它必然会恶性地发酵。

应该说，我们缺乏对“文革”的彻底的思想批评。固然，权力阶层表示不再搞任何破坏性的政治运动是非常重要的，但对于知识界来说，这仅仅是个前提。它不能代替知识界对“文革”进行全面的、毫不留情的、清醒而透彻的思想清算。在废墟上很难建立坚实可靠的大厦，只有对它掘地三尺。

从历史学角度看，“文革”已经成为上个世纪的“过去”；从文化学角度看，“文革”依然活着。因为“文革”是一种特定的文化，它有着深远的封建文化的背景。而且，它活着——不仅因为它依靠一种惯性，还因为它有生存的土壤。究其根本，是因为我们一直没有对这块土壤进行彻底的清除。尤其是20世纪的80年代，全民的注意力还在“文革”上。那时如果对“文革”进行剥皮抽筋般的反省与批评，必然会深入人心，积极地影响整个社会。如今“文革”的一代都已离开生活的中流。“文革”早已不在人们关注的视野之内了。本来，彻底批评“文革”是使中国社会良性化的必不可少与至关重要的一步，但我们把这大好的历史时机耽误过去了。时至今日，作为政治“文革”的一页已然翻过去，再不复生；但作为一种精神文化——“文革”却无形地潜入我们的血液里。

恶魔一旦化为幽灵，就更难于应付。

因为“文革”仍然作祟于我们，但我们并不知它源自“文革”。

也许这正是本书再版的意义。本书写于1986年至1996年，即从“文革”结束十年到二十年间。从严格的意义上讲，这不是一部文学作品，而是社会学著作。作者是用社会学家进行社会调查的方式来写作的，只不过作家更关注被调查者的心灵。本书的目的，是想以口述史的方式，将一代中国人的心灵记忆载录史册，同时，也给思想理论界提供思考与研究的第一手和依据性的人本资料。为此，很感谢时代文艺出版社理解作者的本意。特别是这次出版，将把本书带给21世纪新的一代读者。

此亦作者之愿望。是为记。

鲁迅的功与“过”

——国民性批判之批判

在盘点20世纪中国文学时，我们都发现了这个奇迹：鲁迅写的小说作品最少，但影响最巨。他没有我们当下作家的一种恐慌：倘无巨制，即非大家。他就凭着一本中等厚度的中短篇小说集，高踞在当代中国小说的峰巅。而且未曾受惠于任何市场炒作，何故？

倘若从文化角度去看，这奇迹的根由便一目了然，就是他那独特的文化的视角，即国民性批判。

作家的眼睛死盯在人的身上。所以，他从这文化视角看下去，不只看到社会文化形态，更是一直看到人的深在的文化心理。那么接下去便是他独有的一种创造：将这文化心理，铸造成一种文化性格，一种非常的人物来；这种人物不是一般意义上的个性人物，也不是现实主义文学中的典型人物。他这种人物的个性，全是中国国民共有的劣根性。他是把一个个国民的共性特征，作为个性细节来写的。这就使他笔下的人物具有巨大的覆盖性。比如阿Q——在现实中绝对没有这种人物存在，但在他身上却能找到我们每个人的某一部分的影子。

进一步说，这种共性，不是通常那种人所共有的人性，而是一种集体无意识，是一种文化的特性。我曾经用过一个“文化人”的词语，来述说这种特殊的人物。这里所说的“文化人”，不是“有文化的人”的概念。这个“文化人”是指特有的文化铸成的特有的文化性格。这种性格放在小说人物身上是一种个性，放在小说之外是一种集体性格。当一种文化进入某地域的集体的性格心理中，就具有顽固和不可逆的性质。倘若逆转，极其缓慢。它属于一种根性。当然，任何民族的文化性格都是两面的，一面是优根性，一面是劣根性。可是它像一张纸的两面，是孪生一对生出来的，不能免掉任何一面。但作家的思维天生是逆向的；文学的本质是批判。当它面对文化性格时，肯定要先批判国民劣根性的一面。

然而，在鲁迅之前的文学史上，我们还找不到这种先例。鲁迅是第一位创造性地使用这个文化视角，来观察、感受、认识、分析和批判生活，然后升华出这种独特的“文化人”来。他的小说的人物不完全是这种“文化人”。比如祥林嫂、孔乙己、闰土等，虽然具有世纪初中国人的某些集体性格特征，但还不是纯粹的“文化人”。阿Q则是鲁迅自觉创造的最典型的“文化人”的形象。在鲁迅的杂文中，也有这种潜在的“文化性格”屡屡出现，比如《聪明人、傻子和奴才》等等。这种人物所具有深刻的认识价值，学者们多有论述，本文不做重复。我只想说，我们从这个视角可以发现到其他角度无法发现的内容。比如从这里，我们一下子找到了中国社会痼疾最本质的缘故。同时，这种极其独特的审美形象，自然就穿过那种司空见惯的平庸的文学平面，异彩缤纷地跳跃到中国小说的人物舞台上来。

所以说，作家最关键的是他的视野。视野的关键是视角的独特性。而文学的关键是视野的果实——人物。

鲁迅的这种“文化人”，不是真实的而是逼真的，不是生活的再现而是深层的表现。它既是悟性的发现更是理性的创造。它专门是写出来供“批判”用的，而这批判为了唤起国民的自省。对此鲁迅心里十分明白，做得更明白。鲁迅属于那种像法官一样异常清醒的作家。他始终是瞪着眼看世界，和瞪着眼写他的小说。

鲁迅是充满责任的作家。当下人们已经很讨厌责任这两个字了。其实责任就是良心。我换句话说——鲁迅是个充满良心的作家。他压给自己的使命是剪断古老的精神锁链，唤醒世人迟钝的心，催动国民的自审与自奋。当然，鲁迅的工作并不是一步到位地直接写给大众看的。大众也根本看不懂他的《阿Q正传》和《狂人日记》。他主要想影响比较高层的知识分子，通过他们去影响一般知识分子，最后影响到大众。他的文学最初是作用于“小众”范围之中的。他的思想之所以能够通过层层影响，直抵时代大众，就足以表现这种思想强烈的现实意义及其力度了。

然而，我们必须看到，他的国民性批判源自1840年以来西方传教士那里。这些最早来到中国的西方传教士，写过不少的回忆录式的著作。他们最热衷的话题就是中国人的国民性，它成了西方人东方观的根本与由来。时下，已经有几家出版社将传教士的这一类著作翻译出版。只要翻一翻亚瑟·亨·史密斯的《中国人的性格》，看一看书中那些对中国人的国民性的全面总结，就会发现这种视角对鲁迅的影响多么直接。在20世纪初，中国的思想界从西方借用的思想武器其中之一，就是国民性批判。通过鲁迅、梁启超、孙中山等人的大力阐发，它犹如针芒扎在我们民族的脊背上，无疑对民族的觉醒起过十分积极作用。我这话是说，鲁迅的国民性批判来源于西方人的东方观。他的民族自省得益于西方人的旁观。一个民族很难会站到自己的对面看自己。除非有个对方，便从对方的瞳仁中看到了自己的影像。但鲁迅笔下的“文化人”绝不是对西方人东方观的一种图解与形象化。他不过走进一间别人的雕塑工作室，一切创造全凭他自己。鲁迅从这特殊的文化视角进入中国社会的深层，也就是进入了中国人的文化心理结构之中，淋漓尽致地抒展他的发现与批判的才能。他找到传统社会身体上所有的压痛点与病灶。文学的批判功能被他发挥到极致。由于20世纪初的中国是个社会更迭的时代，社会命题攸关每一个人的生存，没有给人多少“私人化”的空间，鲁迅的文学作用便变得至高无上。

可是，鲁迅在他那个时代，并没有看到西方人的国民性分析里所埋伏着的西方霸权的话语。传教士们在世界所有贫穷的异域里传教，都免不了居高临下，傲视一切；在宣传救世主耶稣之时，他们自己也进入了救世主的角色。一方面他们站在与东方中国完全不同的文化背景上看中国，会不自觉地运用“比较文化”的思维，敏锐地发现文化中国的某些特征；另一方面则由于他们对中国文化所知有限，并抛之以优等人种自居的歧视性的目光，故而他们只能看到中国的社会与文化的症结。他们的国民性分析，不仅是片面的，还是贬意的或非难的。

由于鲁迅所要解决的是中国自己的问题，不是西方的问题。他需要这种视角借以反观自己，需要这种批判性。故而没有对西方人的东方观做立体的思辩。又由于他对封建文化的残忍与顽固痛之太切，便恨不得将一切传统文化打翻在地，故而他对传统文化的批判往往不分青红皂白。当然，他的偏激具有某种时代的合理性；正是这种偏激，才使他分外清晰和强烈。可是他那些非常出色的小说，却不自觉地把国民性话语中所包藏的西方中心主义严严实实地遮盖了。我们太折服他的国民性批判了，太钦佩他那些独有“文化人”形象的创造了，以致长久以来，竟没有人去看一看国民性后边那些传教士们陈旧又高傲的面孔。

80年代以来，中国的一批“文化电影”在西方获得前所未有的称许，随之便是捧得各种世界级亮闪闪的奖牌回来。在如潮般的赞扬声中，有一种批评极不中听，即“这些电影都是专门拍给西方人看的”。一时，人们都认为那是左爷们儿僵化得过了时的滥调，哈哈一笑，不去理会。

可是，中国的事常常是你中有我，我中有你。

这一批以文化自审的方式观照生活的电影，之所以为西方叫好，恰恰是由于它们的思想背景巧合一般地印证了西方由来已久的文化偏见。对于西方人来说，他们的东方观总是与最早来到中国的传教士那些国民性的分析一脉相承，遥远又紧切地联系着。这早已经是一种固定不变的成见。一个西方人，尤其是从来没有来到过中国的西方人，你给他一个充满幽默感、性格快乐的中国人形象，他也会摇头说ＮＯ，表示不信；你给他一个呆板麻木的形象，他会叫好。而这批电影通常都没有具体的时代背景，有点超时空的绝对化的味道；人物被放在四面高墙之中，与各种阴影生活在一起，个个性格怪异，行动诡秘，不是性压抑就是性变态。这种故事愈强化，愈神秘化，就愈会被西方人认做是经典的东方。因为神秘二字，正体现西方人因文化隔绝而产生的对东方的感受。我虽然不认为这批电影是有意地去“取悦洋人”，但它们的确没有走出一个多世纪以来的西方中心主义的磁场。他们的文化指针依然对准在亚瑟·亨·史密斯的刻度上。

最后要说的是，我之所以在本文标题《鲁迅的功与“过”》的过字上加一个引号，是想表明这个把西方人的东方观一直糊里糊涂延续至今的过错，并不在鲁迅身上，而是在我们把鲁迅的神化上。这话怎么讲呢？

中国文学有个例外，即鲁迅一直是文学中惟一不能批评的作家。也许由于他曾经被毛泽东钦定为“伟大的思想家、革命家和文学家”——先把他在政治上定了“革命”的性，再在前边加上“伟大”的桂冠，他就变得神圣而不可侵犯了。有人说鲁迅如果碰上“文革”，准要遭殃，实际上鲁迅在“文革”也一样“走红”。一个作家被奉若神明是可悲的。最有活力的作家总是活在褒贬之间的。他原本是一个勇士，却在他的四周拉上带电的铁丝网。他生前不惧怕任何人责骂，死后却给人插上“禁骂”的牌子。这一来，连国民性问题也没人敢碰了。多年来，我们把西方传教士骂得狗血喷头，但对他们那个真正成问题的“东方主义”却避开了。传教士们居然也沾了鲁迅的光！

国民性批判问题是复杂的。它是一个概念，两个内涵。一个是我们自己批评自己；一个是西方人批评我们。后一个批评里浓重地包含着西方中心主义的立场——它们亦是亦非地纠缠一起。尽管留下的问题十分复杂，但还得说清楚：我们承认鲁迅通过国民性批判所做出的历史功绩，甚至也承认西方人所指出的一些确实存在的我们国民性的弊端，却不能接受西方中心主义者们关于中国“人种”的贬损；我们不应责怪鲁迅作为文学家的偏激，却拒绝传教士们高傲的姿态。这个区别是本质的——鲁迅的目的是警醒自我，激人奋发；而传教士却用以证实西方征服东方的合理性。鲁迅把国民的劣根性看做一种文化痼疾，应该割除；西方传教士却把它看做是一种人种问题，不可救药。

80年代末，我尝试使用文学来表达我对传统文化症结的认识与发现。我采用辫子、小脚和阴阳八卦，作为传统文化——主要指封建文化的顽根性、自我束缚力和封闭性自我循环的文化黑箱的一种意象来写。我之所以没有像鲁迅那样把这些文化特征转变一种人物性格，是因为，只要我往这方面一想，马上就觉得自己成了鲁迅的仿制品。能被人模仿是杰出的，叫人无法模仿才是一种伟大和独有的创造。写到这里，即刻停笔，真怕我也把我敬重的人神化。

文化责任感

责任感这个词儿已被当今文学界所厌倦。以流行的看法，它像绳索——如果出于作家自身，写作就会如同自我捆绑起来，不得轻松，难以随心所欲、呼风唤雨地过把瘾；如果是来自某某人的要求呢，则是外加的束缚，更谈不上写作的自由了。于是，责任感几乎被当今文学推出门外。以致80年代初那种“为民请命”的作品，干脆被定性为非文学。

前不久，牛津大学一位博士生写来一大堆问题叫我回答。其中一个问题是，中国作家太注重责任感，因此扼制了艺术创造。问我是否如此。看来，整个世界的文学都讨厌责任感了。

可是，到底什么是责任感呢？

中国作家大喊责任感是在“文革”刚刚终结的70年代末。之所以这样大声鼓噪，首先是为了使文学对社会生活有“说不”的权利——是为了文学的自由，而不是不自由；同时还为了唤起同行，唤起良知，以笔为旗，以笔为矛。在那个时代，文学的责任感主要是社会责任感，因为那时社会问题压倒一切。倘有人弄些唯美的，再高超也不会被理睬；虚无缥缈的武侠言情更会被人们弃置一旁。尽管那种充满责任感、充满激情的文字，常常直白浅露，但这样的写作，是发自内心的呐喊，一样会有进入自由状态的快感，让人

2006年10月冒雨进入
豫北画乡李方屯考察。

“过瘾”，只不过不是在玩文学。因为它神圣地充溢着社会良心。

不要把那个时代文学的直白归咎于责任感。直白恐怕正是那时代的一种需要。于是，我对那位牛津的博士生说——

责任感说到底是一种社会良心。当然作家写作的出发点不应该只是简单地出自良心或责任；而责任也并不单是社会责任，它还具有深广的内涵。人道主义同样是一种责任。再有，文化责任感也是一种社会良心。更准确地说，应叫做文化良心。

正像80年代初我关注畸型社会中种种小人物的命运一样，进入90年代后，我特别关注在急速现代化与市场化中文化的命运。一方面，由于文化问题跑到台前，变得紧迫和危急；另一方面也许我是文化人，便自觉地关注甚至关切到文化本身。如今，现代化的负面造成的生态环境与资源的问题，正在愈来愈成为人们关注的焦点为，但文化——比如正在被大规模的“城改”所涤荡的城市的历史文化性格问题，至今依然被漠视着。可以说，每一分钟里，我们的城市中都有大批文化遗存在推土机的轰鸣中被摧毁。历史遗存和原始生态一样，都是一次性的；一旦毁灭，无法生还。生态关乎人的生存，所以容易被看到；文化关乎人的精神，就常常不在人们的视野之中。在当前城市正走向趋同化的飞速演变中，我相信自己的一种可怕的预感，即三十年后我们祖先留下的千姿百态的城市文化将会所剩无几。清一色全是高楼大厦。这是多么迫在眉睫又水深火热的文化问题！文化的魅力是个性，文化的乏味是雷同。那么，为此而呼，而争，而辩，而战，不应是我们的责任？

责任感是一种社会承担。

你有权利放弃这种承担，但没有权利指责责任——这种自愿和慨然担当的社会道义。为了强调这种文化责任，我更愿称之为文化良心。

我们这个自诩为文化大国的国家，多么迫切地需要多一些虔诚又火热的文化良心！

中国城市的再造

——关于当前的“新造城运动”

当代中国正在进行一场史无前例的“新造城运动”。神州城镇，不论大小，无一例外。地球上任何城市的改变，原本都是一种线性的渐变，除非经历了战争的浩劫，但战争迫使城市变化的规模总还有限。绝不像中国当今的“新造城运动”这样的普遍、坚决、彻底，铺天盖地。因而，这是中国城市史乃至世界城市史上空前而浩瀚的一次堪称奇迹的变革。中国城市人的生活因此全面地更新。

这场“新造城运动”大致经历了两个阶段。

第一阶段是由20世纪80年代中期到90年代中期。这期间，政府迫切翻新历久不变的城市面貌，更换老旧的功能设施，改善百姓落后而困窘的生存条件——这也正符合民众的愿望。更重要的是应运而生的房地产业骤然崛起。于是“旧城改造”的口号响彻中国。由于当时人们尚无文化上的自觉，大规模的城改是在“破旧立新”的激情中进行的。文化人忧患又无奈的“建设性破坏”便伴随其间。应该说，这是“新造城运动”的初级阶段。它只是“改城”，而非“造城”。

第二阶段是在90年代中期以后。这期间，城改工作渐渐由单一的改善百姓的居住问题，进化到对城市形象的重视。特别是全球化的迫近，促使人

考察蔚县古村落时，向当地干部宣传历史文化的价值（2003）。

们的目光接触及到城市自身的文化价值。人们开始懂得城市的特征是一笔巨大的财富。当然，使人们产生这种文化的觉醒又离不开旅游业的兴盛。于是就有了创造城市形象的愿望。随之“改城”进入了“造城”。造城是全局性的，必须依靠规划完成。一旦进入规划，当代中国的“新造城运动”则迅速形成。而且城市之间争先恐后，一哄而起，有如汪洋恣肆的洪水，所向披靡。但是，由于人们对自己城市的历史精神和文化个性缺乏深入的了解与把握，伴随着这“新造城运动”，便是新的一轮——“旅游性破坏”和“规划性破坏”的到来。这一轮更厉害，尤其是规划。规划是一种硬性规定，它带来的问题都是致命性的，而且已经非常刺目地表现在如下四个方面：

一、无个性

从北京到全国，从各地的大城市到小城镇，其历史人文特征都在迅速消失。根本的原因，是我们从来没有对自己城市的文化特性进行过认定。在过去的以阶级斗争为社会生活主题的漫长岁月里，城市里的古典民居与历史街区都没有做过任何调查，而且一直是当做过时而待拆的“危屋陋室”来对待的。我国80年代的“旧城改造”就是在这种“文化背景”下进行的。这种背景实际上是一片文化的空白。从80年代中期到90年代中期，“旧城改造”的大潮十分迅猛。根本谈不到对这些成片的破烂的老房子进行文化鉴定。只是想着除旧更新，痛痛快快一推了事。所以，城市的许多文化支点——无论是作为历史街区的文化板块，或者作为单体的古老建筑的历史象征，都已经失去了。到了90年代后期，当人们想去表现自己城市的个性形象时，这些文化支点早都不存在。没有文化支点，城市的历史人文特征自然无迹可寻。这种惨痛的现代化教训只能“永垂青史”了。

另一方面的问题是新建设的街区与建筑。由于城市的管理者们至今还弄不清楚自己城市的历史文化特征，新建的街区很难在地域的传统与文脉上保持延续性。尤其是大量的、高大的、无文化血型的建筑无序地涌入。城市形象变得愈来愈模糊不清。这就给今天的“树立城市形象”的构想带来更大的困难。好似一盘乱棋，已然无从下手。

应该说，80年代以来的“旧城改造”确实给城市居民解决了切身的困难，但在人文遗存上却是一场毁灭性的破坏。也就是说，由于在文化上的无知，虽然改善了城市的使用功能，却在城市文化上留下永远的、无以补救的损失。从而，城市的文化特征落入了虚空，无所凭借，也失去依据。遗憾的是，我们至今无悔，有些地方仍在继续。

二、模仿

模仿是反个性的。它是造成城市无个性的重要原因。但它恰恰是当下“新造城运动”的一个流行的手段。

模仿的根由之一，是对现代的崇拜。这是现代性情结的一种表现。依照这种思维逻辑，既然现代化与改革开放是一码事，一切“现代”便都来自外部世界。现代的城市形象必然是那种——高速公路 + 立交桥 + 高楼大厦 + 霓虹灯 + 广告 + 广场，等等。于是就有了前几年红极一时的“让城市高起来、亮起来、洋起来”的口号。很多城市正是在这种幼稚可笑的口号中变成了相同的嘴脸。

模仿的本质，一方面是对自己文化的无知和缺乏自尊；一方面是创造力的匮乏。城市的想象力本来是一点点积累起来的，谁也不可能在这种全国性的、大规模的、快速的造城运动中，提供出源源不绝的创造力来。

为此，模仿成了惟一的出路。不仅模仿外来的，还相互模仿。最低级的模仿是抄袭。故而，“千古文章一大抄”在当代的“新造城运动”中已成为潮流。一忽儿各个城市都竞相建造广场，甚至连县城和乡镇中都要修建一个广场；广场上全都是那种低水准的雕塑、大大小小的喷泉和似是而非的“罗马柱”；一忽儿又修绿地，以至由于缺水浇草，用绿漆喷染枯草；一忽儿又建电视高塔，你三百米，我四百米，争做中国第一乃至亚洲第一。

模仿的结果，是城市间的趋同。应该说，许多城市已经没有整体特征，只有零碎的、单体的、少得可怜的遗存。在全球化时代，无个性的制造等于自我的文化毁灭。

三、功能主义规划

规划是“新造城运动”中的关键，规划确定“造城”的方案。所以规划决定着城市的个性与形象，也主宰着城市的历史人文的命运。

然而，当下的“造城”规划中，流行着一种可怕的功能主义的思维。即按照使用功能简单和强制性地划分，重新安排山河，布局城市。将城市划成各类区域，如“政府办公区”、“生活居住区”、“商业购物区”、“文化娱乐区”、“历史风情保护区”、“体育中心”，等等。

城市本来是一个非常丰富的实体。各种功能有机地交叉着，谐调着，互补和互动着。它是当地人独特的生活方式与生活习惯历史而自然地呈现。硬性的区划不仅使城市生活变得机械、单一、死板和不便，同时破坏了生活丰富、自然、浓郁及其特有的气息。

城市不仅是物质性的，还是精神性的。它是历史的记忆，情感的载体，及其一方水土特定文化的执有者。如果仅仅是功能性地规划和再造，势必对其原有的历史人文构成破坏。因为规划一旦形成，就是强制性的。它一定会“顺我者昌，逆我者亡”。对于非本功能区性质的人文遗存则视为多余，其厄运依旧是在所难免。

这种功能性规划中，还有一项各地都不能缺少，便是旅游。按照当今的城市管理者的概念，旅游不属于“区”，而属于“线”。为了方便游客，便要将一些景点“路线化”。这一来，凡在旅游线上的历史人文便受到青睐，反之则被冷淡和丢弃。因此说，功能主义一定是功利性的。

由于这种功能主义规划的盛行，它必然从根本上和深层上决定着我国城市走向雷同。

四、粗鄙

“新造城运动”是一场速成性的城市改造。由于城市管理者建功立业的心切，房产开发商们获利发财心急，各项工程都要速战速决，还要在各种节日里竣工剪彩献厚礼。再加上，造城的规划都很大，资金却常常捉襟见肘，这就决定了这些工程不可能精工细制，不可能是“百年精品”，很容易陷入粗糙。而粗糙的城市是不会具有魅力的。

特别是一些仿古建筑。

由于古物已毁，只好仿古重建。重建大多不是严格地遵循原先的尺度、结构、材料和方法，基本是用钢筋水泥制造的假古董，或可称做“古装建筑”。比如各地都在大造的“明清街”，到底与这城市的历史有什么关系？有什么地域特点？有没有文化内涵？单从时间上说，明清两朝总共六百年。各个时代风格迥异。比如明初与清初的风格就全然不同。但如今这些仿古的明清街却一如唐装，最多只是一个粗糙的古代符号罢了。将丰富而立体的历史生命变成空洞和概念化的历史模型，是当前城市仿古建筑的本质。仿古不是对古物的尊重，而多半出于吸引游客的商业目的。假古董是任何地方都可以制造的。对于城市，毫无文化价值。

在“新造城运动”中，还有一个值得注意的倾向是，不是深化自己的人文历史，而是外化自己的文化内涵。外化是表面化，是直露和浅薄化。当然，更值得注意的倾向是把城市趣味化、娱乐化，甚至庸俗化。这可能是出于赚钱的想法，但庸俗是文化最大的杀手。庸俗化可以毁掉一个城市的文化，乃至城市本身。

当今我国正在进行的这场“新造城运动”，非同小可。这里所说的“非同小可”，是指它对当代中国人精神文化所产生的影响；也就是这一巨大、急速而粗糙的人文改造——或者叫做人文再创，将会给当代中国的精神文化带来的负面作用。我想，未来中国很难再发生这种“造城运动”。我们的后人将生活在我们所创造的这种粗俗的城市环境中。我们没有理由不为此而焦虑！

我想，在这“新造城运动”还在如火如荼的过程中，能否静下心来，审视全局，发现这一运动所出现的各种深切而致命的问题，以前瞻的、深入的文化思考去纠正当前这种急切和粗糙的行动，把造城运动所带来的文化损失降到最低点？

具体地说，当务之急是先要认定自己城市的文化个性。这个文化个性不是今天赋予它的，而是它独特的历史形成的。如果不深知自己的文化个

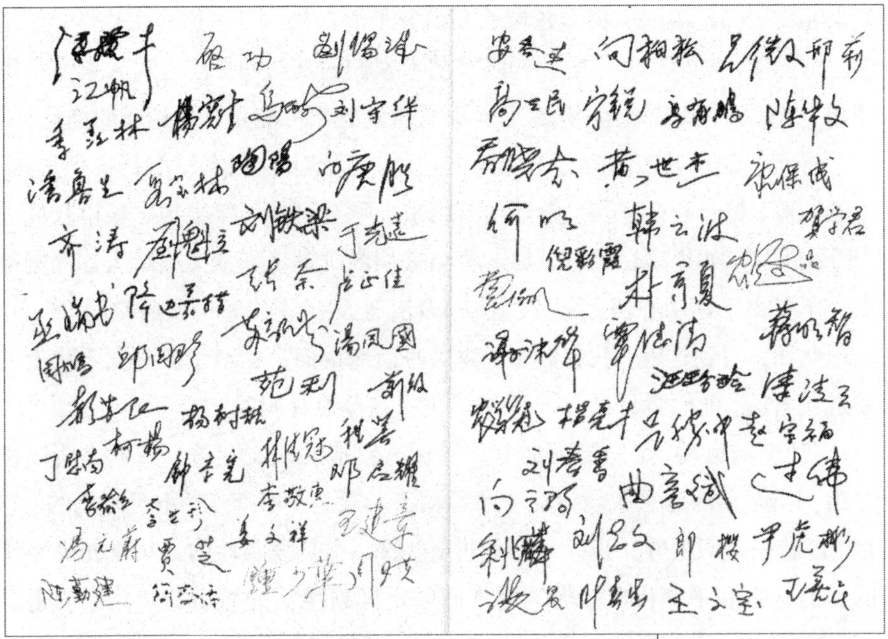

2001年当代文化界知识分子第一份保护民间文化遗产的呼吁书，其中有季羡林、余光远、启功等。

性，鲁莽的破坏就一定会出现。紧跟着，就要保护好那些作为文化个性有形载体的历史遗存和历史环境。特别是那些成片的历史街区。倘若没有这些原生态的城市板块，历史生命便会断气。假古董不能显示城市的人文特征，因为假古董没有历史年龄和人文内涵。至于新建筑应该考虑它的文化血型与地域传承。还有，规划要避免功能主义的区域划分。现代城市规划学的一个重要概念是“文化规划”。规划只能保护和深化城市特有的人文形态，不能随意地肢解原有的人文整体。由此而言，从城市个性的认定到整体规划的制定，都急需人文科学领域的知识分子的参与。没有这些文化学、历史学、民俗学、美学和地方史学者以及艺术家们的真知灼见注入对未来城市的想象，当代的“新造城运动”在后人那里得到的很可能是一个相反的结论！

再有，就是城市的改造不能操之过急。世界上任何名城都是日积月累，不断滋养，修行百年千年，渐渐出落出来。哪有可能一年半年把城市变成一个“名牌”？如果现在没有足够的资金去精雕细刻，那就交给后人，慢慢地做。不要由于建功心切，毁掉了历史积淀，也毁掉了未来的发展空间。

然而，写到这里，我忽然想，我这些话对谁而言？对于那些大干快上的新造城者们，他们听得见——听得进去我这些意见吗？

“新造城运动”是中国历史上一场翻天覆地的人文变革。我们之所以称之为“运动”，因为它太像一场革命运动了。它是一哄而起、不可阻挡的，它是“打破一个旧世界，建设一个新世界”的，它是强制性的，又是充满激情的。但这是和平年代里一场笑容满面的走向新生活的城市建设运动，也是一场中国人一往情深的现代化运动。为此，我们身在这日新月异的变化中，往往很难感受到它的负面，很难看到它在那些无形的精神文化的层面里所造成深刻的损害。那么，首先应该清醒地正视这一运动是知识界。因为社会清明的大脑始终应该存在于知识界中。

文化可以打造吗？

一个气势豪迈的词儿正在流行起来，这个词儿叫做：打造文化。常常从媒体上得知，某某地方要打造某某文化了。这文化并非子虚乌有，多指当地有特色的文化。这自然叫人奇怪了，已经有的文化还需要打造吗？前不久，听说西部某地居然要打造“大唐文化”。听了一惊，口气大得没边儿。人家“大唐文化”早在一千年前就辉煌于世界了，用得着你来打造？你打造得了吗？

毋庸讳言，这些口号多是一些政府部门喊出来的。这种打造是政府行为。其本意往往还是好的，为了弘扬和振兴当地的文化。应该说，使用某些行政手段，是可以营造一些文化氛围、取得某些文化效应的。但这种“打造”还是造不出文化来。“打造”这个词儿的本意是制造。优良的工业产品和商品，通过努力是可以打造出来的。文化却不能，因为文化从来不是人为地打造出来的。温文尔雅的吴越文化是打造出来的吗？美国人阳刚十足的牛仔文化是打造出来的吗？巴黎和维也纳的城市文化是打造出来的吗？苗族女子灿烂的服饰文化是打造出来的吗？谁打造的？

文化是时间和心灵酿造出来的，是一代代人共同的精神创造的成果，是自然积淀而成的。你可以奋战一年打造出一座五星级酒店，甚至打造出一个豪华的剧场却无法制造一种文化。正像我们说，使一个人富起来是容易的，使一个人有文化——哪怕是有点文化气质可就难了。换句话说，物质的东西可以打造，精神文化的东西——是不能用打造这个词儿的。难道可以用搞工业的方式来进行文化建设？那么为什么还要大喊打造文化，仅仅是对文化的一种误解吗？

坦率地说，打造文化叫得这么响，其中有一个明显的经济目的——发展旅游。因为，人们已经愈来愈清楚文化才是最直接和最重要的旅游资源。一切文化都是个性化的。文化的独特性愈强，旅游价值就愈高。文化是老祖宗不经意之间留给后人的一个永远的"经济增长点"。那么在各地大打旅游牌的市场竞争中，怎样使自己的文化更响亮、抢眼、冒尖、夺人？一句话，看来就得靠"打造"了。

很清楚了，这里所谓的打造文化其本质是对原有文化的一种资源整合，一种商业包装，一种市场化改造。当今有句话不是说得更明白吗——要把某某文化打造成一种品牌。品牌是商业称谓。文化是没有品牌的。中国文化史从来没有把鲁迅或齐白石当做过"品牌"。鲁迅和齐白石也不是打造出来的。当下的打造文化者也并不想再打造出一个鲁迅或齐白石，却想把鲁迅和齐白石当做一种旅游品牌"做大做强"。所以伴随着这种商业化的"文化打造"，总是要大办一场大哄大嗡的文化节来进行市场推广。这种打造和真正的文化建设完全是两码事。

进而说，如果用市场的要求来打造历史文化，一定要对历史文化大动商业手术。凡是具有趣味性和刺激性、吸引与诱惑人的、可以大做文章的，便拉到前台，用不上的则搁置一旁。在市场霸权的时代，一切原有的文化都注定地要被市场重新选择。市场拒绝深层的文化，只要外表光怪陆离的一层。文化的浅薄化是市场化的必然。此外，市场还要根据自己的需要，还要对原有文化进行再造。涂脂抹粉，添油加醋，插科打诨，必不可少。这也是各个旅游景点充斥着胡编乱造的"伪民间故事"的真正缘故；与此同时，便是无数宝贵的口头文学遗产消失不存。再有，就是假造的景点和重建的"古迹”。这儿添加一个花里胡哨的牌坊，那儿立起来一个钢筋水泥的“老庙”，再造出一条由于老街拆光了而拿来充当古董的仿古“明清街”。街两边的房子像穿上款式一样的戏装那样呆头呆脑地龙套似的站着——文化便被打造成了。

这里边有文化吗？真实的历史文化在哪儿呢？打造出来的到底是什么“文化”？伪文化？非文化？谁来鉴别和认定？反正前来“一日游”的游客们只要看出点新鲜再吃点特色小吃就行，没人认真。也许那些对当地文化一无所知的洋人们会举着大姆指连声称好，凑巧被在场的记者拍张照片登在转天报纸的头版上，再写上一句“图片说明”：

“东方文化醉倒西方客。”

打造文化，一个多么糊涂的说法和粗鄙的做法！

挽住我的老城

近些天，常有古董贩子找我，言其手中有宝，叫我“开眼”。问其何物，来自何处，都说是天津老城。我听了怦然心动！自从前年我组织那次“旧城文化采风”，此后于那里的砖石草木，心皆系之。然而，近闻老城的改造突然“增加力度”，先要将几条大道贯穿其间，余下的便是房产开发商们施展才（财也）干。这样，大片大片的古屋老宅，不论其历史人文的价值如何，一概全在横扫之列。据说古董贩子们纷纷闻风而至。古董贩子胜于开发商者，便是知道这些破砖烂瓦也是生财之物。于是，积淀了近六百年的老城被掀个底儿朝天，翻箱倒柜，任凭这些贩子们挑肥拣瘦。

大前天，有个家住老城的贩子约我去看看老东西。我半年未进老城，借此也看看，一看真的惊呆了。颓墙断壁，触目皆是；在推土机的轰鸣中，城中多处已被夷为空荡荡的平地。我禁不住问：海张五那大宅子呢？明代的文井呢？益德王家那座拱形的刻砖门楼呢？还有……柳家大院那些豪华又壮观的木雕花罩呢？答话的人倒是省事，只说三个字：全没了！谁弄走了？文管部门？房管部门？房主还是贩子们？难道被民工们的大锤全砸了？答话更是省事，还是三个字：谁知道！在一种强烈的虚无感和失落感中，我还感到历史文化出现了一片迷茫与空白。人类在自己的“进步”面前真是无奈。待我随着这小贩走进一间很大的房间，才知道老城当今真正的状态。

这大屋像个仓库，堆满旧家具，还有许许多多从老房拆下的梁柱门窗，镂花隔扇，砖雕石刻。这些被拆得七零八落的东西，带着旧尘老土的浓烈气味，黑糊糊，破破烂烂，好像一堆堆残肢败体。注目细瞧，却识得这些建筑构件无一不是精致讲究。尤其那些隔扇门，至少一丈高，一色是铺地锦图案，八字榫对接得天衣无缝。一看这古雅而沉静的形制，便能确信一准是清代中前期豪门巨宅的物品。经问方知，果然这里是津门二百多年的金家老宅，而现在这间房子就是金家的书房！这金家始自清初康熙年间的山水画大家金玉岗（芥舟），即以丹青翰墨代代相传。此后嘉道间之金龙节、清末民初之金俊萱，都是一时学者名士。正是他们，濡染了这一方土地的醇厚的文雅。可如今难道就这么干脆利索地一下子连根拔掉了吗？我记得前年考察过这里，但无论如何也对不上号。跑出屋看这才明白，原来周围的房院、影壁、高墙已被铲除，满地瓦砾，这书房由于不在规划中新辟的道路范围之内，暂时被孤零零地搁置一旁，等待着开发商们来发落。我怀着一种凄凉心情回到屋中，再看小贩一件件展示出的老城的特别是金家的遗物，便全部都视若珍宝了。因为这是老城最后的一点文化剩余了。

一幅竹丝拼花衬底的刻竹对联，应是这书房的原物；两块墀头上的砖雕，一为“麒麟送子”，一为“状元及第”，无论从这一题材所流行的时代来判断，还是从雕刻的风格与手法（主要是雕刻的深度）来确认，无疑是马顺清时期（即清代中期）的作品。还有一些版画、书轴，尤其是几册此地文人孟广慧的信札，粗看数纸，就能知道这些信札包含着丰富的本地文化与社会的信息……可是我很糟糕，由于刚刚那种文化的失落感过重，此刻便生怕这些老城的遗物流散掉，完全失去了对付这种小贩应有的聪明，而只是连连对这些东西呼好叫妙，议论出其中的门道，毫不掩饰对这些仅存无多的遗物的珍视与迫切心情。在古董交易中，这是犯大忌的。此时小贩已经把我视做了他的掌中物。待我问价，他脱口一说，便是天价。老城的情结使我又陷尴尬，我只好说回去想想再谈。小贩与我分手时还对我加一点压力，他说：“现在有不少贩子在老城里转在老城考察中发现块古碑（1994）。

来转去寻找老东西呢。我可是第一个给您看的。”看来，我已经没有余地了。如果我不出高价来买，这些老城的遗物岂不从我手里溜掉？此时我真的感到，人间万物皆有命运。小到一只杯子，大到一座城池乃至一个国家和民族。该兴则兴，该亡则亡。轮到消失之日，一如风吹尘散，谁也无法子挡住。你费力收回来的，最多也不过是一撮灰白色的、无机的骨灰吧！

渐渐的，我开始运用阿Q式自我安慰法来平衡自己，并获得成功。我暗自庆幸自己曾经干过的那件事富于远见。这便是自1994年12月30日的“旧城文化采风”。本来这一行动计划从租界区的洋房入手，此时，媒体忽然爆出新闻，政府与香港一家房地产开发集团公司合作，要对天津老城进行彻底的现代化改造。我马上意识到抢救老城乃是首要的事。遂组织历史、文化、建筑、民俗各界仁人志士，汇同摄影家数十位，风风火火进入天津老城展开一次地毯式考察。经过整整一年半的努力——我们是于1996年7月天津老城改造动工时结束这一行动的——摄得具有历史文化内涵的照片五千余帧。然后精选部分，出版一部大型画集，名为《旧城遗韵》。由于仓促上马，行动急迫，工作得还嫌粗糙，疏漏处也必然不少。但这毕竟是天津老城改造前一次罕见的民间性的文化抢救，也是天津老城有史以来最广泛、最大规模的学术考察。记得1995年除夕之夜，一位摄影家爬到西北角天津大酒店十一层的楼顶，在寒风里拍下天津老城最后一个除夕子午交时、万炮升空的景象。我看到这张照片，几乎落下泪来。因为我感到了这座古城的生命就此辉煌地定格。这一幕很快变成过往不复的历史画面。我们无法拯救它，但我们也无愧于老城——究竟把它的遗容完整地放在一部画册里了。

这部画集我只印了一千部。为了强调它的珍贵性，也为了一种文化的尊严。我就是要造成这样一种文化的崇高感：文化的老城和老城的文化，都必须是虔诚的觅求才能见到的。

可是，在这部画集的油墨香味尚未散尽时，老城已经失去近半。许多名门豪宅已然荡涤一空，在地球表面上抹去；虽然它们全都有姿有态、巨细无遗地保留在我这部画集里。可我不是容易满足的人。我仍不甘心。前几天，在市政协换届的开幕式上，我找到主管城市建设的王德惠副市长。他是能够理解我的想法的一位领导人。我对他说：“天津人世世代代总共用了六百年，在老城里凝聚和营造成一种独特的文化，不能叫它散了。现在公家、私家、古董贩子，都在乘乱下手，快把老城这点文化分完了。应该建一座博物馆，把这些东西搬进去！”这位副市长说：“我也早就想搞个老城博物馆，你说该怎么办？”我听了很高兴，说道：“那就得赶紧筹备，但远水解不了近渴，必须马上行动起来，先把老城的文化留住。我可以牵头动手来做。但必须您发话！”

他答应了。以我与这位副市长的交往，他是有文化良心的。当然这十分难得。

果然，今天民俗博物馆的蔡馆长来电话说，王德惠副市长在我与他谈话的转天，就已经叫老城所在南开区的区长，尽快找我研究保护老城文物一事。一时我真有一种起死回生的感觉，好像浑身全是办法了。

我想，首先要把鼓楼东那座环卫局办公的大院保留住，这座至少有四套院的构造精美的大房子是最理想的老城博物馆的馆址。然而比这件事更要紧的是阻止老城文物的流失，这就必须组织人力，穿街入巷，征集文物。文物包含甚广，必有专家参与。还要由政府拨出几间大屋，将征集到的文物，分类编号，暂时存放保管起来。关于征集这些文物的经费与方法，我忽来灵感，突发奇想——应该搞一个“捐赠博物馆”！动员城中百姓在离开老城时，把老城的文化留在这块热土上。惟有这样才能尽快地把老城文物征集上来。将我们去“找”，变为百姓的“送”。津地百姓急公好义，乡情尤浓。这做法肯定能立见功效，而且这件事本身也是一次乡情的大启动。对于我来说，再也没有启动感情的事会令我倾尽全力的了。

于是我与蔡馆长约好，明天下午三时，南开区的区长、文化局长、城建局长等一行人到我的大树画馆商议此事。我已经做好准备，要牢牢抓住这个关乎老城命运的最后一次机会。我知道在当今中国，许多文化上的事最终还得通过官员才能做到；我还清清楚楚知道，历史交给我们这一代文化人的事情是什么。

我从现在起时时都在想着明天下午三时。刚刚心血来潮，提笔写了一个条幅：

我们今天为之努力的，都是为了明天的回忆。

老街抢救纪实

在我的写作计划中，绝没有这本书。它是突然插进来的，逼我无法不做。我声明在前的是：这是一本用史笔记录现实过程的特殊的书。由于这种特殊的写作要求，我选择一种客观和写实并因而密不透气的笔法。我请读者原谅，我无法给你们惬意与轻松——我别无选择。因为在整个过程中，我一直紧锁眉头，全身用心，情感浸透了深深的忧患。

一

1999年12月9日忽得知津门最古老的商业街即将拆除。我一时惊呆，无法置信。我眼前立刻出现那一片苍老、迷人、情深意长的老房子！估衣街是作为商埠的天津最久远的根。街上名店林立，而且有谦祥益、瑞蚨祥等市级文物保护单位，何况估衣街本身亦是文物保护单位。铜质的保护标志牌就固定在估衣街西口的墙壁上。这个作为历史文化名城天津的支柱性的文物街区，怎么可能拆除呢？但当我读到署名为天津市红桥区大胡同拆迁指挥部于12月8日发布的《致红桥区大胡同拆迁居民的公开信》，才相信这一灾难性的事实。而且这属于很难动摇的“政府行为”。

这张公开信和紧随其后张贴街头的布告中明确写着：

1.动迁地区

东起金钟桥大街西侧，西至北门外大街东侧，南至北马路北侧，北至南运河南路。凡坐落在拆除范围内的住宅与非住宅房屋，均予拆除。

估衣街处在这一地区的中心位置，首当其中，难逃厄运。

2.动迁时间

动迁分两批，居民住宅由1999年12月12日至2000年1月10日。公建单位由2000年2月21日至3月10日。“为保证现场安全，适时停水、停电、停煤气、停电话通讯、停有线电视。逾期拒绝搬迁的，将依法裁决，直至强制搬迁。”

这些词话都表明这一动迁具有不可抗拒性。

我感到这事的严重与紧迫，没有迟疑，马上与助手李健新驱车前往估衣街，并直扑估衣街的文保单位谦祥益。到了那里，见《今晚报》副刊部主任姜维群也已闻讯赶来。大家全是满脸肃然的气息，显然都感到了这件事的严峻与艰难了。

二

谦祥益为山东章丘人孟昭斌（字乃全）兴办的绸缎庄。1917年建成。为中西合璧的三层楼宇，飞檐连栋，画壁雕梁，气势恢宏。外墙的下半部分为青水墙，以津地著名的砖刻为饰；上半部分采用精美繁复的铁花护栏，显示了租界的入侵文化对天津本土文化的有力影响，也体现了作为主体的天津码头文化兼收并蓄的包容性。这两部分不谐调地“拼接”起来，恰恰显示外来文化突兀而入，与本土文化相冲突——这是天津独有的历史层面上的精神特征。我们对楼内外的文物现存进行考察，发现内部保存非常完整。木质的檐板、楼梯、廊柱，一律雕镂精工，凸面贴金，古色古香，优美之极，而且毫无破损，保持着原有的气质与风貌。有些局部细节，如门旁右上角阴刻石雕兰花，一如墨笔写意，刀法精熟，线条抒畅，堪称艺术精品，保存又十分完好。据该处（现为小百货批发公司）的一位负责人介绍，此公司经理赵为国在此工作三十年，一直坚持对这座古建筑的保护。不准随意涂抹油漆，任意拆改原结构，冬天不准生炉子，以免发生火灾。故此，我们考察时感到室内十分寒冷，犹如在严冬野外。赵经理原是相声演员，为马三立的传人，常常接近文化界人士，颇知文物的重要。在他的管理下，该处职工皆有保护意识。这便使谦祥益历经八十年，遭遇"文革"，却奇迹般风姿依旧地保存至今。但这天，赵经理外出办事，未能见面。这使我数日后专程再来访见赵经理，那是后事。

在我们考察之中，已有三批拆迁人员来谦祥益看房，估算楼中檩柁门窗等等木料的总价值。据说其中一家要买下这座3400平方米建筑的全部木料，出价十五万。这便是历史文化在现代化改造中的最真实的"价值"了！

由此我感到事情已近燃眉。动迁令（即《致拆迁居民的公开信》）于12月8日发布，12月12日就要开始搬迁，中间只有四天！用什么办法挽救谦祥益和估衣街？一急之下，我对记者说："谦祥益是北方大商埠标志性建筑，其价值不亚于戏剧博物馆。"并强调估衣街在天津城市历史和未来的不可或缺与不可替代的意义。

第二天（10日），《今晚报》一版发表了这一报道，题为《百年豪华建筑临灭顶之灾》，并将我的话照登报上，还配发一帧谦祥益的照片。同时，姜维群以笔名"将为"发表专论《留住天津的历史》。言辞鲜明而尖锐，令人钦佩。当日这条消息遂成为津门各界人士与百姓关注的焦点。我收来电，频频不已。

11日我写信给李盛霖市长，并附上加急放大的谦祥益等处的彩色照片十帧，请市长关注此事。李盛霖市长重视文物保护，一年前将正在建房的大直沽遗址（即天津城市发源地）买下，停止开发，进行保护——这一决定实施的意义，是保住了天津的城市胎记。然而政府如此坚定地保护文化遗存，在全国也是十分罕见的。我这封信写即火速送到了市政府。

同日，《今晚报》记者驰电追问市拆迁办公室。答复是谦祥益不能拆。于是12日《今晚报》又发出消息为《市拆迁办说不能拆》。从舆论中开始朝着有利于谦祥益的保护一面倾斜。

然而，大胡同动迁工作已经开始。我们想从这快速起动的列车上抢救下濒死的估衣街，但可能性极小。一切似乎都来得太迟，也来得猝不急防。但是，我们不能就这样——在我们的目瞪口呆中，听凭历时六百年的一条古街在民工们无知的铁锤中粉身碎骨，荡然无存。

三

哈佛大学的教授李欧梵使用的一个词汇，我很喜欢，即“有机知识分子”。有机，就是多方面结合的、追求效应的、行动性的。我喜欢行动——用行动来实现思想，或者把思想变成充满活力的行为。

12月16日即召集有志于城市文化保护之志愿者。决定做四方面工作：

1.邀请专业摄像师，将估衣街挨门挨户地进行摄像，留下估衣街鲜活的音像史料。

2.拍摄照片。在对估衣街仔细的文化搜寻中，将所有有价值的文化细节留在照像机的底片上。

3.访问估衣街的原住民，用录音机记录下他们的口头记忆。保留估衣街的口述史。

4.搜集相关文物。必要的文物花钱买。尽可能挽留估衣街的实证性的文化细节。

主要参加者有五位，即李健新、段新培、宗勇谋、田丕津和王勇则。李健新侧重全面考察与访谈；王勇则集中做访谈；段新培和宗勇谋的主要工作是拍照，同时注意文物的收集，如需购买，就由我个人来掏钱。原则是，不惜重金，也要把东西留下来，不留遗憾。此外，田丕津负责电视录像。我对他们的要求是：以救火般的速度和救死般的精神！

经过半个月努力，收效显著。

王勇则和李健新所做的口述实录，颇见成果，被访谈者对估衣街生活极为生动而珍贵的回忆内容，都是以往文字史不曾见到的，它无疑会使那些史籍中的记述变得有血有肉和立体化起来。段新培和宗勇谋的拍照成绩巨大。他们几乎是挨门逐户，深入其中，进行拍摄；由于考察得认真细致，许多照片干脆都是发现性的记录。他们进行的速度很快，又有条不紊。每帧照片都附有文字档案，记下具体的地点，包括街巷名称与门牌号码，还有考察中得到的相关细节。田丕津已经请到电视台专业摄像师将估衣街完整拍摄下来。由于动手迅疾，与动迁人员抢夺时间，使原生态的估衣街活生生地锁定在录像带上。现在放看录像带，便发现上面许多街面已经荡然无存。

这些志愿者在各自工作中，都没有忘记寻觅与收集相关文物。因为此间估衣街一带的居民的搬迁已然全面开始。拆除工作紧随其后，几乎是搬空一处就拆除一处。我们这些志愿者便以强烈的文物保护意识，在拆房民工的大锤下将一件件宝贵的文化遗存抢救下来。

他们不断地从现场打电话给我，告诉我他们新发现到的每一组砖刻，一件石雕，一块牌匾或一件传之久远的原住民的生活用品。对天津总商会遗址情有独钟的李健新，从该遗址的第七号院，抢救下来两件门楣处的砖雕和房屋托檐石的雕刻。石件巨大，石色青碧，至少二百斤，上有文字图案，应属罕见之物；砖雕为博古图案，朴厚凝重，臌脝饱满，具有老商业建筑的审美特征。总商会的前身为当行公所，该房建于嘉庆十七年（1812年）民国初年重修。从风格判断，这些砖雕与瑞蚨祥相同，应属民国初年重修时装饰上去的。应为天津砖雕鼎盛期的精品。

此外，李健新在穿街入巷的考察中，还访得两块嵌墙碑，都在归贾胡同

42号居民户内。一块在楼下，即《天津鲜货商研究所章程碑》，一块在二楼居民房舍内，是《天津干鲜果品同业公会会长刘芳圃功德碑》，此乃十分难得和第一手的天津古代商业史料。

另一块碑则发现在范店胡同一居民的屋中，房主已经搬走，满地垃圾。这块碑可能为这居民户所藏，因石碑过重，搬迁不便，就丢弃在这里。这石碑为长方形，长二尺，宽一尺半，采用罕见之绿石，质甚坚硬。虽然雕刻较浅，字口却十分清晰。此碑是山西会馆和江西会馆之间的界碑。内容为两家会馆相约保证中间通道之通畅。字数不多，却显示了估衣街繁华时间寸土寸金的景象。此碑立于清光绪辛卯年（1891年），应是庚子之变（1900年）前估衣街兴隆之见证。发现此碑者为摄影家段新培与宗勇谋。

在我五年来组织的一系列文化采风活动中，摄影家段新培是一位积极参与者。《天津老房子·东西南北》近半为其作品。此人有志文化保护，为摄取一文化细节，常常登高履险。故而亦留心拆迁中的文物。这次文物收获中，以牌匾居多，应属商业街区之必然。估衣街的牌匾，多属门上的砖刻。所用大块青灰方砖，一个字一块砖，颇具气势，并与建筑浑然一体，落落大方。这也正是天津建筑的地方特色。尤其清末民初为砖刻艺人马顺清等声名正隆之时。津门大户，夸富斗奢，竞相建房，多用砖刻为饰。商家的砖刻牌匾也就应运而生。至于店铺竖立着的招牌便是木刻漆面的了。这次发现的“福盛东洋货栏杆庄”，原为一家店铺用作为地板，铺钉在地，字面朝下，从不得知，这次拆房时发现。漆面已见粉化，但字迹饱满丰润，刀法纯熟老到。这“栏杆”二字经张仲考查，为女人服饰上的花边。这是明代的说法。由此可见估衣街商业的源远流长。

然而，这些事本来都应由当地区政府的相关部门来做的，但文化与文物部门鲜见人至。拆除之前根本没有文化调查，数十年来也没有做过实地考察。这一宗浩大的文化遗产实质上是废置着。但偏偏又挂着一块“文物保护单位”的牌子，保护单位无保护，甚至根本不知为何物，如今那牌子则更无意义。这实在是一个讽刺，也是一个悲哀！

我请摄影家将这“文物保护单位”牌子拍照下来。在我的感受中，世上再没有一块牌子如此尴尬与无奈了。

四

12月26日谦祥益的经理赵为国再次接到拆迁通知。通知上说明，到时停电停水，有违者依法处置的词句，威胁再度压来。

同日，市长李盛霖到估衣街，并入老店谦祥益视察。此后（12月29日），副市长王德惠与规划局长也视察估衣街。王德惠市长也一直支持并尊重我有关城市文化保护的意见。故我感到，希望之光熠熠又现。

此后，民间流传说法很多。有说照拆不误；有说领导讲了，冯骥才再说保护，就叫他出钱；有说谦祥益、瑞蚨祥等几处不拆，其余全拆；有说规划变了，估衣街不动了。纷纭杂乱，莫衷一是。至此之日，估衣街存亡之消息，一直忽好忽坏，有如八月天气，时阴时晴。忽而阴云满天，不见光明，忽见天开一隙，心头照来一点明媚。

我再去谦祥益，与赵为国见面，他也在云里雾中，看不清未来。从谦祥益出来，由李健新、段新培等陪同一起去周边的民居查看情形。没想到所见之处，多已断壁残垣，寥无人迹。到处瓦砾与垃圾，实不忍睹。六百年的历史倏忽荒芜，看着就要消失了。我感觉自己就像朝着这即将跌入虚无的历史文化，极力伸出一条胳膊去抓，但能抓住什么？

一方面，我加紧上述的四个方面的工作。

一方面，还要加强保护的声音。

我们要在这两方面同时再加一把力！

1月7日写成一篇长文《老街的意义》。述及估衣街的缘起，经历，在城市史中的意义，以及它的未来价值。1月19日在《今晚报》上刊出。

1月20日接《光明日报》记者王燕琦的采访。1月28日《光明日报》第一版刊出王燕琦采访我的报道《天津六百余年老街即将拆除 · 专家学者呼吁

在2月10日明信片首发签名活动上，在街头演讲，表达保护老街的强烈意愿。

抢救文化遗产》。同日，中央电视台第一套节目“新闻要闻”播出该条报道。这一消息，影响津门上下，泛及百姓。

1月20日我开始策划明信片。一套五枚，我为每一帧明信片书写对联。例举其三，如：

“古街更比当年美，老店不减昔日雄。”

“风雨街上过，岁月楼中存。”

“不离不弃斯史永继，莫失莫忘此物恒昌。”

后一联，借用《红楼梦》关于金锁与玉佩上的词句。

此时已近年尾，拆迁的民工多回家过年，拆迁暂时中止。但按原计划，公建房（即街两旁的店铺建筑）应于2月20日动迁。必须抓紧春节这短短一段时间，再做出最后的努力。

2月7日（正月初三），与估衣街所在地区——红桥区的区委书记曹秀荣见面。曹书记说：“现在建委的计划有变化，听说谦祥益不拆了。估衣街上的其他建筑落地重建，按照原来的风格。我们也不希望拆，但我们必须听建委的。”

这是我第一次听到来自主管估衣街方面的官方消息。我说:“谦祥益不拆太好了，当然也是应该的；但其他建筑未必都要落地，有些建筑要保持历史原状。坏牙可以修补，不要换一口假牙。有些古建筑铁花护栏十分精美，而且具有很强的时代性和地方特征。”

他说:“希望你们多理解我们。”

我说:“相互理解吧。知识分子总是理想主义的。但理想主义带有前瞻性。”

这次谈话，使我心里有了一点底数。首先是谦祥益有希望了。估衣街原始的街道形态似乎可以保护下来。但即使街道保留，街上的建筑却面临翻新。翻新就是变古为新，变真为假。我心中的忧患依然浓重。记得我对曹书记说:

“你们应当多听听专家学者们的意见，大家论证一下。”

他说，等新的规划确定下来，会论证的。

2月8日(正月初四)，我主编的那套明信片赶印出来。拟定2月10日当日上午十时，在鞍山道邮局举行签售活动。这次印制2000套，为签售活动准备1300套。

2月9日(正月初五)做好一切准备。田丕津负责组织工作。并约好友牛群老弟来津助威。

2月10日(正月初六)上午九时半，我与张仲坐车赶到现场。已见人山人海，排队如长龙。牛群也已从北京赶到。

十时，在邮局前的街头举行简短仪式。我致词中强调估衣街是六百年来一代代祖先的创造，它在天津的历史文化与人民的情感中有重要的位置，我们深深依恋和热爱它。这套明信片实际上是对这一遗产的抢救与补偿。

签名活动至十二时半。准备的1300套全部签完，仍有大批群众因没有得到这套明信片而怅然若失。在签名中，不少百姓向我打听估衣街的前景，要我呼吁，多给天津留一点东西。这些话重重地打在我的心上。我责任依然在身，但如何实现，确实很是茫然。我们已经为濒临灭绝的估衣街力挽了一些碧绿的枝叶，却无力保护住这株根深叶茂的大树。

此时此刻，我忽觉得自己人孤力单，真的像那个与风车作战的唐·吉德诃德了。

五

正月初六的签名活动的反响波及甚广。中央电视台社会新闻部来电话，说他们由网上得知此事，决定到津采访估衣街拆除一事，同时还有多家媒体，来电询问此事。

我好像一切都在跟着感觉走。我想，我还得再努力一下，不管结果如何。于是，我决定在正月十五日灯节这天再次举行签名活动，将所余的500套明信片一次推出，发挥其最大效应。明信片是这次我们进行文化保护宣传的一个载体，必须叫它竭尽全力。地点选在估衣街的谦详益，因为谦祥益是估衣街的中心和人们关注的焦点。事先，我们做了充分的准备——明信片的策划要符合邮品要求。这次规定在每套明信片的首枚上签字。签字者为全体制作人员。上面加盖三枚图章：一、估衣街邮局的当日邮戳。据知该邮局近日拆除。此邮戳则是一种“绝唱”；二、请邮局制作一枚“估衣街邮局百年纪念”章。因估衣街于1900年在一锡镴店内设信柜一只，代理邮政，由是至今，正好百年。三、由我书写“龙年灯节，估衣街上”八个字，请杨柳青画社的刻版师傅刻木章一枚。并刻灯笼和龙的图形各一，以示龙年灯节。此事由田丕津负责联系。田丕津立马去办，很快得到邮局仇局长和谦祥益赵经理的支持。我感觉灯节估衣街上的签名活动肯定会产生很大的文化效应。

正月十二日（2月16日）《文学报》特约记者采访此事。

正月十三日（2月17日）中央电视台记者到津。我上午参加今晚报社举办的连续剧《西游记》研讨会，旋即奔赴估衣街，在总商会七号院被拆除后的瓦砾堆上接受采访。尽管我讲了那么多必须保护的道理和深切的愿望，却感到自己脚下已然是毁灭了的历史的尸体。我指着那断垣残壁中赤裸的巨大的木柁，述说着昔日津门的殷富与豪气时，我真的要落泪了！须知它是估衣街早期仅有的见证，亦是当世仅存原汤原汁的“五四”运动的遗址。今日的天津居然竟如此绝情吗？从七号院走出来，胡同已是瓦砾成堆。两边的墙垣一半被推倒，倾覆在胡同里。我对段新培说："把这里拍下来。我们应该告诉后人，是我们这一代把它变成了垃圾！"此刻我忽想，后天的签名不是一次对估衣街的悲壮的诀别吧？

这时，我已得知，报纸碍于动迁估衣街的问题涉及"方方面面"，不便多加涉及，我们的麻烦则是无法把签名活动的时间地点广而告之。但我也不愿给记者们找麻烦，只是第二天在电台的"城市回响"的节目中，随口谈及灯节签售明信片一事。同时《广播电视报》在一篇对我的采访的末尾着意写了几句，也是发出了一则短信息。随即从各方面反馈消息，已有大批群众询问此事活动了。

正月十四日（2月18日）谦详益赵经理来电忽说，有关单位考虑估衣街太窄，不安全，不准在谦详益举行签名活动。这又"穷则思变"，临时改在红桥邮局。并在谦祥益大门上贴了告示，声明更改地点。

正月十五日（2月19日）上午十时半，准时签名。第一位排队者凌晨五时到达。签名一个半小时五百套全部售罄。我签名时，头脑热烘烘，激情膨湃，签后却一阵冰凉，内心寥落虚空，无所依傍。

我不知自己还有什么办法？但我却有种力竭之感。一个月来，我是在写作一部小说《俗世奇人》的同时，进行此事的。两事迭加，心力交瘁，困乏之极。虽然经过我们的努力，对估衣街原来的动迁计划，产生了一定的动摇，但是否能整体地保护住估衣街，依旧没根没底。那么，我还要做好另一件事，便是把这次抢救的果实，收集起来，编一本《抢救古街》，那就是无论这件事的结果如何，这本书的本身都永远会是一个沉甸甸的收获。可是我又想，我是不是怕估衣街一旦失去，好拿这本书来安慰自己？

六

今天（2月20日）中央电视台晚间新闻播出估衣街拆迁一事，呼吁城改

《抢救老街》封面
（2000）

对文物要手下留情。2月21日上午估衣街忽传出消息来，说当地百姓与商家沿街贴出大标语。如“社情民意不可欺，保留估衣街”、“商业发祥地，龙脉不可动”、“保留古迹，不愧天津人民”、“红木家具不能变组合”等，围观者甚多。百姓起来捍卫自己的文化，此在中国当代乃是首次。虽然媒体上没有任何报道，但它的意义却是重大和深远的。它所显示的范围远远超出天津地域。这标志着文明的觉醒与一个文明时代的到来。这使我觉得欣慰。我说过，知识界思想的种子，一旦在人民中间开花，社会文明就有希望。这个希望会带来什么实际的结果吗？但我把这个群众化的文化行动已经视为一种巨大的果实了。

七

此后近一个月，估衣街没有很大动静。街两旁的民居依旧在一片片地拆除，化为瓦砾；而沿街的铺面却似乎处于一种等待，亦是一种期待。说拆或说留——两种说法皆在街上传来传去，依然是扑朔迷离。这期间，只是《光明日报》发表一则消息，说国家文物局与建设部准备对估衣街拆迁情况进行调查。一时，这消息的复印件便像传单一样在估衣街商家手中流传开来。但过不多日，人们不见调查行动，又觉得这复印的纸片轻飘飘，没有多大分量。

我在两会的“文艺界政协委员与李岚清同志座谈”中，做了题为“拯救城市文化刻不容缓”的发言，首都多家报纸刊载了我的观点，天津的《今晚报》也从网上下载了我这次发言的摘要。这时，北京一位记者从建设部获知天津有关方面已然行文，表示对估衣街要进行保护性改造的措施。这一消息，使我感到整个事件有一种交节换气般的转变。

由两会返津不久，3月16日市文化局通知，副市长王德惠主持关于估衣街地区改造方案的专家论证会。建委、规划局、红桥区政府等有关部门也列席参加。我对这次会议的感受真是“山重水复，柳暗花明”。当我听到此方案的名称为“估衣街地区保护性改造方案时”，便放心一半。保护性改造与建设性破坏正是针锋相对的两种说法，两种观念和两种立场。

王德惠市长表示：估衣街动迁引起的社会各界与津门百姓的关切，是一种对故乡的热爱与责任。他诚恳希望专家学者们提出各自的看法。

跟着，由承接制定这一改造方案的华汇公司的建筑师欧阳植先生陈述了方案内容。我很快就感知到这家公司相当高的知识层次以及在城市观念方面具有很强的前沿性。他们的方案的立足重点是保护，而且把保护的视野放在了整个街区，包括这一古街的位置、街貌、重点古建，以及有价值的历史细节。特别是关于把一些已被改造得面目全非的古建，按照历史照片重新修改回来（如瑞蚨祥）的想法。不仅更接近我的观点，而且更接近我的理想。

我随即发言说，这个方案的文化含金量高，有很高的学术依据，借鉴许多发达国家文化保护的措施，不仅保住了整体面貌和原有的精华，又给历史街区增加了活力，具有前瞻性。改造方案把时代风格确定为民国初年，十分符合估衣街的历史实情。我表示赞同和支持这个方案，而且非常欣赏华汇公司的文化气质。

在这个会上，专家学者的看法非常一致，同时开发商与红桥区政府又都表示支持专家们的意见。至此，估衣街的命运才算由危转安，起死回生。一方面是它六百年的高龄，寿长德高，命不该绝；一方面则是这一代人——由上到下，由官到民在文化上开始觉醒，这才使它老根幸存，必施惠于津门之未来。

当日晚，宁波老家来人，要为我写一本“传记”。我与同乡会会长陈礼章先生等在美膳酒楼宴请故乡人。敬酒间，不觉心中默默说：“也为估衣街吧！”举杯一饮而尽，玉液琼汁，由喉而下，顿觉浑身上下百倍清爽，三个月来的焦虑与烦恼竟荡然无存。真好快意也！世上最好的事，不是善始善终，而是恶始善终。续局的圆满，才是事物真正的完美。

至此，抢救老街一事，画了句号。并站在句号上，将事情的全过程，照实记录，铭记于纸，以为永记。

庄重的宣布

——在中国民间文化遗产抢救工程新闻发布会上的讲话

各位尊敬的领导、各位记者朋友：

首先，我代表中国民间文艺家协会庄重宣布，我国民间文化界志愿和激情承担的中国民间文化遗产抢救工程，今天开始正式启动。然而，就在此时，在全国各地，许许多多富于文化责任感的学者、专家和志愿者，已经迫不及待地深入到田野、到山坳、到民间，对那里宝贵的文化遗产进行抢救了。

我们身处一个巨大的深刻的急速的变革的时代。

这个时代的全球背景是经济的全球化。

在经济全球化的时代，各国各民族的本土文化都受到空前的根本性的挑战。对于我们这个东方的文化大国，文明的古国，其感受就来得分外的强烈。

我们为之自豪的中华文化从来都是由两部分组成的。一部分是精英和典籍的文化，一部分是民间文化。两部分同等重要，相互不能代替。特别是民间文化。它是我们的人民用双手和心灵创造的。数千年来，积淀深厚，博大而灿烂，并且与人民的生活情感与人间理想深深凝结着。如果说我们民族的精神思想的传统在精英和典籍的文化里，那么我们民族的情感与个性便由民间文化鲜明而直接地表现出来。所以我们说，民间文化是中华文化的一半。

但是，由于种种历史偏见，民间文化并没有处在与精英文化同等的位置上，甚至只把它当做一种可有可无的初级的自发性的文化现象来对待。所以，它们没有文字记载，没有登堂入室，大多只是凭借着口传心授，以相当脆弱的方式代代相传。可是一旦没有传承人，就如断线风筝，即刻消失，化为乌有。因而，民间文化的生存方式一直是自生自灭的。

这样，在工业化和全球化的今天，它必然遭受致命的冲击。

一方面是农耕时代正在渐渐消退。我们正处在由传统的农耕社会向现代的工业社会的转型期。这个社会转型必然带动着整个文明的转型。随着工业化和城市化的加速，原有的农耕文明架构下的一切文化形态和方式都在迅速瓦解与消亡。这是眼前正在发生的事情。当然也是全球各民族遇到的共同性的问题。社会转型的进步性无可置疑，但人类的文明遗产和历史财富不能丢掉。故此最近几年，联合国科教文组织特别强调对口头和非物质文化遗产的抢救和保护。

另一方面是全球化的冲击。风靡全球的商业性的强势的流行文化，正在猛烈地冲击世界各民族——也包括我们民族的文化。在这种全球化的飓风中，首当其冲的便是处于消解过程的民间文化。

然而，民间文化遗产是我们的祖先数千年以来创造的极其丰富和宝贵的文化财富，是我们民族精神情感、道德传统、个性特征以及凝聚力与亲合力的载体，也是我们发展先进文化的精神资源与民族根基，以及综合国力中不可或缺的坚实的精神内涵。可是，由于民间文化长期不被重视，也没有从文化上、从全球化的背景上来重新认识这个“中华文化的一半”，因而至今我们对于民间文化的整体状况认识不清，心无底数，我们甚至不知道如今这笔文明财富到底消失多少！

如果我们到中华大地上跑一跑，就会看到我们的人民生活在自己的文化里。我们从刚刚度过的春节，感受到中国民俗的美好。当然，还会看到各地的民间艺术多么缤纷与迷人，人民多么智慧，多么心灵手巧，多么富于才华；同时我们也会看到它们面临着失传，中断，处于无奈；眼看着许多珍贵的民间艺术濒临着曲终人散，人亡艺绝。每一分钟，我们的田野里、山坳里、深邃的民间里，都有一些民间文化及其遗产死去消失，都有一些风情独异的古村落转眼间不复存在。它们失却得无声无息，好似烟消云散。

能够让自己的文化损失在我们这一代人的手中吗？能够叫后人完全不知道先人这些伟大的文明创造吗？不能！

为此，中国文化界愈来愈多的人把抢救民间文化遗产当做不能拒绝的神圣使命；当做是时代和历史放在我们肩背上的必须承担的重任。

如果我们不动手去抢救，再过二十年，至少有一半民间文化会化为乌有。故此——

我们决定要对九百六十万平方公里、五十六个民族的民间文化遗产进行一次全面的、彻底的、拉网式的普查与抢救。

我们计划用时十年。

我们的抢救工作是五个内容：普查、登记、分类、整理、出版。普查是第一位的。

我们的工作口号是：摸清家底，整理遗产，保护资源，光大精华。

我们的抢救采用具有科技含量的现代手段，包括文字、拍照、摄影相结合三维的立体的普查方式，数字化和档案化的储存方式。

我们的工作对象是民俗、民间文学、民间艺术（以民间美术为主）。形象地说："大到古村落，小到香包"，统统在我们的视野中。

鉴于我国民间文化历史悠久，覆盖辽阔，民族众多，地域多样，内容博大丰繁，灿烂多元；十里不同风，百里不同俗，而且历史上从来没有做过如此全面的普查，我们对这笔巨大的财富心无底数，现实情况又面临着迅速的失散与消亡，因而我们把"抢救"作为这一巨大的时代性工程的主题。我们十分认同刚刚修定并颁布的《国家文物法》，关于"抢救第一"的提法。如果不抢救、不摸清和理清这笔文化遗产，我们就无从保护。或者只能保护已知为开展中国民间文化遗产抢救工程而编写的《普查手册》(2003)。

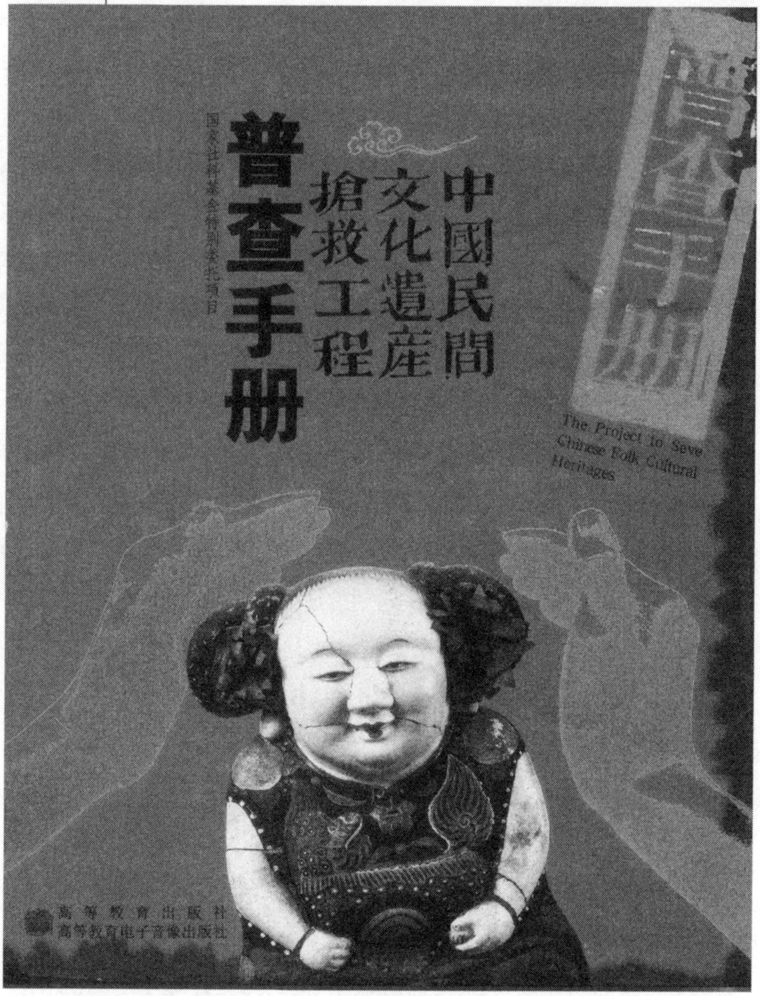

的，无法保护未知的。

抢救是时代性的，必须的，紧迫的，十万火急的。所以我们说“一天也不能等”。

为此，过去的一年半，我们不断地拨打“120”，呼吁社会各界对濒危的民间文化“紧急救助”。

应该说，我们不愧是个文化大国，文明古国。

有识之士遍天下。我们的呼吁得到广泛呼应。我们几乎天天都可以得到来自社会各界和全国各地的热切的反馈。来自天南地北陌生者对自己民族母体文化的关爱之情，不断地激励着我们。

近一年来，我们开了多次专家论证会，制定各种可行性计划，为了使这次文化大普查严谨、规范、有序、具有很高的学术质量，我们深入到山东、山西、河北等地，进行试点性考察，制作了各种普查提纲，普查表格，普查范本。我们得到方方面面热情的援助。没有这些援助，今天很难开始启动。

当然，今天能够启动这一工程的最关键之处，还是因为得到中宣部、文化部、国家民委、中国文联的支持与鼓励。

这项文化工程，一方面获得了“全国哲学社会科学规划领导小组”的批准，列入“国家社科基金特别委托项目”，一方面又被并入文化部主导的“中国民族民间文化遗产抢救与保护工程”。党和政府的有力支持，是我们这一巨型的文化工程进行下去的关键性的保证。因为国家量级的工程必须得到国家的支援。

党的十六大报告中，明确提出的“扶持体现民族特色和国家水准的重大文化项目”、“扶持对重要文化遗产和优秀民间艺术的保护工作”，更使我们备受鼓舞。

同时，我们感到“盛世修典”这句老话的千真万确。只有在国富民强的今天，我们才可能举行如此浩大的文化工程。

我们又感到自己的任务之重大。

我们深知这是一项规模浩瀚、错综复杂、千头万绪的工作，一项持续性很强的十分漫长的工作，一项必须付出辛苦而长期深入民间的田野性质的工作。

它更是一项纯奉献的工作！

然而中国民间文化界已经背起这个沉重的文化十字架，不会放下。我们下决心把这个工程一直推动到目的地，直到我们将这“中华文化的一半”——将这笔巨大的遗产和文明财富整理有序，分门别类，清晰完整，而且使人们看得见、摸得着。到了那时，我们才会松一口气。

我们相信会有愈来愈多的知识界人士，尤其是年轻人，主动把这本《普查手册》放入背包，志愿地加入到这一空前规模的文化行动中来。

我们相信各地各级政府以及各界人士，将会被我们感动，理解与赞同我们，视我们为知己，伸出援助的手。

因为我们深信一个道理，只有全民族都关爱自己的文化，以自己的文化为荣和自豪，我们的文化才能在世界发扬光大。我们的文明传统才会真正传承下去而不中断，我们民族的精神才更加强大。

图书在版编目（CIP）数据
文章四家·冯骥才／冯骥才著. —北京:文化艺术出版社,2010.4
ISBN 978-7-5039-4144-3
Ⅰ.①文… Ⅱ.①冯… Ⅲ.①散文—作品集—中国—当代Ⅳ.①I267
中国版本图书馆CIP数据核字(2010)第060255号

文章四家·冯骥才

著　　者　冯骥才
责任编辑　李世跃
责任校对　张　莉
装帧设计　杨林青／姚雪媛
出版发行　文化艺术出版社
地　　址　北京市东城区东四八条52号　100700
网　　址　www.whyscbs.com
电子邮箱　whysbooks@263.net
电　　话　（010）84057666　84057660（总编室）
　　　　　（010）84057696　84057698（发行部）
经　　销　新华书店
印　　刷　国英印务有限公司
版　　次　2011年3月第1版
印　　次　2011年3月第1次印刷
开　　本　720×1000mm　1/16
字　　数　220千字
印　　张　22
书　　号　ISBN　978-7-5039-4144-3
定　　价　68.00 元
